Siegfried L e n z
Hamburg 13 Jsestr. 88.

Hamburg, d. 24.1.52.

Lieber Herr Dr. Görner,

ich danke Ihnen für den ausführlichen Brief und möchte
Ihnen dazu Folgendes schreiben:

Sie halten die zweite Fassung meines Manuskripts für nicht geglückt.
Dazu habe ich nur zu sagen, daß ich Ihr Urteil in jeder Weise
respektiere.
Sie werfen mir vor, ich hätte es an hinreichendem Arbeit und den
nötigen Denkbemühungen fehlen lassen. Das ist gewiß nicht der Fall.
Ich persönlich muß gemeinhin mehr Mühe und qualvolle Geduld an eine
einzige "Zwischen"-Seite wenden als an acht Seiten fortlaufenden
Textes, - und ich habe dies getan. Daß Ihnen die dazu erfundene Hand-
lung - besonders im Hinblick auf mögliche Folgen nach einer Publika-
tion des Manuskripts - zu wenig durchdacht erscheint, beweist mir:
daß ich der Intuition beim Schreiben selbst den "Rücken kehren" muß;
daß ich eine ständige Selbstkontrolle beim Schreiben brauche, und
daß ich schließlich dieses Manuskript ohne Rücksicht auf meine
Grenzen begonnen habe. Der Sprung über die Hürde ist mir nicht ge-
glückt und wird mir nicht glücken. Die Hürde war nicht für mich
gebaut. Ich habe durchaus ernsthaft über die Möglichkeiten meines
Stoffes nachgedacht; ich fand nur meine Möglichkeiten, und wie es
sich herausstellte, reichen sie nicht aus.
Sie werfen mir vor, ich hätte Ihr Vertrauen mißbraucht und ver-
sucht, Sie hereinzulegen. Dieser Vorwurf trifft mich, wie Sie ver-
stehen werden, schwer, und ich bin geneigt, ihn als unwillentliche
Kränkung aufzufassen. Was hätte ich mir von solch einem Versuch
versprechen sollen ? Außerdem haben Sie sich mit der Feststellung,
ich hätte Sie hereinlegen wollen, begnügt; denn eine Erklärung,
womit oder wodurch ich das zu erreichen trachtete, haben Sie nicht
gegeben. In Ihrem ersten, wohlmeinenden Brief forderten Sie mich auf
die Gedanken, die Sie sich über den Fortlauf der Handlung gemacht
hatten, auf ihre Annehmbarkeit hin nachzudenken. Ich habe sie nach-
gedacht, lieber Herr Dr. Görner, aber ich habe sie nicht insgesamt
akzeptieren können, weil sie meinen Möglichkeiten teilweise zuwider-
liefen. Ich kann mir nicht denken, daß Sie in dieser zwangsläufigen
Unterlassung einen zureichenden Grund sehen, um mir einen Vertrauens-
bruch vorzuwerfen.
Sie werfen mir vor, daß meine Bearbeitung fast nichts ergeben hätte.
Ich glaubte, an der Figur Proska gegen den Schluß hin bereits zu-
viel geändert zu haben. Ich gebe allerdings zu, daß der Schreibende
die Reflexe seiner Figuren nur auf sehr kurze Entfernung gleichsam
durch Facettenaugen sieht.
Sie schreiben mir, ich sollte keine wütende Geste machen. Wozu soll-
te ich Sie machen, lieber Herr Dr. Görner, zumal sie mir in keiner
Weise hülfe ? Ich habe lange über Ihren Brief nachgedacht, ich habe
ihn wieder und wieder gelesen, ich habe auch darüber geschlafen und
ich möchte Ihnen nun mit Besonnenheit und völlig leidenschaftslos
sagen, daß ich diesen Roman nicht schreiben werde; und zwar werde
ich ihn nicht schreiben, weil ich ihn nicht schreiben kann.

伦茨对于出版社退稿的回复，1952

Ich werde diese Arbeit als eine unerläßliche Übung ansehen, als
das geziemende Training, das ja schließlich die conditio sine qua
non für einen jungen Schriftsteller ist. Ich bin überzeugt, daß
ich manches gelernt habe, was ich ohne diese Anstrengung nicht ge-
lernt hätte ! Den besten, wenn auch schwer erkennbaren Zins
bringen uns die mißglückten Versuche. Vielleicht werde ich Ihnen
in zwei oder drei Jahren ein neues Manuskript zeigen dürfen, ein
Manuskript das besser und ein wenig reifer ist.

Einstweilen danke ich Ihnen sehr herzlich für die Mühewaltung, für
Ihre Teilnahme und die vielen guten Ratschläge

                    und bleibe mit den besten Grüßen
                    Ihr

                    S. L.

P.S.
Ich schicke Herrn Soelter,
in dessen Namen Ihr Brief an mich
ja auch geschrieben war, eine
Durchschrift meines Antwortbriefes.

伦茨对于出版社退稿的回复，1952

投敌者

［德］ 西格弗里德·伦茨 著

赵登荣 译

Siegfried Lenz **DER**
ÜBERLÄUFER

外语教学与研究出版社

北京

京权图字：01-2017-4585

Copyright©2016 by Hoffmann und Campe Verlag, Hamburg

图书在版编目（CIP）数据

投敌者 ／（德）西格弗里德·伦茨著；赵登荣译. —— 北京：外语教学与研究
出版社，2017.6（2017.8 重印）
ISBN 978−7−5135−9173−7

Ⅰ.①投… Ⅱ.①西… ②赵… Ⅲ.①长篇小说－德国－现代 Ⅳ.①I516.45

中国版本图书馆 CIP 数据核字 (2017) 第 152536 号

出 版 人　蔡剑峰
项目策划　张　颖
责任编辑　孙嘉琪
装帧设计　柴昊洲
出版发行　外语教学与研究出版社
社　　址　北京市西三环北路 19 号（100089）
网　　址　http://www.fltrp.com
印　　刷　中国农业出版社印刷厂
开　　本　880×1230　1/32
印　　张　11
版　　次　2017 年 7 月第 1 版 2017 年 8 月第 2 次印刷
书　　号　ISBN 978−7−5135−9173−7
定　　价　42.00 元

购书咨询：（010）88819926　电子邮箱：club@fltrp.com
外研书店：https://waiyants.tmall.com
凡印刷、装订质量问题，请联系我社印制部
联系电话：（010）61207896　电子邮箱：zhijian@fltrp.com
凡侵权、盗版书籍线索，请联系我社法律事务部
举报电话：（010）88817519　电子邮箱：banquan@fltrp.com
法律顾问：立方律师事务所　刘旭东律师
　　　　　中咨律师事务所　殷　斌律师
物料号：291730001

一本迟到的书
——中译本序

2016 年 2 月，德国当代著名作家西格弗里德·伦茨逝世后将近一年半、诞辰九十周年之际，他写于 1951 年、完成最后修订于 1951 年与 1952 年之交的长篇小说《投敌者》终于由霍夫曼 - 坎佩出版社出版。小说出版后引起轰动，一举登上明镜畅销书榜达 5 个月，连续 5 周高居榜首。书评家福尔克尔·魏德曼（Volker Weidermann）撰文指出："这首先是相当意外的惊喜，其次，如果阅读此书，会感到震撼。《投敌者》是一部非同寻常的小说，既丰富了伦茨的创作，也为德国战后文学增添了令人难忘的一笔。"（《明镜》周刊 2016 年 2 月 27 日第 9 期）

《投敌者》是伦茨生前唯一没有出版的长篇小说，书稿是在作者 2014 年春捐给内卡河畔马尔巴赫德国文学档案馆的个人文档资料中发现的。该书本应于 1952 年出版。为何小说当年被拒绝，直到成书65年后才出版，是二战后德国人心态史和出版史上一个值得一记，也值得人们深思的小插曲。

西格弗里德·伦茨1926年3月17日出生于德国东普鲁士马祖里地区的吕克（今属波兰），1943年通过应急高中毕业考试后应征入伍，在海军服役。德国投降前他因为听说一个战友因反抗上级后被自己人打死而逃离部队，潜入丹麦的森林里。后来，他曾对此这样说："为了让我们想起他们的权力，他们需要一个死者。我听说此事，觉醒过来。"伦茨后为英军俘虏，被安排担任战俘遣返委员会的翻译。战后，伦茨在汉堡大学攻读哲学、英语语言文学和文艺学。1949年至1950年，伦茨在《世界报》当新闻编辑和副刊编辑。伦茨的处女作《空中有苍鹰》——小说叙述第一次世界大战后一个受迫害的教师逃犯在俄芬边境地区被边防军打死的故事——1950年在《世界报》连载后，1951年春由霍夫曼-坎佩出版社出版，得到文学评论界的关注和好评。自此，伦茨成为自由职业作家。

霍夫曼-坎佩出版社看好这位像一只"苍鹰闯进德语文学界"的年轻作者，很快就于1951年3月与伦茨签订了一份以《一定再聚首》为临时书名的新小说的合同。签订合同后，伦茨用《空中有苍鹰》的稿酬，携妻子先去非洲旅行。从非洲旅行回汉堡后，伦茨即开始新小说的写作，于1951年夏末完成第一稿12章。《时代》周报发表了首章，得到很高的评价。保罗·胡纳费尔德（Paul Hühnerfeld）发表了题为《论记录的得失：介于报告与文学创作之间的作者——东方战争题材的德国书籍的困境》（《时代》周报

1951 年 11 月 8 日）的评述，他对自己看过的长篇小说中"对战争这一事物的或多或少的精确描述"感到失望的同时，却用赞扬的口吻提到了伦茨的小说，认为他的小说对战争中士兵生活及其环境的描写使读者"身临其境，透不过气来"。在这本书里，他看到某种超出描述本身的文学突破："这本书不要求记录，恐怕是要求文学创作。这样，作者的描写反而更贴近战争。"霍夫曼 - 坎佩出版社委托评审书稿的日耳曼学者和民俗学家奥托·戈尔纳博士（Otto Görner）也十分欣赏小说那"紧扣读者心弦的力量"，和作者进行了一次面谈后致信伦茨，表示对这次谈话"感到无比高兴"，表达了原则上赞同小说的意向，同时提出了一些"技术性、工艺性"问题，希望作者加以修改和深化。

伦茨随即着手修改小说第一稿，把 12 章调整扩充为 16 章，增加了第二部分"投敌者"故事的分量，并把书名更改为《投敌者》。大约 1952 年 1 月，伦茨把第二稿交给了出版社。而此时，审稿人戈尔纳的态度发生了极大变化，由先前的原则上赞同转变为基本否定。他在给伦茨的信里指责作者没有对文本进行所期待的修改。他在为出版社代拟的评审意见里写道："紧张和引人入胜的叙述还不够。作者无论如何必须超越他的题材带来的藩篱……必须迫使自己，好好严肃认真地思考蕴含在他的题材中的种种可能……小说确实应该标题为'投敌者'——而这原本是不可能的。这样一部小说可以在 1946 年出版。今天可是没有人愿意当它的出版人了……我们这样建议您，不是因为我们比别人更有学识，而是因为我们了解时代及其发展。"这实际上等于拒绝了伦茨这本原已签约的小说。

确实，正是当时的时代及其发展注定了小说的命运。可以说，出版社是出于政治原因拒绝出版《投敌者》的。小说讲述的是主人公普罗斯卡在东方战线的战争经历，他最后在战争快结束时，在战友沃尔夫冈的影响下投向红军。1946年，战争刚刚结束，战争带来的创痛和破坏历历在目，人们还较能理解处于绝望中、随时面临死亡的士兵投向敌方的行为。但是到了50年代，这样一个题材的小说显得不合时宜了。其时，德意志联邦共和国和德意志民主共和国先后成立，联邦德国进入阿登纳时代。东西方两个阵营严重对立，处于冷战状态。德国国内开始讨论重整军备；不少曾经助纣为虐的纳粹分子占据重要岗位，许多人不愿讨论纳粹德国的罪责，意图忘却自己应当承担的责任。所以，许多怀着建立一个新德国的希望回国的老流亡者感到失望，又纷纷离开德国或者像被遗忘的幽灵那样留在国内生活。俾斯麦的曾外孙海因里希·格拉夫·艾因西德尔（Heinrich Graf von Einsiedel）在二战中是少尉飞行员，曾在东西两条战线为希特勒德国卖命；在苏联被俘后积极参与由德国共产党员流亡者（如诗人埃利希·魏纳特）和战俘（如瓦尔特·赛得利茨将军）组成的反战组织"自由德国"全国委员会（das Nationalkomitee "Freies Deutschland"）的工作，号召尚在战斗的德军士兵放下武器，推翻希特勒，早日结束战争。这样一位值得敬重的人却遭到很多人的不理解甚或唾弃，他的一位战友咒骂他是流氓无赖："当我亲自确信您从一个正直的人转变为流氓无赖时，我为有过一个名叫艾因西德尔的战友，感到十分遗憾。"(《明镜》周刊1950年第50期）正是在这样一种政治氛围中，戈尔纳认为，作者没有为普罗斯卡塑造一个正面的对立面人物，使普罗斯卡的"背叛"显得是一个个案，"和平主义、失败主义的思想没有更正"，所以出版这部小说是"十分危险"的，因为这是一部带有"对祖国明显不忠的污点"的小说。另一份在这同时受出版社的委托做出的评审意见也得出同样不利的结论："在小说描述的人物的态度中缺少对共同体命运的责任感，有一种傲慢的个人主义，这在和民族主义做斗争的年代是危险的。"

在这样的政治氛围中，其他此类题材的作品也曾经历过类似的命运。比如阿尔弗雷德·安德施（Alfred Andersch）描述德国士兵战前经历、二战时在意大利战线临阵脱逃的自传性小说《自由的樱桃树》（Die Kirschen der Freiheit）被罗沃尔特出版社（Rowohlt-Verlag）拒绝，因为审稿人预言此书的销售数"不会超过70本"；小说虽然于1952年由法兰克福出版社（Frankfurter Verlagsanstalt）出版，而且被伯尔赞为"万马齐喑中的一声喇叭"，是"对1933年后忘却思想的人的一桩善行"，却没有得到读者的多少关注。除了赞扬声和较为中性客观的评价，安德施还受到了许多指责、辱骂，甚至人身攻击，有人骂他是"德国的敌人"，指责他的开小差是不负责任的行为。两年后，格尔德·勒蒂希（Gerd Ledig）描写德国和苏联两支部队在列宁格勒附近围绕一小块沼泽地和一个小山头展开的两天战斗、一个德军逃兵被己方的骑兵上尉打死的小说《斯大林管风琴》(Die Stalinorgel) 开始时也曾遭到 45 家出版社的拒绝, 只是由于审稿人的坚持后来才由克拉森出版社 (Claasen) 出版。

正如书名所示, 小说描写一个德军普通士兵的战争经历, 最后投向苏联红军的故事。主人公普罗斯卡是投敌者, "背叛"了德国。普罗斯卡在战争的最后一个夏天回家度假后乘运输给养的小火车返回前线。火车在中途遭遇波兰游击队的地雷被炸毁, 但普罗斯卡幸免于难。他被附近的德军士兵发现, 留在一个在罗克特诺沼泽地担负警卫铁路任务的小分队里。波兰游击队的侵扰、酷热的天气、蚊虫的叮咬、与其他德军部队隔绝而孤立无援的境地, 这一切让这些并非英雄的普通士兵陷入死亡地带, 他们只能遵循战争的规则: 不是杀人, 就是被杀。下士——一个冷酷的杀手——无端地杀死手无寸铁、经过沼泽地的波兰神甫, 更让他们感到彻骨的寒冷。在这种肉体和精神的双重压力下, 他们做出各自不同的反应, 做出无聊甚或荒诞无稽之举: 有的以驯鸡和枪杀老鼠为乐; 有的要拥抱树枝, 把它折断; 有的把梭子鱼当作竞争对手以致失去理智; 有的则萌生开小差的念头。后来他们被波兰游击队俘获。面临第二天可能被枪杀的厄运, 经过和已经投向红军的战友沃尔夫冈深入的交谈, 普罗斯卡决定投向苏联红军。

如果说沃尔夫冈是"自愿给他们送上门"、比较自觉投向红军的, 那么, 普罗斯卡是被俘后投敌, 多少带有一些被动和无奈的因素了。但是, 普罗斯卡走出这一步, 也自有其内在的逻辑, 是他的性格和为人原则的必然结果。普罗斯卡正直，善良，充满人性，富有同情心，敬畏生命，不愿无端杀戮，"像憎恨瘟疫一样憎恨"战争。他和其他许多年轻士兵一样，是被"那一帮人"——纳粹和战争狂人——送到战场充当炮灰的。所以当一个波兰姑娘——这可是敌方的人——带着装有兄弟骨灰的陶罐恳求他，让她登上火车捎带一段时，他背着护车的宪兵，让她上了车，而且喜欢上了她。又如一个战友受伤、奄奄一息时，有的同伴考虑到自身危险，不愿把他抬回驻地，普罗斯卡则毫不犹豫地和另一战友把他抬回驻地，希望他能活下来。而对那个骄横、冷酷、对手下士兵颐指气使、要"为元首和大德国"战斗的下士，普罗斯卡则充满厌恶。普罗斯卡越来越多地问自己：什么更重要，是职责还是良心？谁是真正的敌人？他不知道为什么在这里，他问沃尔夫冈："我们为谁挨枪子儿？为我的姐姐？为德国？……德国是什么，德国是谁？"他早就萌动过开小差当逃兵的念头，因为他在这里快要疯了。但是他没有想过要投向红军。在和大学生战友沃尔夫冈的接触和交谈中，他渐渐明白了不少新的道理。沃尔夫冈谈论祖国、战争、责任、善良，他热爱自由，推崇怀疑。他对普罗斯卡说："一旦我们认识到，我们追随了二十年之久的事业不仅错误，而且还卑鄙、阴险、危险、凶残，我们就必须有能力，对着它狠狠踢上一脚。你大概知道，我指的是什么。我们必须警惕民族主义的煽动者。"他指的就是以希特勒为首的德国纳粹及其专制体制。他梦想的新德国应该"像自然那样有道德、讲道义。在这里只能有道德的臣仆，或者良心的臣仆。谦卑该成为宪法宗旨；第一条：慈悲。"在沃尔夫冈的影响下，在面临生死抉择的特殊情况中，普罗斯卡做出了自己认为正确的选择：为了拯救自己的生命，为了早日结束战争，为了消灭那一小撮德国当权者，投奔红军。不过，即使他投向敌方后，他也"从未把他的自动步枪对准过他以前的战友。"

战后，普罗斯卡在苏占区生活。因为他曾经和红军一起战斗，所以他得到一个负有一定责任的工作，物质生活也有了保障。然而，他在这里感到十分压抑、困惑；他办公室里的同事一个接一个神秘地消失，成为政治清洗的牺牲品；谁都不知道自己第二天会遭遇什么样的命运。他既不参加政治教育，也不参加集会或游行，和这里的生活格格不入。后来普罗斯卡自己也面临被整肃的险境。于是他偷偷越过分界线，离开成立不久的民主德国，移居西德。

《投敌者》的出版让读者再次见到了年轻时的伦茨，体验他在小说里呈现的人在战争时代面对的职责与良心的冲突、"忠诚"和"背叛"的纠葛、战后遗忘和回忆反省的痛苦抉择。作者没有描写战争的大场面、大战役、大厮杀，而是选取只有几个士兵的小分队作为叙述对象。这些驻扎在"林中静庐"的士兵是被纳粹洗脑、被狭隘的民族主义煽动、被送到战场卖命的。他们中，有的中毒较深，比较自觉地为希特勒和大德国战斗，如下士，当阵亡的战友下葬、普罗斯卡要把一块手绢蒙到他伤得不成样子的脸上时，他还要问这手绢是不是部队财产，不让用，简直愚忠到了可笑的地步；有的——这是多数——是顺从听话的好士兵，本能地履行着他们作为士兵面对国家承担的责任，但又浑浑噩噩，只希望能活下去，如茨维索斯比尔茨基，在他看来，战争从来都是古怪的，是一连串意想不到的事，他不知道，活着是幸运还是不幸；后来他从战俘营回来，再次遇见普罗斯卡时，不肯理睬普罗斯卡，唯一的解释恐怕就是普罗斯卡投向了红军，他不想原谅他；有的则开始思考为谁而战、为何而战、个人应如何行动的问题，如普罗斯卡和沃尔夫冈。沃尔夫冈是大学生，亲身经历了战争的残酷、战友无谓的牺牲后，开始考虑他该何去何从：是恪尽职守、为行将崩溃的纳粹政权（该政权以祖国的名义行事）殉葬，还是遵从自己良心的召唤，投向正义的一方？最终，他们先后投向红军，因为如沃尔夫冈所说："谁在检验世界的价值？是你，只有你自己。……道德动机始终是个人的事情。我们终究应该把我们的力量用来准备建立一个我们在其中能得到安全的未来。"面对这些士兵在这种特定的情况下做出的不同抉择，我们作为后人的读者恐怕不能简单地以"忠诚"或"背叛"来加以褒贬。诚然，各人都要承担自己的决定的责任、承受这决定带来的后果。

小说穿插的德军士兵普罗斯卡和波兰女游击队员汪达之间的一段恋情恐怕也会为狭隘民族主义者所不容不解：汪达想炸毁德军小火车（她带上火车的陶罐装着炸药），而普罗斯卡曾在不知情、不得已的情况下打死汪达的弟弟，偏偏这样两个人一见面就互有好感，直至约定结婚，憧憬战后能过上美好安定的生活。我们只能说，这是人性的胜利，是善良人之间真情的流露，是民族和解在普通人心里的基因，因为战争并不是他们所愿，憎恨和敌对行为也不是他们的本意。相较于上世纪 60、70 年代勃兰特推行东方政策、推动德国和波兰和解的明智之举，伦茨写于 50 年代初的小说中的这个恋爱故事不啻为一个走在时代之前、象征消除仇恨和追求民族和解的文学意象。

伦茨一再申明：我们这一代人"不可能逃脱自己的历史，不可能逃脱自己所经历的一切"，因此，"我总是试图回顾我所经历的一切"，并且"把它与现实联系起来"。伦茨把这种对待历史、对待自己所作所为的态度体现到他塑造的人物身上，提出了"回忆还是忘却、澄清还是回避罪责"的问题。在《投敌者》中，伦茨讲述了两个人对回忆的不同态度。一个是参加过一战的老兵、药剂师阿多梅特，曾经打死一个俄国人，他对普罗斯卡说："回忆分文不值。它们沉得像糖袋。要是老拖着这些糖袋东跑西颠，总有一天得累垮。"他认为"只有少数人能从过去的事中学到点什么"。所以为了赶走回忆，他给自己注射一种针剂。一个是年轻人普罗斯卡，大致上与伦茨是同代人，他在二战后 5 年时，给姐姐写了信，告诉她是他打死姐夫的实情，因为负罪感时时折磨着他，让他不安，他要向她忏悔。他看着投进信的邮筒，回忆起以前"生活过、经历过、遭受过的一切往事"，"从时间的迷雾里涌现出他记忆中的一幕幕场景"。故事就以这种回忆展开。普罗斯卡要通过回忆和讲述，反思过往，理清思想，承担自己该承担的责任，以面对未来。

在艺术手法上，伦茨是"传统意义上的叙事者"，被誉为"传统艺术的大师"，也有评论家（如 Fritz Raddatz）把他的创作特点概括为"人道的现实主义"。这一特点也体现在他 25 岁时写的早期作品《投敌者》中。作者为小说安排了一个框型结构：故事从普罗斯卡 35 岁时给姐姐写信，告诉她是他打死姐夫的真相开始，到书信"无法投递。收件人不知迁往何处"被退回结束。中间的主体部分以普罗斯卡为中心，按时间顺序追述他在战争后期至逃离东德的经历。故事情节虽然简单，但作者通过简洁、明快、富含意象的语言，生动的细节描写，环环相扣的情节安排，意想不到的转折，营造了一个又一个小高潮，让读者有一种"身临其境、透不过气来"的阅读愉悦。几个次要人物着墨不多，却个性鲜明，栩栩如生。自然景物不只是故事情节的客观背景，而是富有灵性，成了有意志、有行动能力的故事参与者，与人物彼时彼地的处境和心绪互为呼应："几棵黑黑的老杉树威严地挺立在路堤旁，透过车窗向他们投来冷冷的一瞥"，"暮色很胆小，我们得非常专注，才能看清它从哪里过来，悄悄挨近我们"，"今晚的月亮多么好奇"，"年轻的上午天真无邪地降临到沼泽地上；它调皮地揉搓自然，把它揉得欢快活泼起来"。另外，年轻的伦茨也掌握并运用现代小说的许多表现手法，如为普罗斯卡穿插了多次内心独白和自我对话，反映他对战争、人生等的思考，与从外部对他的描述相对照。在情节发展的某些关键时刻，作者不时地以观察者和叙述者的身份，针对人物的行为或内心发表议论，使得小说不停留在故事的浅层叙述层面，而增加了思想深度和厚重感。比如下士表面上比较和善、比较礼貌地审讯波兰神甫后，说他可以走了，因为他说了真话，争得了自由；而神甫刚走，他就从背后一枪把他打死。这时，在场的所有士兵突然"都感到浑身疲软，谁也没有兴趣再看胖子的吞火表演了"。接着，叙述者发了一通议论："看他们的神色，仿佛他们得了一种共同的、看不见的、却并不因此而减轻痛苦的疾病，一种不可言表、无法定义的疾病，这病让他们越长越大，大得超越了自己，使他们获得这样的认识：每一句高声诉苦、每一句多余的话语、每一句该死的空话套话，都是极端滑稽可笑的信号，他们现在最该做的就是保持沉默，享受这种疲疲软软的状态，毫不犹豫地置身于他们周围环境那无边无际的沉寂静默之中。这种疾病是某种渴望进入虚无状态的乡愁，沉入偏僻的遗忘之潭的幽幽渴望，不再生存于此的渴求；这几个男人有一种沉重的厌倦烦闷之感，那是面对死亡的镇定自若的高傲。"这番议论把这些士兵此时此刻说不清道不明的感受——对下士的行为是质疑、愤怒、不解、厌恶抑或不知所措，对无辜生命的瞬间消失是感叹、悲伤、同情抑或无动于衷——表现了出来，比起简单的叙述故事，更为小说增加了几分思想深度，使伦茨的描写如书评家胡纳费尔德所说的那样"反而更贴近战争"。又如对苏占区一个办公室的描写："起初，普罗斯卡办公室的同事换得很快。那是一段走马灯似的时光，那些同事无声地来，无声地去，他们来了，做了一段时间的工作，然后，一道长长的影子从一侧进来，落到他们身上，他们一下子就不见了。只有他留着。普罗斯卡被允许留下。他晚上从双重门里出来时，总要走到每个人跟前，很认真地

12

跟他们告别，因为他不知道，第二天早上是否还能看见他们。他没有权力改变这个，他甚至不知道，谁对这些变动负责，但是事情确确实实在发生，因此，肯定有一个人在发号施令。……他看不到获取真相的可能性。"寥寥数语就把这里的一切都在某种势力监控下的压抑气氛、人在一个看不见的庞大机构前的无奈与无助淋漓尽致地表现了出来，让人联想到卡夫卡《在法的门前》等作品。

小说以普罗斯卡给姐姐的信被退回结束，这是一个开放的结尾，给读者留下了许多悬念：普罗斯卡本想给姐姐写信，告诉她是他打死姐夫的真相，他要向她忏悔，承担自己行为的责任。现在这个心愿落空了，负罪感是否会伴随他一辈子？他曾答应要娶的波兰姑娘汪达又在哪里？在这个世界的某个地方是否有他一个孩子？他将如何走出战争的阴影，摆脱自己的心结，开始一段新的有意义的人生？

《投敌者》被出版社拒绝后，伦茨就把修订完成的稿子锁进了抽屉，再也没有提起，连他的第二任妻子乌拉·伦茨和他长期的出版人、伦茨基金会负责人冈特·贝格也不知道有此书稿的存在。他以极大的热情投入新作品的创作，包括长篇小说、短篇小说、剧本、广播剧、散文、讲演、评论等各种文学门类的一部又一部作品相继问世，比如《苏莱肯村多么柔美——马祖里的故事》《灯塔船》《莱曼故事抑或美丽市场》等短篇小说集，《德语课》《榜样》《家乡博物馆》《失物招领处》等长篇小说，《无罪者的时代——有罪者的时代》等广播剧，使他成为德国当代最重要、最杰出、最受读者喜爱的作家之一，有评论家甚至认为他堪与伯尔和格拉斯两位诺奖得主比肩。尤其是1968年出版的《德语课》获得了巨大成功，是德国战后文学中最成功的长篇小说之一，名列世界50大小说之列，给他带来世界声誉。伦茨的作品被翻译成30多种文字，总销量达到2500万册。在他声誉日隆、政治与社会氛围发生了重大变化时，考虑到小说已经具备相当的艺术水准，他如果再次与出版社洽谈《投敌者》的出版事宜，小说很可能早就问世了。然而他没有这样做。难道他真的如同他1952年1月24日给戈尔纳的信里所说的那样，把《投敌者》的写作"当作必不可少的练习，当作一次恰当的训练"而束之高阁？抑或是他后来与霍夫曼-坎佩出版社一直关系融洽、合作愉快，而不愿提起因这书稿引起的这段不愉快的往事？他究竟出于何种考量，让书稿沉睡在遗物中，恐怕是一个永远也解不开的谜了。

赵登荣

2017年2月

1. Kapitel

第一章

没有人开门。

普罗斯卡屏住呼吸，第二次敲门，敲得更响、更坚定。他等着，低下头，看一眼手里的信。门上插着一把钥匙；房子里肯定有人。但是没有人开门。

男子慢慢从门边走开，通过一扇半透明的窗子往里看。阳光正好照到他的后脑勺上，不过这对他无所谓。这时，普罗斯卡的膝盖，一个三十五岁、身体强壮的助理员的膝盖，突然颤抖起来。他张开嘴唇，一丝口水黏在嘴唇上。

他的前面，玻璃窗后面两米远的地方，一个老头坐在一把椅子上。这是个年迈老者，左臂完全裸露着，像身体上一支又细又黄、半枯萎的枝条；他非常仔细精心地灌着一支注射针。他把针剂管抽空后，漫不经心地扔到了地上。普罗斯卡似乎听到了一声微不足道的碎裂声；但是他搞错了，玻璃窗挡住了任何细微的声音。

老人小心翼翼地把注射针放到一张低矮的小桌子上，用瘦骨嶙峋的手指从一团药棉上搋下一小块，抖抖索索地把它团成瓶塞样的小团。他拿起一个药瓶，把药棉团放到瓶口上，慢慢地举起瓶子，倒过来。药水浸透了药棉，那药棉好像总也喝不够似的，它的颜色变了。

普罗斯卡紧紧地盯着，不放过任何一个动作，哪怕很细微的一个举动。到现在为止，他才见过老人四五次，跟他打过四五次招呼。普罗斯卡只知道他是药剂师，除此之外一无所知。他的门牌上写着"阿多梅特"，其他信息一概没有。

老人用药棉擦了擦下臂的一个地方，等了片刻。他一边等，一边越过眼镜的金属边框，斜视了一下注射针的针头，那针头在阳光下闪着光，毫无恶意。

"他要做什么？他要扎到手臂里？扎进动脉？这老头干吗这么做？"

普罗斯卡的嘴角抽搐起来。

阿多梅特拿起注射针，把它凑近眼镜。他随手摁了一下针管的柄头，从针头里射出来一丝褐色液体的细流。注射针很可靠，很听话。突然，老人一下把针头插进手臂，普罗斯卡好像瘫了一样，站在窗前动弹不得。他不能喊叫，不能举手，不能跑开。他看着这个男人做出伤害身体的事，仿佛感到一股钻心的疼痛扎在自己身上，像头发根那样尖利，像人眼的深井那样深邃。老人的食指一直摁着针管柄，把液体压进他的血液中，毫不放松。

老人一把把注射针从他的手臂里抽出来，普罗斯卡这才感到自己的身体又能活动了。他跑回门口，使劲敲门，等着。但是没有人为他开门。他小心地往下按门把手；门吱吱地响着，很不情愿地动了起来，让他进去了。

"您好。"普罗斯卡说。他的声音听起来有点沙哑。

老人不搭腔。显然，他还没有注意到进了他房间的这个男人。

"我想问您……"普罗斯卡大声说。他没有接着往下说，因为他发现，阿多梅特正用药棉擦拭手臂上他刚拔出针头的地方。然后，老人从椅子上站起来，走到窗边。他把胳膊伸到阳光里，嘟哝道："舔舔，快，让它快干。"普罗斯卡看见一根动脉上有一个小小的红点，那是针眼。

"阿多梅特先生！"

老人没有转过身来。

"您好，阿多梅特先生！"

老人看着窗外，捋下袖子。普罗斯卡喊道："我向您问好！！"

药剂师慢慢转过身，发现有客人，他那双灰色小眼睛诧异而友善地看着普罗斯卡。"您好，您是普罗斯卡先生，对吧？"

"没错。我想问问，您是否能借我一枚邮票。"普罗斯卡举起信封示意。

"给我的信？"阿多梅特问，"谁会给我写信？"

"不，"普罗斯卡说，"我是想问……"

"您得说大声点，"药剂师打断他，"我耳朵不好。"他坐到椅子上，却让客人依然站着。

"您手头有邮票吗，阿多梅特先生？"

"您把信给我，我想不出，有谁给我写信。"

"这封信不是给您的，"普罗斯卡大声说，"我只想问您，您是否能借我一枚邮票。也许明天就还您。"

"您要一枚邮票？"

"是。明天我还给您。"

"我有很多邮票，"老人和蔼地说，"我可以给您好多。我们这样的人不需要邮票了。我还能给谁写信呢？我还有一个朋友，他住在不伦瑞克[1]。我认识他六十年了。我们以前是邻居，就像咱们现在是邻居一样。两个人之间可以互相讲述的一切，我们在这六十年里都讲过了。——您要几枚邮票？”

“两枚！”

“您说几枚？您得说大声点儿，我耳背。”

“我需要两枚邮票，”普罗斯卡喊道，“明天就还！”

“没有问题，”阿多梅特喃喃地说，站起身来。他打开一个五斗橱，拿出一本笔记本，迈着小快步走向客人。

“给，您自己从里头拿吧。”

助理员打开本子，大致翻了翻，找到一条每枚十芬尼的邮票。

“就是这些，”老人说，“您要多少拿多少。”

一股难闻的医院味道从他身上散发出来。普罗斯卡感到前额左侧有点轻微疼痛，很想吸点新鲜空气。

药剂师看他迟迟不拿，就给他鼓气：“您随便拿。”

“这是些老邮票，不能用了。”

“您可以多拿几张，”老人说。他专注地看着客人嘴唇的动作。

“我刚才跟您说了，这些邮票已经失效了。”普罗斯卡大声喊道，“您的邮票毫无用处，都是些老邮票，无效了。”

“可是它们还能粘得很好呢。”

“今天没有人对此感兴趣。邮票必须有黏性，必须有效……”

“尽管如此，您还是可以拿走一些。”老人好心地说。

---

1 不伦瑞克，德国下萨克森州城市。

"可是对我来说没有用。"

"多少？"

"它们对我来说没有用。"普罗斯卡大声说。

阿多梅特把那条十芬尼邮票夹回笔记本里，遗憾地耸耸肩，迈着小步快速走向五斗橱。他关上橱柜前又转过身，问道："您刚才说了什么？"

普罗斯卡摇了摇头，看看手里那封没有贴邮票的信。

药剂师又坐了下来。

"您一定得写信吗？"他问道。

"是的。"

"在您这个年纪，"阿多梅特说，眨了眨眼睛，"在您这个年纪，我也一样写过信。"

"这信是给我姐姐的。"

"我的母亲早就去世了。"

普罗斯卡喊道："这封信是给我姐姐的！"

"姐姐，不错。姐姐？您有一个姐姐？"

"是。当然。这没有什么特别。"普罗斯卡想走了，但是，有什么事迫使他留在房间里。头疼得更厉害了，前额左侧后面好像有一个风钻在转。

阿多梅特觉得刚才打过针的胳膊在发痒。他用掌丘揉搓针眼处。

"您为什么给您姐姐写信？一般来说，家庭成员之间可以互相说的并不多。您写了一封长信？"

"十五页！"普罗斯卡大声说。

"哎哟，我的上帝，十五页。"

普罗斯卡又感到他的膝盖发起抖来。他抹了一下短而宽的前额，捋了一下被阳光晒得发灰、结成一缕一缕的头发，闭上眼睛。

"您累了？"老人问。

"可能吧。我用脑太过了。这样的事总是很伤人。"

"可不吗，人不能工作得太多。"老人说。

普罗斯卡大声说："我做了思考！"

"思考？噢对，思考。可是思考没有什么用处。"老人把手指拢到一起，微微一笑。

"可能吧。"普罗斯卡淡淡地说。突然，他抬起头，紧盯着老人，而且盯的时间比通常情况下要长。他扫了一眼注射针，问道："您为什么拿这玩意儿往自己胳膊里扎？您扎时我看到了。"

"您现在还要邮票吗？"

"您为什么拿这针往自己胳膊里扎？为什么？"普罗斯卡大声说，声音之大让他自己都吃了一惊。

"您是说针？"老人咂了一下舌头，"这针很快，扎时不觉得痛。药液进到皮肤里，针眼处稍微有点胀，但很快就过去。"

"您为什么这么做？"

"您想试试吗？这很简单。您看，就这么拿住……"

药剂师拿起注射器，垂直地举在空中。

"您为什么要注射这玩意儿？"普罗斯卡气呼呼地大声嚷道。他生老人的气，虽然他没有生气的道理。他把手攥成拳头，捶打自己的大腿。他有一双发红的大手。

阿多梅特和善地笑笑，把注射器放到小桌子上；他哧哧地笑了一会儿，抬起头，像一只仿佛听到可疑声音的老狍子。

"我要仔细跟您说说，普罗斯卡先生，我为什么注射这东西。这您大概想知道吧？"

"是。——要是您不介意的话。"

"好的，我会仔仔细细地讲给您听。不过，上帝保佑，您可别生气。"他挠了一下针眼，匆匆瞥了一眼窗外，狡黠地眨眨眼，转向普罗斯卡。

"不过您别生气：您是不是也喜欢坐在窗边，对吧？您向外看时，是不是有时也会有些什么念头，对吧？比如回忆？或者什么别的？当您看着那些老旧的、讨人嫌的街道，看着那刺柏后有柔软藏身地和漂亮空地的森林，您是不是会勾起什么念头，对吧？当您看见一个姑娘穿过这条马路，走向森林，您难道不会同样有点什么想法？这时，您也许会十分平静地、慢悠悠地游荡进森林，或者给自己削一个苹果。而且，如果您知道，一个姑娘在刺柏后面，比起在平坦的马路上，对您来说意味着更多时，您会怎样？

"您看，我是个老头，一只瘸腿狐狸，什么鸡都抓不住了。可是，您知道，我有回忆。有的人能靠回忆活二十年。他们带着回忆满世界跑；他们把回忆拴到表带上，放到最安全的口袋里。这我做不到，我恨这么做！可是，回忆不召自来，不管人们需不需要，它们就在你脑子里。至少在我身上是这样。当我往街上看……您懂我的意思吗？一个人不该回忆！只有少数人能从过去的事中学到点什么。我不行。因此，我让回忆见鬼去，为了不让它们回来，我给自己注射这种针。您能懂吗，啊？现在您生我的气了。"

普罗斯卡四方形的脑袋歪到一边，清了清嗓子。

"您说了点什么？您得说大声点。"

"没有，"普罗斯卡大声说，"什么也没有说，什么也没有想。"

"我也还没有说完呢，"药剂师说，"回忆分文不值。它们沉得像糖袋。谁要是老拖着这些糖袋东跑西颠，总有一天得累垮。我不喜欢回忆。每一天都不同，没有什么会不断重复。"

普罗斯卡出了一头汗。头疼有规律地敲打着他的前额。

"我能坐下吗？"他问。

"为什么现在就走？您现在就得走吗？"

"我是说，我能坐下吗？"普罗斯卡大声嚷道。

"当然，当然——，坐这儿，床上。尽管坐，听着吧。我还没有讲完呢，还得一小会儿。您不生我的气吧，啊？不生气，是吧？您看：我也当过兵。我参过战，不是最近这场战争，但是当时也死人了。我也打死了一个人，一个漂亮的年轻人。他一头黑发，长着一个很漂亮的女人鼻子，小小的，窄窄的，鼻尖高高的。这种鼻子大概就叫翘鼻子。我回忆起这一切，对我有什么用？有用吗？您听着：我当时俯卧在一条林中小路边，两臂放在胸下，下巴枕在

投敌者

手上。杉树针叶又湿又软，那气味——您知道近处的杉叶什么气味——几乎让我头脑发昏。松鸦在我头上呱呱叫，天上飘过一块一块硕大的云彩，一切都那么宁静、祥和、优美。这时，突然有一个男子十分淡定地沿着窄窄的小路走下来，这是个长得很俊的俄国敌人，一个年轻男子。他看不见我，压根儿不知道有人躺在这里，而这个人正目不转睛地盯着他，就像老鹰盯着田鼠一样。他越走越近，这时，我发现他胸前戴着一枚很大的蓝边银勋章。到离我 10 步远的地方，他停住了，揉了揉眼睛，漂亮的黑眼睛。显然，一只昆虫飞进了他的眼睛。我让他慢慢地揉，可是，当他揉完眼睛，走到离我更近的地方，近到随时都能发现我时，我扣动了扳机。您现在知道了吧，为什么回忆对我们来说一点没有用？您看：这个人也许很不幸，也许今天会感激我。回忆这样的事情，能得什么好？那些能从中学习的人该这么做。不能从中学习的人，该关心的是他们今天遇到的问题；这要重要得多。"

阿多梅特停住不说了，看着注射器。他把眼睛眯成一条缝。他感到，他说的比他原本想说的多了；他为此生自己的气。

普罗斯卡站起身，大声嚷道："您瞄准哪儿了？"

药剂师喃喃地说："对准银色勋章。"

两个男人沉默了片刻，两双眼在房间里对视。突然，老人换了一副脸色，说道："也许我还有别的邮票。"

他拉开一个抽屉，找了好大一会儿，找出一本破旧的记事本，尖声说道："在这儿呢。有些东西总躲着我们，您说是不是？您看看！我相信，里头还有新邮票。"

普罗斯卡拿过记事本，翻了翻。他找到4枚邮票。他喊道："这几枚有效。我可以要两枚吗？明天还您？"

"可以，可以，"药剂师说，"您尽管拿。您的信会送到的。祝您一切顺利。再见。"

普罗斯卡在院子里停住脚步；新鲜空气缓解了他的头疼。一道铁丝网篱笆后面，一棵老樱桃树樱花盛开，这是春天使然。阿多梅特房子的窗户上挂着一个鸽子笼；笼子里没有一点响动，咕咕叫的家伙们都在外头。普罗斯卡拿舌头舔了舔两枚邮票的背面，把它们贴到信封上。然后，他走向被刷成白色的低矮木篱笆的门，穿过门走了出去，在街上环视了许久。但是，他既没有看到姑娘向有好多柔软藏身处的森林走去，也没有看到一个男子或小孩。于是，他打开黄色邮筒投信口的活动盖，举起信，好像做出一个无与伦比的重大决定似的，露出严肃沉思的表情，观看着手里的信，然后，终于快速地把信投进邮筒那窄窄的、黑乎乎的喉咙。活动盖"啪"的一声翻了下来，某种终成定局的事完成了。现在，这信已经不属于他了，他不能提什么要求了；他把什么东西给丢出去了——永远放弃了。

普罗斯卡穿过空无一人的街道，登上楼梯，进了他低矮的房间，走到开着的窗边。那边，离他三十米远的地方，挂着那个邮筒。阳光照到邮筒上，投射出一道界线清楚的影子。

"她读了这封信，会做什么？玛丽亚会做什么？她会把双手放

投敌者

到胸前，她会设法使自己的心跳平静下来。但是，她恐怕不可能这么做。玛丽亚读了信，会想到我。她会诅咒我。也许我不该给她写信，那样恐怕会更好一点。这封信会像一次精准的射击，杀死她的希望。她会跌落到椅子上，她哭不出来，绝望会勒住她的喉咙，紧紧地，久久地。她会解下围裙，读第二遍信，然后，当她心情稍许平静一点……然而，她无法平静下来。没有人收到这样一封信，能够做到平静如常。但是，我必须写这封信，绝望驱使我这么做。绝望驱使我走向柜子，迫使我某一天拿出笔和纸，让我坐下写信。让玛丽亚控告我好了！她是我的姐姐，她会知道该做什么。我对一切做好了准备，什么结果我都承受。今天是星期二，春光明媚，暖融融的。后天星期四，接近十点钟时，她就会收到信。那时，一切就会做出决定，如果压根儿有什么需要决定的话。让她一个人孤零零的，是我的过错——是我当时，六年前……"

三十五岁的助理员普罗斯卡疲惫地用手去够房间里唯一的那把椅子，把它拉到窗前，他坐下，把手肘撑到窗台上，下巴支到双手上，凝视着外面的邮筒。他听到翅膀快速的击打声，鸽子回来了。普罗斯卡深深地呼吸了多次。同时，他感到一阵轻微的、令人舒适的眩晕。有一会儿，一个幻觉掠过他的头脑，他好像从某个地方跌落了下去，从一堵墙上，从一个屋顶上，从一棵树上或者一块岩石上。然后他又觉得，他好像朝一口井低下头，屏息静气地倾听沉默中深邃而宽慰的无言景致。他仿佛朝下倾听已经走过的往昔世界，仿佛看到井中那遥远的水面上，在那面生活过、经历过、遭受过的一切往事的镜子里，出现自己短而宽的前额，满是肌肉的脖子，被阳光晒得发灰的头发：这时，从时间的迷雾里涌现出他记忆中的一幕幕场景。瓦尔特·普罗斯卡助理员突然听见一个火车头发出呜呜的轰鸣声……

投敌者

2. Kapitel

第二章

在普罗乌斯克，小火车头在加水。一根铁管子像象鼻子那样伸到火车头发热的躯体上，拧开一个手轮，一股粗大的水柱射进它敞开的侧翼。

普罗斯卡听着哗哗的水声，走到破碎的车厢窗户边。他看见一幢很小的白色站房，门楣上写着一个号码，一个荒芜的站台，两堆木头；再也看不到别的了，因为村子离车站整整半个钟头的路程，在一座阔叶林后面。火车前面，一个哨兵在巡逻。因为天热，哨兵敞开了脖领。他理所当然背着一支冲锋枪，就像非洲母亲背着婴儿一样。火车除了车头，还有一节给养车，一节邮车。哨兵走到小火车的尽头，头也不抬，转过身，慢腾腾地往回走。这样重复好几次。这景象让人觉得这里是个巨大的、被遗弃的灶炉；没有风，一丝空气的流动都没有，干枯的灌木丛毫无声息。

当哨兵走到普罗斯卡跟前时，普罗斯卡问道："我们在这儿停很久吗？"

"停到我们开车时！"

"我看，火车头只需要水。"

"是吗，"哨兵闷闷不乐地说，"它需要水吗？"突然，他抬起头，朝下看着通往普罗乌斯克的土路。普罗斯卡站在窗边，朝着同一方向看过去，这时，他发现一个姑娘朝火车挥手，向这边快步走过来。她穿一件青绿色连衣裙，如沙漏一般的纤纤细腰上系着一条宽腰带。她快步跑到站台上，径直走到哨兵前。她一头暗红色头发，短短的小鼻子，蓝绿色眼睛，穿着一双褐色布鞋。"您要干吗？"哨兵瓮声瓮气地问，眼睛盯着她裸露的腿。

"士兵先生……"她抖抖索索地说。她放下一个陶罐，在上面放上一件折叠好的雨衣。

"您罐子里是牛奶还是水？"

她摇摇头，往后捋了捋头发。普罗斯卡以欣赏的目光看着她胸部的侧面轮廓。

"您是想搭顺风车吧？"哨兵问。

"正是，搭一小段。到罗克特诺沼泽地。我可以给您钱，或者……"

"滚，快走开！我们不许带任何人。这点您本该知道。您不是已经问过我一次了吗？"

"没有，先生。"

"您是波兰人，对吧？"

"是。"

"您在哪儿学的德语？"

这时，小火车头呜呜地叫了两声，一声长，一声短。哨兵放下姑娘不管，怏怏地看了一眼普罗斯卡，往前走去。他嘴里骂着，登上给养车，一屁股坐到一只箱子上，抽起烟来。冲锋枪压着他；他懒得动，没有把它取下来。

干枯的地上阳光灼热。

车头启动了，发出一声轰鸣，小火车慢慢开动了。

姑娘抱起陶罐和雨衣，跟着火车走。她用恳求的眼神看着普罗斯卡。她走到他的跟前，恳求道："请您带上我吧！"

助理员经不住她恳求的眼神，她的头发，她颀长的光腿，还有她具有诱惑力的胸部侧影。他一把拉开车门，一只脚踏到车门的踏板上，伸出一只手。她递给他陶罐和雨衣，自己跳上踏板，让他帮着进了车厢。他关上门，转过身。她站在他面前，微微一笑。

"沼泽前我就下车。"她说，好像道歉似的。

他一言不发，盯着她长得很好的牙齿。

"您的战友要生气了吧。"她轻声说。

他克制住自己，没有把手从口袋里拿出来。

"他会不会打死我？"她微笑着问。

他也露出笑脸，从口袋里拿出一包香烟，说："您抽支烟吧，这也许会让您静下心来。"

"我不抽烟。"

"那就让我们坐下吧。"

他们坐下。他的膝盖离她的就几厘米。

一束阳光照进车厢。普罗斯卡看见阳光中灰尘上下飞舞。他们两人都不说话，听着小火车头呜呜呜叫，各种自然风景在破裂的车窗外向后掠过：草地、烧过的田地、小块小块的桦树林，偶尔也有零星的小茅草房。有时，房顶上有一股烟柱，一动不动地耸立在干燥的空气中。没有一个人在地里干活，草地上有几只奶牛，眼睛呆呆地凝视着，尾巴好像习惯似的不时挥动一下，拍打着瘦得见骨的屁股，试图赶走苍蝇。

"您住在普罗乌斯克？"普罗斯卡问道。

"是的，我出生在这里。"

"我真想不到，这儿能出这么美的姑娘。您的父亲也养奶牛？"

"我的父亲是护林员。他已经死了。"

"已经很久了？"

"两年了。"

"他是在战争中阵亡的？"

"我不知道。两年前，一个士兵在普罗乌斯克被打死了。清晨，一队宪兵来到我们村子。他们挨家挨户搜查男人和武器。我们住在村边，他们首先来到我们家。我父亲来不及好好躲起来。他钻进一个柜子。宪兵进了我们家，我带他们看了整幢房子，什么都让他们看了，他们差点就要走了。可是，当我们回到放着那个柜子的房间时，我父亲忍不住咳嗽起来，于是，一个宪兵掏出手枪，朝柜子开了四枪，上面两枪，下面两枪。"

"这一切很快就会过去。"普罗斯卡说。她把双手放到腿上，晃着两只脚。

"您结婚了吗？"

"没有。二十八岁前不能结婚。"

"为什么不能？"

她看了他好一会儿。突然，她身体一滑，挨近他身边，两只发热的手捧起他的脑袋，对着他的前额哈出一口气。普罗斯卡的手搭到她的肩膀上，但她马上缩回身子，坐回到原来的位子上。

投敌者

"我想在您的前额上读出点什么。"

他说："是吗，你们这儿能这么读吗？我前额上写着什么？"他用手掌拍拍自己的脑袋："在上面能读到什么？"她吸了口气，胸脯向上鼓起。她神秘兮兮地看着他，而他则突然觉得，他能够潜入她蓝绿色的眼睛，好像那是一个池子。

"一切都会好起来的，"她说，"也许不会。"

他笑起来，说："我前额上是这么写的吧？"

"正是。"她说。

"那你就是一个小小的预言家。像你这样的预言家，大家都愿意相信。你叫什么名字？"

"汪达。"

"多大年纪？"

"二十七。你呢？"

"二十九。"

"你叫什么名字？"

"瓦尔特。"他说。

"一个瓦尔特，一个汪达。要是你的战友不打死我，我们还会再见面。"她狡黠地笑着说。

"这是瞎扯，"普罗斯卡说，"他不会对你怎样的。"

他们都不说话了，互相看了一眼，听着行驶的火车有节奏的声音：咚嗒嗒，咚嗒嗒，咚嗒嗒。他忽然觉得，某些话语——表示极度忧伤的话，表示安宁的渴望和流逝了的爱情幸福的话——和这节奏有某些共同的意味。咚嗒嗒，咚嗒嗒，这声音听起来就像"羽绒被"，或者像"他曾经"，或者像"喜欢我"，或者又如同"你相信吧"抑或"吻我吧"。

车厢里变得热不可耐。普罗斯卡额上冒出汗，他的嘴巴干得冒火，很想喝水。她看着他的冲锋枪，那冲锋枪黑色枪管朝下，挂在一个钩子上。

"你用这支枪开过枪吗？"她问道。

他不作答，站起身，走到门边，把头伸出开着的窗外。迎面而来的风打到他的脸上，把他的褐色头发吹到后面。凉爽的风让他很舒服。他感到她在观察他，心里想道："要是我们某个晚上在普罗乌斯克停车多好啊！她的胸膛多挺。红色头发和蓝绿色眼睛多般配。两个小时后天就黑了。但愿……"

他转过身，问："你知道，火车到沼泽地还要多长时间？"

"大约四个小时。如果不发生什么事的话。"

"会发生什么事？"

"地雷。"她笑笑。

"你怎么知道这个？"

"村子里大家有时说起这种事。"

"在普罗乌斯克？"

"是的。他们从哪里听说的，我不知道，但是他们有时说起这种事。"

"酷热会把事情泄露给他们，"他说，"假惺惺的天空和你们毫

投敌者

无生气的树木。他们多久说一次火车事故？"

"每天。"她说。

"每天都有火车被炸？"

"不。不过，每炸一次，他们就整整一星期都有谈资了。然后又再次发生。"

他坐到她身边，把一条腿靠近她的腿。

"这里最后一次爆炸是什么时候？"

"五天前。"她转向他，把两只柔软的胳膊放到他的肩上。她噘起嘴唇，说："我累了。暑热搞得我浑身懒懒的。"

普罗斯卡绕过她的耳朵，朝破裂的车窗看。他们正经过一座杂树林，那森林已经延伸到铁路路堤坡面的半中央，挨近铁道的边缘部分生长着幼小的桦树、云杉和柳树丛。小火车头的汽笛呜地响了一声，短短的，它自己好像也不知道为什么鸣叫。

"太热了，我口渴，"普罗斯卡说，"我现在想喝点什么。一杯凉啤酒，或者——你罐里装的什么？牛奶还是水？"

她摇摇头，从他的肩上抽回胳膊。

"不是什么喝的。这罐子里是我的哥哥。"

他瞅着陶罐，说："你这话是什么意思？"

"你不相信我的话？"

普罗斯卡掐了一把她的上臂；她好像没有感觉到疼。

"现在，预言家变成了魔术师。沼泽地上马蹄草长得特别好；在那儿，一个哥哥也会疯长成参天大树。你想把他种到那里吧？"

她好像严肃认真起来，把膝盖上的叶绿色裙子捋平整，避开他的眼睛。

"这个陶罐里是我哥哥的骨灰。我们在莱姆贝格把他火化了。他是铁路员工，一列火车爆炸时，他一起遇难了。我乘车到塔马施格罗德，我嫂子住在那里。她请我把骨灰给她送过去。"

"你哥哥是在这条线路上遇难的？"

"我不知道。"

普罗斯卡用手臂搂住她，不安地看着那不言不语的陶罐。他觉得自己仿佛一直处在他人的观察之中，他越试图赶走这种感觉，这感觉就越顽强、越强烈地附在他身上，挥之不去。他感到对汪达有明确无疑的同情之心，他那硕大有力的手指在她脖子上一上一下地抚摸。他捧起她的头，拽过来靠近自己，吻了一下她的头发。

"这一切很快就会过去。"他真诚地说，"我相信，这事来得快，也去得快，过一夜就好。你打开你的窗户——不是明天，而是某个美好的一天——阳光照射到你的眼睛上，祝愿你有一个美好的早晨。乌鸫停在院子里，你倾听它的啾啾叫声，你会发现，一切都变了。——汪达，你相信这一天会到来吧？你也许无法想象这种情况，是吗？——你才二十七岁，你还有整整一年的时间。"

两人都不说了。几棵黑黑的老杉树威严地挺立在路堤旁，透过车窗向他们投来冷冷的一瞥。他的手指在她锁骨上轻轻弹了几下，突然，他的手指往下一滑，碰到了她的右侧乳房。她马上挣脱开他的拥抱，从他身边挪开，露出带威胁意味的笑容。这微笑就像

投敌者

一道充满魔力的屏障，一道不可逾越的障碍，横在他们两人之间。

"我现在想睡觉了。"她说。

"你可以靠到我的肩上。"他说。

"我觉得这对我来说，太危险了。"

"你只要不用雨衣盖住这个陶罐，我不会对你做什么。"

"这我不明白。"她说。

助理员指了指陶罐，解释道："我有种感觉，好像这玩意儿看着我似的。罐子好像有眼睛，至少对我而言是这样。我觉得，我老被人看着似的。这，你懂吗？"

"假如真是这样。"她一边说，一边在座位上身子直直地向前伸出，把头埋进他的怀抱。她温和地仰视着他，深深地呼吸起来。

"你睡着了？"过了一会儿他问道。

"是，"她说，"我梦见了你，梦见一次重逢。"

"梦里也有你哥哥吗？我是说，你是否看到我们身边的这个陶罐？"

"没有，就我们两人。我们单独在一起——而且非常美妙。周围没有人看着我们。我们互相爱慕，互相喜欢。只有你的枪在旁边，看着我们。但它默不作声。你的枪能默不作声吧？"

"如果它必须沉默，它能做到。睡吧，汪达，睡吧，做个好梦吧。——不过，你得躺舒服一点儿。"

他依然坐着，脱下军服上衣，从怀里抱起她的头，把折叠好的衣服垫到她头下，当作枕头。

"谢谢。"她小声说。

他不说一句话，凝视着陶罐。他心想："如果能不让她伤心，我真想把这玩意儿扔出去。我还从来没有过这样的旅伴。一旦他们炸了火车，她的哥哥就会飞到空中，要是她运气好，也许事后她能从树叶上掸下她的哥哥。也许从桦树上掸下一个手指，从杉树干上掸下一个脚趾。"

他的背上起了一层鸡皮疙瘩。他站起身，在车厢里走了几步，然后停在放在角落里的陶罐前，陶罐随着火车的摇晃而轻微震动。这是一个简朴的，也许是自己烧制的罐子，边上有一个牢固的把手。罐口用羊皮纸封住，为了不让封口纸松开，姑娘或者别的什么封口的人，用一根结实的细绳系住罐口，仔细地打了结。

他迅速地朝她看了一眼，当他确定她没有动眼皮，而是试图睡觉时，他果断地拿起雨衣，把它展开，罩到罐子上。她似乎一点也没有发现。普罗斯卡仿佛觉得一下子又自在了，又有勇气了；他绷紧胳膊，走到窗边。阳光透过树梢向他致意，林地里，一只小兔子忽东忽西地乱跳着，跑走了。小火车头发出轰隆隆的响声，费劲地拖着它的重载物，穿过杂树林。他想起吕克遍布森林的周边环境，那是他出生的马祖里地区的一个小镇。那里的气息和这儿一样；伯雷克，尤其是靠近苏诺沃湖的地方，也给他留下同样的印象。助理员发现一只小松鼠，那双发亮的黑眼睛正朝火车这边看。

"她的头发几乎和这松鼠皮毛的颜色一样。我以后就叫她小松鼠。"

他转过身离开车窗。她安详地躺在长条座位上，两腿交叉着，一只手放在怀里，另一只手放在嘴边。他小心地走近她，用两个

投敌者

手指夹住她的裙边，把裙子往上撩起一点。他弯下腰，吻着她被阳光晒得黑黑的腿，就在膝盖上面一点点的地方。他察看她的脸：她依然闭着眼睛，嘴唇颤动了一下。他直起身时，她说话了："别吻嘴。"

"我以为你睡着了。"他说。

"谁吻我的嘴，谁就要倒霉。"

"真的？"

"你要小心！"

"我无所谓。就这危险而言……"

"你别这么做。"她笑眯眯地说。

他抬起她的头，吻她。她回应他的亲吻，两臂抱住他肌肉发达的脖子，然后又轻轻地把他从身边推开。

"再过一个半小时天就黑了，"他说，"我们一定得再见面。"

"你把雨衣盖到陶罐上了。"

"是的，我受不了啦。我看着它不舒服。"

"请把它拿开吧。——再过一个半小时就黑了。"

普罗斯卡按她说的，随手从罐子上拿下雨衣，自己躺到另一条长凳子上，向汪达挥了挥手，试图睡一会儿觉。但是，睡神容不得命令，普罗斯卡越想抛开一切感觉，忘记身边的一切，他睡着的希望就越小。他朝汪达眨眨眼，轻轻问道："小松鼠？"

"你说什么？"她问。

"你也睡不着，小松鼠。"

"什么是松鼠？"

"你就是一只。"

"我是什么？"她无精打采地问。

"一种红褐色的小动物，长一双好奇的眼睛，一对尖尖的小耳朵。你在树木间玩耍，跟一丛爱抱怨的老榛树交了朋友。你戏耍那些幼嫩的新枝，挑逗它们，任凭它们把你弹到空中。可是到了冬天，我的小松鼠，你就睡觉，饿了，你就向后伸手，掏储存榛子的盒子。"

"你吻了我的嘴了。"她说。

"你现在知道，什么是小松鼠了吧？"他问。

"你吻了我，你等着什么灾祸吧。"

她是带那么一点认真劲这么说的，他觉得她的声音变了，都听不出来了。他心绪不安起来，站起身。

"你认为火车会发生什么不测？"

"我警告过你——"

"难道你不害怕？假如突然有什么事，你都无所谓？"

他从钩子上取下冲锋枪，在手里掂了掂，抚摩了一下枪栓，从干粮袋里掏出一个弹匣。

"你要干什么？"她问，身子依然躺着，拿眼观察他。

"准备万一。"他说，把弹匣推进弹匣仓。

"那里头有多少颗子弹？"

"够用了。"他把打开保险的枪放到一个角落里，头伸出车窗。

投敌者

"你看见什么？"她问。

"暮色。"

"暮色也能看见？"

"暮色很胆小，我们得非常专注，才能看清它从哪里过来，悄悄挨近我们。——如果我不得不开枪，你会说什么？"

"你为什么要知道这个？"

"因为不管怎么说，他们是你的人。"他说着点燃一支烟。

"他们一会儿就会进攻我们。"

他走到她跟前。

"起来。"他说。

她躺着不动。

"你得起来，汪达。"

"我太累了。很快天就黑了。"

他变得烦躁不安起来，粗声粗气地问："谁马上就要进攻我们？这先知似的话是什么意思？"

"我是说蚊子。沼泽地里蚊子很多。"

他大声笑起来，觉得这笑声使他轻松了。

"你们得多养些鸟，你知道，那样蚊子就会少些。可是，在你们国家，鸟很幼小时就死了。我见过的鸟为数不多，它们感到很孤单，忧伤地飞过天空。它们要唱的歌都卡在喉咙里，唱不出来。"

"以前可不是这样。"她说。

"我知道。"他说。

突然，小火车头发出一声嘶哑的长鸣，降低了速度。普罗斯卡拿起冲锋枪，把枪托顶住自己的腰。

"到塔马施格罗德还远着呢。"

"这我能想到，"他说，"也许马上就要有事了。"

火车以步行的速度向前慢慢移动。

"白天，"他说，"他们像猫头鹰那样躲在窝里，不敢出来。一旦夜幕降临，他们就苏醒过来，精神百倍。他们坐在夜幕的裙子下，扒开几条小缝，从缝里向外射击，就像在大白天一样。"

"你说谁？"她问。

"炸火车的小伙子。"

"难道他们不该这样做吗？"

"你，别说话！"

他慢慢打开车门，上身前倾，朝行车方向看了一眼。然后，他转身朝向她，匆匆地说："你得赶紧离开。快，宪兵来了。他们也许会检查火车。——快下去！平躺到路堤的斜坡上，等着。危险一过，我给你一个信号。你得从另一侧下去。"

她一下跳起来，冲向车门。

"锁卡住了。"她绝望地说。

他抬起脚，使出全身力气撞开了门。

"快，汪达，你现在必须出去！他们在这里找到你，我们两个都没有好。"

她跳出车厢，平安地落到斜坡上，还往下面滑了一小段，贴着

投敌者

肚皮趴在地上。

小火车又往前爬了五十米，传来刹车嘎吱嘎吱的声响。

他快速穿好军服上衣，心想：但愿她能赶上火车。离她跳下的地方不过五十米。要是她扔下我一个人，那可怎么好。啊，她不会的，她的罐子还在车上，她的雨衣也没有拿走。这讨厌的玩意儿我可不想再看见它了！

他用那件雨衣包好罐子，把它塞到座椅底下，使劲往里推。他直起身子时，一个宪兵恰好登上车厢。

"嗨，"那宪兵说，"一切正常？我可以看看你的行军令吗？"

普罗斯卡递给他一张皱巴巴、盖满各种章的纸条。

"你要上哪儿？"宪兵问。

"到基辅附近。"

"你从哪儿来？"

"吕克。我刚度完假。"

"这小地方在哪里？"

"在马祖里，离波兰边界十七公里。"

"离原先的边界。"宪兵更正他的话，拿起挂在胸前的四角手电筒，打开开关。他把光柱对准皱巴巴的纸条。他审查每个章，带有伤疤的食指指着一个签名，说："这写的是基里安，对吧？"

"正是。我的上尉就叫这个名字。他签发的这张证明。我给他带来一个包裹，他妻子让带的。"

"这包裹你可以马上寄回去了。上尉死了。"

"阵亡了？"

"算是吧。一个卡尔梅克人 [1] 正好击中他两眼之间。"

"这是什么时候的事？"

"四天前，我当时到前面办事。他们把上尉抬了两公里，抬到救护站，可是到了那里，他始终再也没有醒过来。"

"我现在拿这个包裹怎么办？"

"里头是什么？"

"他妻子跟我说，是保暖腕套和护耳。他冬天多半要冻耳朵。"

"现在几乎就是夏天了，"宪兵说，"你要觉得下个冬天你用得着护耳，你就留着好了。"

"多谢，我只冻脚。"

宪兵抬头看天。"今晚的月亮多么好奇，我看，它能看到点什么吧。"

"你看火车会挨炸吗？"

"你的头离窗户远一点。"宪兵说，关掉手电筒，走开了。

助理员赶紧冲到车厢另一侧。他的眼睛扫视了一遍路堤的斜坡，不要说汪达，连个人影也没有。他等了片刻，喊道："小松鼠！你听见了吗？你可以来了！汪达！你在哪儿？你倒是来呀！"她没有来。她没有如他所盼那样，从树后走出来；没有如他所愿那

---

1 卡尔梅克人，主要居住在伏尔加河下游俄罗斯卡尔梅克共和国，属蒙古人种西亚类型，信奉藏传佛教（喇嘛教）。苏联卫国战争时，苏联政府动员大量卡尔梅克人参军，其后又流放没有加入苏联军队的卡尔梅克人到中亚和西伯利亚，1957 年后才允许他们返回家乡。

投敌者

样，从铁路路堤的斜坡上站起来。

火车咚的一声开动了。

"汪达！"普罗斯卡提高嗓门喊道，"你为什么不来！"

火车加快了速度。

"我们会再见面的，"普罗斯卡大声说，"我们很快就会见面。"

他撞上车门，他原本把门开着，是想方便她跳上车来；他坐下了。

"她忘了拿走罐子和雨衣。她大概比她承认的更害怕。我到塔马施格罗德转交这罐子。"

普罗斯卡站起身，把罐子从座椅下拖出来，放到自己面前。月光照到罐子上。普罗斯卡觉得那罐子在朝他眨眼。

"别怕，"他喃喃自语，"我不会把你扔到窗外去。我要是扔，那是小事一桩，但是我不会这么做。我会很人道地对待你，尽管你不再是人了。但是，你原先是人，而这一点，我非常清楚它的分量。你尽可以相信我。"

这汉子突然觉得无比好奇，一个疑问不可遏制地烧灼着他的脑袋，他从刀鞘里慢慢抽出刺刀，走近陶罐。

他心里默默地想："我倒是要看看，一个人到了你这个地步，是什么样子。我不会让你感到疼痛了。我用刀尖挑出那么一丁点，你可不要生气。"

他拿刺刀捅进包着罐口的羊皮纸，撕开一个稍大一点的洞，一只手抖抖索索地，用刀尖挑出一小撮灰。他拿鼻子闻了闻，什么气味也没有。

"看这样子，完全可能是炭灰嘛，或者烟灰、纸灰。"

普罗斯卡小心翼翼地站起身，把刺刀对着破裂的窗子。迎面而来的风吹到刀上，灰烬四散飞扬。

"倘若你还有灵，请原谅我。"助理员喃喃地说。

那姑娘没有回来，他很生气。他慢慢又重新坐到罐子旁边，不经意地第二次戳进灰里。然而，刺刀没有戳进多深。罐子至多也就上面三分之一是灰。

"那下面究竟是什么？怎么听起来几乎像金属的声音？骨灰下面难道装着什么别的东西？这个胸脯丰满漂亮的预言家，她也许骗了我。我倒要看看，骨灰下面是什么。她的哥哥也完全可以是块木头。"他拿起罐子，伸出窗外。灰被风吹出罐子，飘走了。罐底露出四个黄色炸药包，亮晶晶地闪着光！

普罗斯卡两只胳膊发抖了；他一切别的可能都想到了，唯一没有想到的就是炸弹。"我对她是如此信任，我竟这么傻乎乎的，帮她运这种玩意儿！四个黄色炸药包！这够炸掉两列火车，够村子里的人聊两星期的。四个黄色炸药包，这意味着一堆炸得歪七扭八的铁轨，炸得粉碎的车厢，血肉模糊的尸体——而这又会引起新的不安、新的恐惧、新的报复。"

他闭上眼睛，深深地吸进一口气，夜晚的空气充满他的肺，他的胸膛几乎要胀破了，然后，他往胸前收回一点右手，呼着气，使出全身力气把罐子扔向路堤的斜坡。那陶罐摔到一棵杉树干上，碎裂了；但是没有爆炸。

投敌者

他疲惫地从窗边退回，坐到一条长凳上。他感到腋窝下渗出汗来，弄湿了衬衣。

"狡猾的畜生。"他喃喃地说。

火车隆隆地行驶着，好像也在说"狡—猾—的—畜—生"。

"你等着！"他心里这么想。

火车隆隆地响着，好像跟着说"你—等—着"。

火车到了沼泽地区。一股甜腻腻的气味飘进车厢，这是一种丰满圆润的气息，充满生机、欢腾热闹的气息。

普罗斯卡想道："这真是活该。当时她就躺在这条长凳上，伸开两条腿。很漂亮的腿，这一点不得不承认。我要是知道，罐子里是黄色炸药，而不是她的哥哥，那该多好！这个卑鄙的东西！你要再让我遇见，有你好看的。我会让你……让你晕头转向，分不清南北！"

夜幕降临到沼泽地上，赶走了炎热。天凉快了些。车厢里的普罗斯卡觉得有点冷。针叶树越来越稀疏。铁道两边只有对生长条件要求不高的桦树。树木多么淡定地等着斧子啊！人的灵魂是一只布谷鸟；阳光灿烂时，它飞向上帝。柳树像乞讨的老头，睡意蒙眬地打着盹。他们永远不能信任。——睡吧，普罗斯卡，睡吧！你的父亲是只绵羊！你的父亲摇晃小树，掉下来的是黄色炸药！睡吧，哎哟，睡吧！

他在长条凳子上伸展开四肢，想先朝左面侧睡一会儿，随后又翻身朝右，很快睡着了。

就这样，他错过了塔马施格罗德这个沼泽村。再说，小火车在这里也不过停留了两分钟。它似乎渴望去一个熏得黑乎乎的厕房。那个坐在给养车里的哨兵压根儿就不出车厢。他拿鼻子嗅了一会儿夜景;他没有发现任何异样,或者说只看到一些无关紧要的东西——对他而言,月亮是无关紧要的,沼泽上的宁静是无关紧要的,一只鸟孤零零而又怪异的叫声是无关紧要的——因为他没有发现他觉得重要的事情,于是他重又坐到他的箱子上,点燃一支烟,仔细瞅着烟头那小小的火团。

普罗斯卡要是醒着,也许会把那姑娘忘在这儿的雨衣扔出车厢。那样,他就把他对她的最后一点记忆,连同雨衣一起扔到路堤上去了。但是,他睡着了,张着嘴巴,硬脑壳枕在硬板凳上。

火车加快了速度,比经过普罗乌斯克时快得多。火车头虽然很小,然而,它多半知道有许多事比工作更美好。塔马施格罗德,这个沼泽中令人讨厌的小窝点,在原地一动不动。

"呜,呜。"火车头叫了起来。

普罗斯卡在睡眠中听见这叫声,翻个身转向左侧。真是奇了!在这同一时间,在吕克附近的希巴,普罗斯卡的姐夫库尔特·罗加尔斯基躺在鹅绒被子里,也翻了个身,转向了左侧。偶然有什么东西同时掐了一下他们两人的腰,当然纯粹是偶然。但是,罗加尔斯基先生当然不可能知道,普罗斯卡先生正在一列小火车里。当然,他也不可能梦见这个;即使他做梦,他梦见的也永远是小麦、萝卜和土豆。再说,他想得更多的,本来就是他的庄稼,而不是他的小舅子普罗斯卡,他妻子玛丽亚的弟弟。

冲锋枪打开了保险，靠在一个角落里。在车厢的行李架上，正好在酣睡的普罗斯卡头顶上方，放着那个给基里安上尉的装着护耳和保暖腕套的包裹。一颗流星划过天空。这是上帝投下的飞弹。上帝让它从自己手里降落人间，向少数探究地抬头仰望天空的人神秘地昭示，他们在探寻时要专注、要耐心，上帝就在这里，他虽然理解他们的渴望，却不能直面他们的目光。但是，为了减轻、缓解探究给他们带来的痛苦，上帝不惜劳动他的手，扔下这颗飞弹，好让他们继续保有希望。

刚过午夜不多一会儿，火车碰上了一颗地雷。小小的火车头被掀到了空中，它那发热的钢铁之躯被炸出一个大口子。锅炉里的蒸汽嘶嘶地冒出来。——有四个平民正巧带着冲锋枪，坐在树上，一清二楚地看着发生事故的弯道，他们先是以为，机头只是弹出被炸得变形、断裂、翘起的铁轨，很快就会重新落到完好无损的铁路路堤上，继续行驶，好像什么也没有发生一样。但是，他们不一会儿就不得不承认，他们过于相信这小火车头的能耐了。一道炽热的火柱从它的前额喷涌而出，瞬间，火车头翻了个底朝天，冲到路堤斜坡的边上，再也控制不住自己，像一只受了致命伤的庞大动物，滚下坡面。托付给它的两节车厢被它一起带进沟里。两个后轮还在无助地转动——就像乌龟让人翻成背朝天，几条腿在空中乱动一样。机车在普罗乌斯克加过水，此时，没有用完的水从一个破裂的管子里流出来，渗进地里。

卫生员经常发现刚死不久的人，裤子是湿的。

3. Kapitel

第三章

普罗斯卡想道:"现在我一切都无所谓了,在这翻倒的车厢里,我坚持不了多长时间。也许他们也看到了事故的全过程。那样,他们恐怕会认为,所有随同火车被炸死的人用不着死亡原因的证明了。也许他们早已撤回去了。谁知道这些家伙是些什么人。我的脊柱疼痛、发抖,好像有人把它做成了弓箭的弦。要是我能站起来,伸展伸展身体该多好啊!冲锋枪似乎毫发无损,很容易装上子弹。现在得出去,离开这讨厌的闷罐子。他们要是开枪,我有上好的隐蔽地方。太阳很快就会升起。谁知道,我要是没有睡着,会发生什么。假如他们自己人开小差,他会给他们一家伙。也许我会搞错?难道我只是临死前有了幻觉,以为我还活着?这真是可笑。我竟怀疑自己,虽然我感到我的脊柱痛,膀胱已经憋不住了。有些人一旦认为不得不怀疑自己的存在时,就把土撒到自己的头上,难道我也该像他们那样做?我现在必须出去!"

助理员抬起头,看一眼正好在他头上的破裂的车窗,伸出两只手,扒住窗户的铁框,艰难地站起身。起先,他只能看到一片天空,无尽深远的天空一派童叟无欺的样子,让他鼓起勇气,把脑袋伸出窗外,瞥了一眼近处四周。他首先看见几株杉树的树尖,然后是树干,最后,当他的目光越来越往下移动,终于瞅见了挺立在晨雾中冷得发抖的桦树大军,还有疯长的黑莓枝蔓形成的坚韧而又孤零零的树丛。铁轨被炸得偏离了枕木,歪七扭八的,像细细的蜡烛。

突然,普罗斯卡听见有人说话。

"哟，这儿活着一个。"

他赶紧转过身，看见柳树后有个身材高高瘦瘦的士兵，正端着枪，朝他走来。

"你从哪儿来？"普罗斯卡惊讶地问道。

"格莱维茨[1]。"高个子说，咧嘴一笑。

"我是说，你在这儿干什么？你们驻扎在附近？"

"你还真活着！你真走运！坐在前面的那位都挤扁了，像夹在罐头盒之间的臭虫。火车司机像插了翅膀，飞了出去，头重重撞到树上。当时发生了啥事？好大的声响。"

"大家都死了吗？"普罗斯卡问。听那问的口气，好像他还一直不相信，自己还活着。

高个子点点头。他一双大耳朵，稍稍往下耷拉着，鼻子有点弯，褐色眼睛。他戴着至少大两号的钢盔，显然，他要往外看可不那么轻松顺当。他在翻倒的车厢前停住脚步，说道："我们现在得快，尽快离开这里！别的都是扯淡。来，快出来。你有枪吗？"

"有。"

"那就带上，快出来。"

普罗斯卡挤出车窗时，那高个子瞅着树梢，吹了一声口哨。

"又什么事？"

"你看那儿，"高个子说，用枪管指着两株杉树，"他们就待在那儿，看着火车怎样被炸。"

---

1 格莱维茨，原上西里西亚工业城市，第二次世界大战后划归波兰。

"你怎么知道？"

"快点，Pjerunje[1]。"

"我们要到哪儿去？"普罗斯卡问，"这儿不是更安全吗？"

"是，可是那要中午以后。两点到八点。"

"你在这儿倒是干什么的？"

"铁道警卫小分队。"

"就你一个人？"

"还有五个人，一个负责的下士。不过他不管铁路，他管我们。"

普罗斯卡把冲锋枪挎到腰上，在松软的土地上走了两步。然后他说："按理我得留在这里。我必须往前线去，找我的部队。"

上西里西亚[2]人生气了。他说："你要么跟我走，要么留下。下趟火车也许三个小时以后才来。这段时间里，你也许挨一百次……"他一边说，一边用食指一会儿指指钢盔，一会儿指指胸脯，反复多次。

"你要把我带到哪里？"

"现在快走。"

普罗斯卡爬进车厢，两分钟后拿着他的干粮袋和给基里安上尉的包裹又下了车。

---

1 西里西亚方言，骂人话，类似中文的"他妈的，坏蛋，臭狗屎"。
2 上西里西亚（Oberschlesien），西里西亚东南部地区。西里西亚为历史地名，位于欧洲中部奥得河中、上游流域，并向东南延续至维斯瓦河上游。历史上先后为波兰、神圣罗马帝国、普鲁士、奥匈帝国、德国等统治。第二次世界大战前，西里西亚地区有德裔居民四百万。现在西里西亚大部分归属波兰。

"这里就这么不管了？"

"铁路流动巡逻队会来清理现场。我们马上打个电话，这就够了。"

高个子在前头走。他左腿有点拖后，仿佛靴子太紧了。普罗斯卡瞥了一眼这汉子的裤裆，心想："这家伙没有屁股。真想知道，他怎么系住裤子。没有屁股的人身材好，穿什么衣服都好看。这种人不能信任。"

他们默默地在茂密的树丛中开出一条路，很快来到一条踩踏出来的小路上。普罗斯卡看到小路两侧是被连根拔起的大树，坚韧牢固的榛子枝条，旺盛的野草。这是一块不折不扣的荒野之地，一块没有经过人为改变的土地。即使死神要穿过此地，也要费一番气力；它烧死一个生命，就有千万个新的生命长出来。也许现在，在这情绪高涨、充满自信的生命之地，是向死神伸出援手的时候了，因为每个有生命的造物都渴望坠入深渊，从而变得伟大。然而，这里似乎没有深渊。

上西里西亚人突然停住脚步；跟在他后面的普罗斯卡几乎踩到他的后跟上。

"有什么事？"普罗斯卡问。

"一架飞机。我们得走快一点。看，就在那儿！"

高个子伸出手，指着树梢间露出的一小块天空。

"看见了吗？"

"飞机又怎样？"

"注意，他们马上就要撒蒲公英了。"

"蒲公英？"

从飞机上掉出两个黑点，快速向地面降落。突然，降落伞张开，减低了下降速度。两个长方形箱子飘荡在空中。

"补给。"普罗斯卡说。

"但不是给我们的。"高个子回了他一句。他把钢盔推到后脖子上，碰到了他同伴的肩。

"走，我们没有多少时间。"

他们继续前行，加快了脚步。

"箱子里装的什么？"

"火药，"高个子说，头也没有回，"弹药和炸药。"他大步流星往前走。他那只不握枪的手把挡道的树枝拨到一边，树枝弹回来，打到了普罗斯卡的上身。

"路还远吗？"

"不远，不远。"

"你叫什么名字？"

"茨维索斯比尔斯基。"

"什么？"

"你听着，茨维索斯，相当于德文的茨维乔斯，比尔斯基就是比尔斯基。"

"是波兰语？"

"上西里西亚语。"

"这是姓，你的名字呢？"

"扬。"

"你有点瘸。你受过伤吧？"

"是，受过伤。机关枪，嗒嗒嗒。"

"什么时候的事？在这沼泽地？"

"在附近。挨着塔马施格罗德。我们当时进攻一座仓库。仓库前有一挺机关枪，在灌木丛后隐蔽得很好。"

"在白天？"

"清晨。记得那时大约六点钟。我向前跑，跳过一道沟。我跳到空中时，看见了那挺机关枪。看见三个男人和机关枪枪口那黑黑的小洞。"高个子停下脚步，看着普罗斯卡继续说："当时我闪过一个念头：在我趴到地上以前，那小黑洞可别射出什么子弹。可是枪响了，三颗子弹打中了我的腿。"

"很疼吧？"

"那可不！我就瘸了，只能干点警卫的事。"

"你刚才说的你的名字？"

"茨维索斯比尔斯基。谁也说不准这个名字。他们说，这个名字太拗口了，舌头玩不转。大家都叫我大腿。"

"因为腿受伤，瘸了？"

"走吧，是时候了。"

他们接着往前走，来到一个树木少一点的山坡上。小路突然没有了。

上西里西亚人小心翼翼地朝四周观察。

"你看见什么？"

"他们常常经过这里。"

"谁？"

"一帮好朋友。你得小声一点。你叫什么名字？"

"普罗斯卡，瓦尔特·普罗斯卡。"

"你得非常轻，不出一点声，普罗斯卡。他们耳朵好，眼睛好，准头好。"

"你们干吗不把他们干掉？"

"注意！"大腿压低声音说，"趴下，哟，别动。快，脸贴地，趴下，趴下。"

普罗斯卡本能地在一棵桤木树后趴下，脸朝高个子看着。

"什么声音？"他嘘了一声。

"看那儿！"

一队穿着便服的男子沿着山坡走上来，每个人都扛着冲锋枪。他们中有年纪大一点的，也有年轻一点的，领头的是个英俊的小伙子，蓝绿色眼睛，细细的小鼻子。

普罗斯卡端起冲锋枪，透过桤树丛，对着第一个人瞄准。他要从下面枪击他，瞄准了那年轻人心脏所在的地方。那些人毫无察觉，然而却不无警觉地走近过来。助理员的手按着扳机。

"我让他们再走十米"，他想。

"还有八米，六米，四米……"

他后背挨了一掌。高个子突然躺在他身边，气喘吁吁地说："别开枪，你个笨蛋！千万别开枪。他们会把我们碾成碎屑。拿开枪。"高个子压下他的枪管。

飞机在他们头上盘旋。游击队员一边走，一边朝天空看了看。走到山坡一半的地方，他们停住了，互相说了几句话，然后分成两个小组。一组按原路返回，一组经过普罗斯卡和大腿走向铁路路堤。普罗斯卡先站起身，问道："我们为什么不开枪？"

"为什么？"上西里西亚人重复了一遍，狡黠地笑笑。

"要是开枪，那个人就倒了……"

"你来不及开枪，你就倒地了。"

"他们就该跑了。"

"不。他们就会开枪，他们会一打一个准。他们有这个能耐。而我们却很少能做到。"

"为什么？"普罗斯卡问，拿空着的手拍了拍自己肌肉发达的脖子。

"你会拿枪打一群蚊子吗？他们也许是一百五十人，我们是六个加一个带队的下士。这能有什么用？他们很少开枪，我们很少开枪。你想想，你惹大象生气，你有什么好？它用鼻子一下把你掀倒，你就完了。"

"那你们在这儿干吗？"

"守卫铁道。这我已经说过。我们快点走吧？"

"战争在你们这里真古怪。"

"战争从来都是古怪的，"高个子说，"没有人知道，活着是幸运还是不幸。有人好战，却挨不着子弹；有人不想战，身上却被子弹打开了花。战争是一连串意想不到的事。"

"这我知道，我自己在前线待过。碰到过这种事。"

"这儿情况不一样。难道泡菜和元首塑像能互相比吗？我说不能。在前线，人们无法入睡，一旦死神到了，那就死定了。死神来时，人们能感觉到。这儿感觉不到这个。我每天早上醒来时，都转动转动我的大脚趾。脚趾要是疼了，死神就没有来。到现在为止我还一直痛着呢。"

"还远吗？你们到底住哪儿？"

"我们建造了木头小堡垒。下士看着我们建造的；假如他还活着，你过一会儿就可以向他问好了。"

"为什么这么说？你们那里这么危险吗？"

上西里西亚人沉默了。他们穿过又高又湿的草丛。他们的脚底发出吧唧吧唧的声响。一只蜻蜓嗡嗡叫着飞过普罗斯卡的耳边。四周可以闻到一股死水的气味。风好似一只看不见的手，拨弄着芦苇，苇茎乖乖地随风摆动。桦树后的水池像一面镜子，在阳光下闪耀。

"这儿真美。"普罗斯卡轻声说。

"看人怎么说。"茨维索斯比尔斯基喃喃地说。他走到水池前不多几米的地方，停住了脚步，把卡宾枪的准星调到最短的距离，示意他的同伴，让他在这里等着，然后就非常小心地朝水面走去。但是普罗斯卡跟了过去。

池子的水很清澈，可以看到池底。水生植物之间有许多昆虫和水蚤。小鲫鱼冲过来逮它们，当鲫鱼一头扎到池底或尾鳍碰到池底时，就有一团泥水打着旋升上来，仿佛在那各种小生命熙来攘往而又憋闷的水下爆炸了几颗炸弹。

突然，高个子举起枪，瞄准，但是没有等他扣下扳机，池塘有一处地方的水翻动了起来，普罗斯卡一下就看清，那是一条巨大的梭子鱼，鸭嘴似的嘴巴。那鱼跳到半空中，"啪"的一声重重地落到水生植物间，消失了。

"见鬼。"上西里西亚人叹了口气，放下枪。

"你刚才是不是想开枪打它？"

"挠痒痒。"高个子愤愤地说，额上渗出了汗珠子。

"这是一条梭子鱼。"普罗斯卡天真地说。

"哼，还能是别的？长着两只耳朵的屁股？——这家伙我太清楚了，我们是老对手。它从我手里逃脱了十五次了：咬坏了四个钩子，弄坏了一个筐。不过，我总有一天会抓住它。"

"老梭子鱼很聪明。"

"我更聪明。"

"它肯定二十岁了吧。"

"我四十四了。"茨维索斯比尔斯基轻蔑地说，"炒锅等了他八个月。"

"你相信你能抓到它？"

投敌者

"相信？哼，我很清楚。四个星期后我就抓住它。"

"这儿的水很清。"

"不奇怪。小河沟让一切都很干净。小河沟是大河的孩子。梭子鱼有时在大河，有时在小河沟，它要吃东西时，就游到这儿来。大鱼需要大房子，大人物需要好多仆人。你来到这个世界，想知道人们如何生活，你只需躺到水边，等着。你不用听很多，不用，但是要看。那些鱼……"

这时，就在附近不远的地方响起尖利的冲锋枪声。一声可怕的喊叫声，人的喊叫声，传到这两个男人的耳朵里。高个子抬起头，眯起眼睛，嘟哝了声"斯坦尼"，就跑向一座杂树林，普罗斯卡几乎跟不上他。

他们来到树林里，有树木作掩护时，普罗斯卡气喘吁吁地问："发生了什么事？"

"是斯坦尼斯拉夫的喊声。"

"那又怎么了？"

"走，"高个子说，"快走，他需要救援。"

他们在一丛黑莓灌木后找到了斯坦尼斯拉夫，他脸朝下趴着，肩膀抽搐，两只手抓进了松软的土里。有一个人已经在他身边，试图把他翻过身来。

"他死了吗，赫尔穆特？"茨维索斯比尔斯基问。

那个人是个年纪比他小的士兵，长脸，平淡的嘴唇。"我看没有。他们把他的鼻子削掉了，眼睛大概也伤了。"

高个子把枪放到地上，蹲下身子，喊道："斯坦尼！Zo ti tem srobjis! Ti nge bidsches sdäch! Pozekai lo! Stni! O moi bosä, moi Schwintuletzki. O moi Jesus![1]"

赫尔穆特站起身，走到普罗斯卡身边。他们俩看着高个子，他一边抚摸着躺着的那个人的身体，一边叫着，抽抽噎噎地哭起来。

"这是波兰语吗？"普罗斯卡轻轻地问。

"差不多吧。斯坦尼是他最好的朋友。他们两人都来自格莱维茨。他们一激动，说话就这个样子。——你原先在火车里？"

"是。"

"就你一个？"

"不，还有……"

"我是说，唯一一个幸存者？"

"是。好像这样。——斯坦尼以前也这么喊过？"

"喊过，他当时要找凤头麦鸡的蛋，就碰到……"

"现在这个时候就有这鸟蛋？"

"他肯定遭到了袭击。——不说这个了，我叫赫尔穆特·波佩克。"

"瓦尔特·普罗斯卡。"

"我们得把斯坦尼抬回家去。你注意树冠，一有情况，马上射击！这儿树上肯定还有什么人。"

赫尔穆特拍了拍高个子的肩膀。高个子明白了，两个人抬起躺

---

1 波兰语，意为：你在干什么！你不会死的！你等着，斯坦尼！啊，我的上帝，我的天，啊，我的耶稣！

投敌者

着的伤者。

"你走路小心点，赫尔穆特。"茨维索斯比尔斯基说。

"得嘞。"

他们慢慢地向前移步。伤者的一只手垂下来晃着，被黑莓枝蔓剐开一道口子。伤者不觉得疼；他失去了知觉。

"停！"赫尔穆特突然说，"放下。"

他们把斯坦尼背朝下放到地上；他们第一次看到，伤者的上半张脸伤得完全不成样子。鼻子没有了，眼睛也看不出是眼睛。子弹肯定从侧面打中了他。

"我的裤子和鞋全是血，大腿。你身上有急救包吗？我们无论如何得把他包扎一下。"

"我的急救包落在堡垒里了。"

"那你呢，普罗斯卡？"

"我没有。"

赫尔穆特说："那我们只能继续这么走了。"

高个子又一次蹲到斯坦尼身边，呜呜地哭起来。

"起来，大腿，哭没有用。我们如果不赶紧把他抬回堡垒，他就死定了。"

斯坦尼斯拉夫的肩膀不再抽搐了，他的手指也松开了。他们三个人，无论普罗斯卡，还是赫尔穆特，还是高个子，谁也不能确定伤者是否还活着。天热得要命，又有蚊子叮咬，他们不堪其苦，要是按波佩克的想法，他就干脆把斯坦尼放这儿，让他自个儿活着走回堡垒。他敢这么想，但不敢这么做。

于是，他只好不耐烦地瞎嘟哝几句。

"抬吧，大腿，我们得抓紧时间。不过，让我冲在前面吧。这样你就不那么在乎斯坦尼的血弄到你的裤子上了。一、二，起！"

他们在有弹性的林地上摇摇晃晃地抬着，向前走去，高个子在前面，后面是赫尔穆特，普罗斯卡殿后。普罗斯卡虽然想紧盯树冠，毫不放松，但是，他的目光却很少能从斯坦尼的身上移开。

他们蹚水越过一条水沟时，伤者呻吟了一声。

"他还活着，"茨维索斯比尔斯基高兴地喊道，"他没有死。"

"你再这么喊叫，马上就该嘴啃泥了。"赫尔穆特说。

"他们尽管开枪好了，"高个子气呼呼地说，"我让他们看看我的神枪。"

"住嘴，"赫尔穆特说，"否则我把你的斯坦尼扔到水里。"

他们不说话了。普罗斯卡的手背肿了起来，红红的。蚊子叮咬的地方火辣辣的。他把手放进水里，疼痛一点没有减轻。

他们领子上的防汗带粘在脖子上，三个汉子累得气喘吁吁。

他们蹚过水沟后，普罗斯卡问："你们的堡垒倒是在哪儿呀？"

"一会儿就到，"高个子说，"我们得稍微绕点道。"

他们气喘吁吁地爬上一个斜坡，艰难地连拖带抬地带着斯坦尼。他们头上的天空布满了云彩。

赫尔穆特长叹一声："放下，我不行了。"

他们直起腰，那感觉简直像国王。要是人从负载着命运枷锁的肩上昂起他的头，他就会像他原本所想的那个样子：正直、无畏、友善，行进时像一棵树那样挺立，思考时像清水那样纯净。

嗒嗒嗒，突然响起枪声。三个男人立马卧倒，子弹推上膛。嗒嗒嗒，枪声又起，他们听见子弹在头上嘶嘶飞过，看见有几次子弹啪啪响着，扫射进他们前面的地里。

高个子滚到一边，把钢盔推到前额上，抬起头。他的目光落到三棵桤木树上，他怀疑子弹是从那里射出来的。那几棵树的树叶十分茂密，他看不清射手是否坐在一根树枝上。但是大腿有耐心，他等着，下一次显然会对准他的子弹，看从哪里射出，他举枪对准那些树。

"你们注意。"他压低声音说。

普罗斯卡和波佩克凝视着那几棵树。

他扣动扳机，在同一时刻，三个人都看到一个人从中间那棵树上摔下来。

"子弹飞过来，正好射怀里，嘴里叼纸条，这是啥意思。"高个子一边唱，一边站起身。

另两人注意到不再有枪声时，也都站起来。

"这下熊要发飙了。他们为什么要激怒它？发火的动物比温和的动物咬得更快。我们可以继续走了。"

"没有意义了。"赫尔穆特说。

"什么？"普罗斯卡惊讶地问。

"我看，斯坦尼死了。"

"可是他刚才呻吟了。"高个子喊道，神情吓人，"你要干什么？"

"我们最好把他放这儿。"

普罗斯卡说："我看你是疯了。我们不能把一个人撂这儿不管。"

波佩克往一边吐了一口。他说："为了他的缘故我们三个人都丢小命？我没有兴趣了。"他抬起右脚，拿靴子踢了踢斯坦尼的手。

"你们自己看，他一动不动。我们陷在这该死的荒郊野外，他比我们好。我们以后可以给他弄口棺材。"

普罗斯卡无言地把他的冲锋枪挂到脖子上，用肘子把波佩克推到一边，对高个子说："来，抬，我们把斯坦尼抬回去。"

他们高一脚低一脚地继续往前走，茨维索斯比尔斯基耷拉着脑袋，他后面是伤者，然后是普罗斯卡，张着嘴。赫尔穆特殿后警卫。突然，普罗斯卡舌头上有一只虫子，不知是沼泽蜘蛛，还是苍蝇或昆虫。他自己也不知道，这是什么虫。他本想歪过头，避开他抬着的人，把虫子吐出去。可是，不知怎么搞的，那小东西一下子来到他两排牙齿之间，他本能地咬了下去。他刚回过神来，明白他咬了什么时，他感到一阵恶心，胃里的酸水慢慢上涌到他的嘴里。好在普罗斯卡强力控制住自己，免得斯坦尼再次被放下。要是他们把满脸血肉模糊的斯坦尼放到沼泽地泥泞的地上，放到如装殓工的衣服一样散发出霉臭的地上，他们三个人就会发现，斯坦尼已经死了。可是，他们需要把眼睛用在别的地方，他们不得不全神贯注，在密密麻麻的攀缘植物之间找到最好走的路，这些攀缘植物从骨头般细高的树上悬挂下来。树木像胡子垂到地上的古怪老人，风吹过

投敌者

他们的头发时，他们好像冷得发抖。荒野用它天真无邪而又感性的脸看着这几个男人，从远处看，人们可能不会把他们称作喘气的、呻吟的、几乎快绝望的生命；因为从远处看，他们就像古老的雕版画上城市集市广场上不时可以看到的那种人，那些在集市广场上快乐、毫无目的、一身轻松地飘来晃去的人。

4. Kapitel

第四章

堡垒名叫"林中静庐"；这个名字是一个叫什么霍夫曼的人起的，他大约六个月前无声无息地消失了。他不知从哪儿弄了一支粉笔，一支四方形的、干燥的教师用粉笔。士兵们用圆木建造了一幢房子，墙上糊了许多和着草的泥坯，以至于外头手榴弹爆炸也不会太危及住在里面的人打牌。他们造好堡垒时，戈特利布·霍夫曼，一个来自莱比锡的装订工，从口袋里拿出一支粉笔，两脚踩在高个子茨维索斯比尔斯基肩膀上，在入口用十分夸张的大写字母写上庐舍大名："林中静庐"！粗鲁的戈特利布——这儿，他们都这么叫他——一天出去巡逻，再也没有回来，谁也说不清，他是被他们打死了，还是出了事故，还是干脆开小差了。后来也几乎没有人再提起他；但是，只要这些汉子走进堡垒前抬起头来，就总能看见戈特利布留下的残迹。雨水和时间自然要冲淡戈特利布的粉笔字，现在要认出那个名字已经不那么容易了。除了"静"字，即使熟悉这件事的人也读不出其他那几个字了。但是，他们至少知道，那上头曾经写过"林中静庐"。

构成墙壁的是整棵树木，步兵的子弹打不进来。当这些男子汉站在建好的堡垒前时，下士亲手做了一次安全检查：他把冲锋枪顶在腰上，朝那些大圆木开了一整盒子弹。然后，他让其他士兵仔细查看子弹打进木头多深。接着，这个士官，这个声音嘶哑、满身酒气、脸面干巴巴的家伙，把大家召集到一起，训斥他们说，他们比他预期的多花了四个小时才造好房子，不过他们可以高兴的是，他免了他们最重要的事，即安全检查。这个士官名叫威利·斯特奥夫。他负责这伙士兵，分发大约三星期才迟迟来一次的信件，分给每个人香烟、烧酒和 RIF 统一肥皂[1]，多少要看他每次和自己的良心达成怎样的约定，另外还要发布命令，谁到什么地方巡逻铁路。于是毫不奇怪，威利·斯特奥夫称自己是最忙碌、最吃苦的人，常常露出一副闷闷不乐、怨气冲天的神色，以致大家宁可到外头的沼泽地，也不愿待在堡垒里，待在满身汗臭和酒气的下士身边——大腿和斯坦尼也许除外，因为他们可以当着威利的面，用波兰语轻易地咒骂，痛痛快快地出一出心里的怨气。

堡垒位于一座小山包上，左手可见一片林木稀疏、几乎无法进入的泥泞草地，圆木房子后面有两棵桦树，细高、白皮、纯洁；右手是一片杂树林，跑上十步就能轻易到达。入口前几步远的地方，一道两米宽的水沟里一沟死水。这道沟连接水池和大河。沟上横着一根桤木树干，权当桥梁，走上去晃晃悠悠的，这是保尔·扎哈里亚斯的杰作，他是位来自施莱湾[2]畔卡珀尔恩市的画家兼漆匠。

除了大腿、波佩克、斯坦尼、威利和扎哈里亚斯，在这儿住的还有两个人，按下士的说法则是一个半：一个是费迪南德·埃勒布罗克，邋里邋遢的，一张中东人的脸，以前是杂耍演员；一个是沃尔夫冈·屈尔施讷。埃勒布罗克在他的睡铺上贴了一张被揉得皱巴巴的旧名片，上面用得体的字母写着：费·埃勒，杂耍演员，下面

---

1 RIF 统一肥皂，第二次世界大战时由帝国工业油脂和洗涤用品监管局监制、印有 RIF 字样的统一肥皂。RIF 即该机构德文全称（Reichsstelle für Industrielle Fette und Waschmittel）的缩写。
2 施莱湾，德国石勒苏益格－荷尔斯泰因州海湾，临波罗的海。

小一号字体：德国吞火演员联合会会长。他的战友第一次看见这张名片时，就缠着他，要他当着他们的面吞一次火。而且斯坦尼还准备献出他打火机的汽油，用于这次内部表演。但是"巴菲"——由于这个杂耍演员有个大脑袋，威利首先叫他"巴菲"，后来，其他人也都这么叫他——一再声明，为了能真正"储存"火，他得喝一瓶烧酒。除了沃尔夫冈·屈尔施讷，谁也不想把自己那份配额的酒拿出来，巴菲就遗憾地耸耸肩，蹒跚地走了出去，找他的那只母鸡阿尔玛。他说，那母鸡还是小鸡时，他就认得它，现在他要驯服它。

沃尔夫冈·屈尔施讷就是那所谓的"半个"，绰号叫"小面包"，是个年轻士兵，长头发，一双梦幻般的眼睛，患有胃病。他的信件往来最多。他父亲是团长，在华沙郊外阵亡，他母亲住在什切青[1]近郊的波德育赫，成天担心她唯一的儿子。所以，他常常给她写长信，他在信里非常严肃而冗长地谈及安慰和死亡。

高个子茨维索斯很喜欢他，这个上西里西亚人差一点就干掉了下士，下士容不得沃尔夫冈甚于其他人。威利恨这个瘦削的小伙子，而且每每表现出来，让他察觉。

在棺木桥前大腿停住脚步，气喘吁吁地说："把斯坦尼放下吧，放地上。我们到了。"

他们放下伤者；普罗斯卡拿手绢擦了擦脖子和前额上的汗，眼

---

1 什切青（波兰语 Szczecin，德语 Stettin），波兰西北部城市，第二次世界大战前属德国，战后划归波兰。

睛转向堡垒。木头房子给人悠闲的印象。一条长凳上坐着两个士兵。一个兵在雕刻一根木棍，另一个兵是脑袋胖乎乎的小个子，手里把玩着一只鸡，诱使它先跳到他的右肩上，然后跳到头上，接着又跳到左肩上，最后让它跳回到他的手上。

"嗨！"大腿朝房子喊道，"快过来，快一点！斯坦尼遭遇了大不幸。"

两个士兵站起身，那只鸡听到喊声大吃一惊，飞到了地上。

"我们可以自己把斯坦尼抬过独木桥。"普罗斯卡说。

"你说得对，"高个子说，"抬起来。"

他们小心地把伤者抬过水沟，一直抬到房子前。然后小心地把他慢慢放到长凳子上。那胖胖的小个子忘掉了他的鸡，睁着惊讶的眼睛直直地瞪着一动不动的斯坦尼。

"可是他已经死了。"胖脑袋说。

"哪里！"大腿语气很肯定地回敬他，"他呻吟来着，一个人还出声，不可能死吧？我说得没错吧，瓦尔特？"

普罗斯卡点点头，虽然他知道，斯坦尼的身上已经没有一丝生命气息。他拿出不再干净的手绢，摊开，蒙住那血肉模糊、不成形状的脸。

突然，下士出现在堡垒门口。他单调乏味的脸满是不高兴，无比自负。他的目光首先落在普罗斯卡身上，用沙哑的、醉醺醺的声音朝他喊道："这家伙到这儿干吗！你们从哪儿把他弄到这儿来的？他不打算向我报告？这是什么野鸡？"

助理员赶紧向他走过去，敬礼，说："第96步兵团第六营第一连上等兵普罗斯卡。"

"你到这儿干吗？"下士吼道。

高个子茨维索斯插话："他那火车爆炸了，他被炸出了车厢。我找到了他。我们得打电话。"

"我们这里没有给养，没有香烟，没有烧酒，"威利对普罗斯卡说，"我们需要的所有东西都得靠我们自己解决。您有这些东西吗？"

"没有。"

"好。那么你可以向铁路行进，等下一趟火车。"

这时大腿说话了："他们打伤了斯坦尼的脸。但是他没有死。他呻吟了，我发誓。我们把他抬过水沟时，他呻吟了。"

"你们把他带回来了？"

"是的。瓦尔特帮忙抬了。"

"谁是瓦尔特？"

"就是他。"茨维索斯一边说，一边把胳膊放到普罗斯卡肩上。

"斯坦尼在什么地方？"

"在这儿凳子上，下士先生，他活着，他发出了轻微的呻吟声，我发誓。"

下士走近斯坦尼，从他脸上扯下浸透鲜血的手绢，弯腰仔细地查看，看那样子，大家都觉得他好像在检查旋毛虫似的，接着，他咬了咬牙，简短而清楚地对胖子和扎哈里亚斯说："你们到现在为止什么活都还没有干呢。你们去挖个坑。斯坦尼死了。取下他的军人证、身份证铭牌、钱夹子和戒指。小心，别把这些东西一起埋了！"然后对怔怔地呆站在那里的大腿说："你呀，要说你有多笨就多笨。你们费了牛劲拉回了一块没有用的肉！你们这么笨，本该挨处分。我今天心肠好，你们就高兴吧。你们要是在路上遭到袭击，看你们怎么办！你们还来不及把他——他用头指指斯坦尼——放到地上，他们就把你们打得稀巴烂，当咖啡筛用了。对不对？"

高个子像一棵使劲从吝啬的地里吸收水分的孤单的老松树，呆呆地戳在那里。看那样子，他随时都会倒下，他那胆怯的目光朝四周看看，他所能得到的只是那令人伤心的事实：不管他往哪面倒下，其实都一样。因为斯坦尼死了，他身边已经没有人在他倒下时，可以抓住靠一靠，让他那已经脆弱的生命得以延续。大腿的两只胳膊像枝条那样从躯体上垂挂下来，仿佛一只手想折断它们，又放开了它们，因为树皮太坚韧了。他的眼睛停留在门口还影影绰绰看得见壮实的戈特利布粉笔字痕迹的地方。

所有人，包括下士，都抬头看他，谁也不敢说一句话。

突然，他以自己为轴转过身，在场的所有人以为，他会朝前摔倒，他却又恢复了平衡，挺直身子，慢慢顺着山包走下去，那姿势像梦游人似的，跨过水沟，然后转向右边。

茨维索斯比尔斯基进了杂树林后，下士说："要让高个子清醒过来，且得等一阵儿呢。思想必定得走更长的路程。"他是唯一一个对自己这番话窃喜发笑的人。

"巴菲，扎哈里亚斯，我跟你们说过，你们该干什么。你呢，过来。我得先打个电话。你叫什么名字？"

"瓦尔特·普罗斯卡。"

"好。你在这儿等着。或者——你还是现在一起进来吧。"

他们走进堡垒内部。一面墙上放着三张双层床，床前有一个小的蒙满灰尘的圆筒形铁炉，炉子上放了一张自制的桌面板，四周六个凳子围成一个半圆。一个角落里单独放着一张舒适的床，床前罐头箱子上有一部电话。

威利拿起军用电话的听筒，快速摇起小小的电话机手柄。他斜过身，半对着普罗斯卡说："但愿他们没有切断我们的神经。——喂喂！塔马施格罗德！报告——这里是第25岗哨；是，上士先生，对不起，什么？是，上士先生，这里是第25岗哨的下士斯特奥夫……是……正要向您报告呢……火车在我们这个区域失事了……幸存者？……是，就我所知有一个……我当然知道……幸存者叫普罗斯卡……听不清楚……上等兵普罗斯卡……他的部队会接到通知……另外……听不清楚……是……有一人阵亡……他叫帕普特卡……斯坦尼斯拉夫……是……半个波兰人……是……遵命，上士先生……我也完全这么看……应该给他帮忙……我就是这么看的……您问吃什么？泡菜……非常感谢……报告完毕。"

下士放好听筒，转身对普罗斯卡说："你留在这里，明白？"

"可是我得去……"

"闭嘴！否则小心你的肠子受凉。你留在这里；你的部队会接到通知。你别想东想西；这儿我替你想，明白？"

"明白。"

"你现在就可以把你的东西放到斯坦尼的床上。一切都跟安排好的一样。一个人走，另一个人来。这儿，最后那只破箱子就是。我可先告诉你：我们这儿的勤务很严格，业余时间很有趣。谁笑前不想出汗，谁就不许笑。你会笑吗？"

"要是必须笑，就能笑。"普罗斯卡说着，想把斯坦尼床上的被子拿走。

"你干吗？"威利问。

"我想用我自己的被子……"

"斯坦尼的被子留着别动。你的我收走。这是部队财产，难道不是？"

"是。"

"你睡他的被子，这样你会更快适应这里的一切。"威利咳嗽起来，用拳头拍打自己的胸部。"这该死的海绵肺[1]，"他说，"你有火吗？"

"有。"

"那你给我火。你也有香烟吗？"

"有。"

"那就更好了，你两样都可以给我。"

普罗斯卡递给下士一支香烟，自己也点燃一支，在房间里蹓了

---

1 海绵肺，比喻下士肺不好，常咳嗽。

投敌者

几步。

"另外，"威利说，"你要洗澡就在水沟里，茅坑在那两棵桦树后。我们的厨师是那个胖子。我们叫他巴菲。你知道，他是杂耍演员。你别踩了他的阿尔玛。这是他的鸡，嗨嗨嗨。香烟和烧酒我给你，当然，前提是有的话。你到过前线吗？"

"到过，下士先生。"

"多久？"

"三年。"

"这么说，你也有过倒霉的事。好。我出去一下，看看给斯坦尼的坑挖得怎样了。那个胃病佬回来，你就和大腿到路堤上巡逻去。他会告诉你，什么事重要。胃病佬是个机灵鬼。到时你会认识他。所有其他的事你会慢慢听说。到那时，你就会看到，你是活着还是死了。这儿的事，我有时也搞不明白。"

下士出去前，又问了一遍普罗斯卡的名字，当普罗斯卡说了一遍他的名字后，威利从牙缝里哼了一声，蔑视地说："难道你也和这个茨维斯维茨——谁知道这家伙叫什么——一样是半个波兰人？或者像他的朋友，那个叫帕普特卡的？你也说茨斯切基这些音？你到底来自什么地方？"

"来自吕克。"

"那是在什么地方？"

"在马祖里。离从前的边界十七公里。"

"这么说你很幸运。"下士说，走了出去。

普罗斯卡把他的东西扔到床上，拉过一个凳子，坐了下来。

　　堡垒只有一扇窗户，那是前面墙上一只五十厘米高、呆滞的眼睛。普罗斯卡透过窗户看出去，只见一块细长的黑云把天空分为两半，黑云的后面紧跟着一块白云，像一块轻柔的细纱，让劲风的千百双靴子推动着，踩踏着，形成各种不同的形态，顺着不断变化的轨道飘移。他觉得，他不长的前额好像压在眉毛上。瓦尔特·普罗斯卡以为，有点什么东西——一个灵感，一个念头，一个想法——要从他体内喷薄而出。他需要把积聚的能量释放出来，他站起身，举起发红的大手，重重地打在放在炉子上的桌面板上。

　　"别打坏我们的家具。"后面有个什么人说。他转过身，认出那是胖子。

　　"我叫普罗斯卡，他们叫我留在这里。"

　　"衷心祝贺你，我的名字你可以在这张名片上看到。假如你是个文盲——哈，你多半知道关于新来的人向下士报告的笑话？啊对了，你不可能知道这个笑话。我以后讲给你听。等我们把坑挖好以后。——斯坦尼太可惜了。他是个很出色的人，最要紧的是吃饭不讲究。你给他煮领子上的防汗皮圈带，这好人把它当熏肉吃。真是的。另外，你知道多佛尔[1]在哪儿吗？在英国海岸，没错，就是那儿。那儿老是挨炸。所以大家总这么说：炮火下的多佛尔。你知道，那是什么情景？所以，你可要多加注意！"

---

1 多佛尔（Dover），英国港口城市，海军基地，英国和欧洲大陆间的交通和战略要冲。第二次世界大战时德国空军重点轰炸城市，城市上空英德空军多次激战。

胖子从口袋里掏出火柴盒，抽出一根火柴，点燃，慢慢举到头上。这时，他做了一个鬼脸，普罗斯卡禁不住笑了。

"一个炮火下的'多佛尔'，明白？——我现在得赶快出去。另一把铁铲放哪儿了？这个笑话我是上次度假时听到，带回来的。——一会儿见。"

巴菲拿起一把军用铲，摇摇摆摆地走出去。普罗斯卡想："这家伙挺随和……要是其他人也这样就好……高个子也很不错……他现在会猫在哪儿呢？……到巡逻时他肯定回来了。"

他听见下士在外头喊道："快点，再快点！这地儿不是存放老肉的冰箱。你们要是继续这么干，后面几个月就得戴防毒面具。快干，巴菲，挖沟时得扭动屁股。土不会伤你们一根毫毛！而你，扎哈里亚斯，看你干的样子，你自己就得摔进洞里了！你老婆还等着生孩子呢，对不对？你还想看到这一天吧？"

普罗斯卡站起身，走到小窗户边。他努起嘴巴，一口接一口地朝窗玻璃吐烟。烟气飘回来，让他的眼睛流出眼泪。他一只手伸进口袋，去找手绢，这时，他想起，那块手绢被威利从斯坦尼的脸上扯下来，扔到了地上。他慢慢从窗边走开，停在门口。浸满血迹的手绢掉在凳子底下。波佩克坐在那凳子上，两腿之间夹着他的枪，抽着烟。

"你看到了吧，普罗斯卡。我跟你说什么来着：我们把他带回来，就为了让他在这儿入土。"

"那又怎样！"

"要是他们当时逮住我们呢？"

"那也无所谓。我们抬斯坦尼过沟时，他呻吟了。我们必须这么做。换了我，我也会把他带回来，即便他已经死了。"

"可笑的观点。——你什么时候继续往前走？"

"我留在这儿。"

"威利知道吗？"

"是他告诉我的。"

"那就祝我们做好邻居。"

普罗斯卡走出堡垒，挨着波佩克坐到凳子上。

"他们大概很急吧？"他一边问，一边朝他的手绢弯下腰。

"对他、对我们，这是再好不过了。这里，蚊子苍蝇也跟我们作战。你是否已经听说过粗壮的戈特利布的事？"

"没有。"

"他原先也在这里，有一天却无影无踪了。我个人以为，闷热、蚊子、游击队把他弄得受不了了。也许他干脆开小差跑了。"

"你们再也没有听到他一点消息？"

"没有，"波佩克说，"要是某个人在这儿消失了，就不会留下他的什么痕迹。几乎没有对他的任何记忆。你到过前线吗？"

"到过。"

"在哪儿？"

"基辅附近。"

"那儿的情况大概要容易看清一些吧，对吗？"

"我在那里时情况一目了然。当时基里安上尉还活着。"

"那现在呢？"

"我不知道。前一阵我在家里度假。他妻子让我给他带保暖腕套和护耳。我的上尉和我住在同一条街。一个宪兵告诉我，他阵亡了。"

"这算不得什么了不起的大事，"波佩克说，"你以为，我们能从这儿平安出去？他们总会在什么地方干掉我们大家，这个人头上给打出个洞，那个人胸口开个口，如此等等。我们大家都会死，每个人。"

普罗斯卡抬起头，急切地盯着波佩克的脸，注视着他那郁闷的、玩世不恭的神情。

"那你为什么在这里？"

"什么意思？"

"如果你认为你不能活着出去，那你可以开小差呀。换了我，我就会这么做。你为什么不这样做？"

"因为那样做没有意义。和待在这儿一样没有意义，一样愚蠢。一切都没有意义，也许捡柴火除外。捡柴火给人一种奇妙的感觉，让人觉得如同躺在夫妻用的双人床上一样。你懂这个吗？你结婚了吗？"

"没有。可是，你说的捡柴火是什么意思？"

"我这就仔细跟你说一说。你注意听着：你爬到一棵树上，但不是一棵老树，而是一棵幼小的树。你爬到树的高处，能爬多高就爬多高，然后，你设法制服它。树会摇晃，来回晃动，但是，你把树干夹在两腿中间，用一根绳绑住它的脖子。然后你就喊：好了，结好了。这时，站在下面的人就开始拉树，他把你连同树冠远远地拉向一边，他拉了又拉，突然，你悬在了空中，一个重物挂在一棵桦树或者桤树的喉咙上。在这一刻，你有一种在双人床上的感觉。你头上是天空，你脚下是什么，你当然知道。你抓住树，你紧紧地抱着它，就像你紧紧抱着一个女人一样，接着，你突然发觉，树在慢慢放松，它越来越弱，和你一起越来越向下弯曲。但是，当你打算留住这种感觉，不让它离去，把它锁进你的心里时，突然咔嚓响了一声，同时猛地动了一下。你听见树枝沙沙作响，也许你会觉得，那棵树在呻吟。至于到底是什么，你当然不知道。小树做事总是这么神秘，你不觉得吗？好像它们要对我们隐瞒什么似的。我以为，自然有时要隐藏起来，不让我们大家，你、大腿、威利，还有我，看见它。——你到底是做什么职业的，普罗斯卡？"

普罗斯卡正想回答，波佩克却继续他的演说："你能理解，巴菲说他需要一个人去捡柴火时，我为什么总是报名吗？你最后一次度假时有过女人吗？那是什么感觉，你说？跟我讲讲！但是要慢慢讲，详详细细，不漏一点细节。"

"他们挖好了埋斯坦尼的坑。"普罗斯卡轻声说，站起身。

扎哈里亚斯和巴菲汗涔涔地回来了，手里拿着短短的军用铲。

"你们把事情好好做利落了。"威利在坑边停下，大声说。

他们走向杂树林。斯坦尼趴在那里，脸朝下陷在湿乎乎的黑土里。

投敌者

"要我去拿他的防水篷布吗？"扎哈里亚斯问。

"那是部队财产。我们以后也许还用得着。"威利说。

那几个士兵不说话了。他们都看着那个坑，被锋利的军用铲铲断的树根断头在坑壁闪着光，他们听见风吹树叶的沙沙声，还有远处一只凤头麦鸡急促的叫声"咕咕""咕咕"。这时，胖胖的吞火演员摘下他的军帽，其他人也跟着摘下帽子。五个军人光着头站在那里，所有人都感到，他们的沉默不能持续很长时间。

这时，站在墓穴头端旁的下士开口了，声音沙哑："弟兄们，肉身要回归肉身，泥土要回归泥土。斯坦尼，我们的帕普特卡，来自泥土。这用不着我长篇大论向你们证明。我跟你们说的话，你们尽可以相信。明白？你们明白这一点吗？"

波佩克和扎哈里亚斯说"明白"，巴菲和普罗斯卡点点头。

"好，"威利说，"我们失去一个好兄弟，很惋惜。斯坦尼是个好朋友。见鬼去，讨厌的蚊子！我刚才想说的是，斯坦尼阵亡了，为他的元首和大德国。柯尼斯堡[1]人必定会感谢他，汉堡人，上西里西亚人，所有其他人，都会感谢他。斯坦尼继续活在大家心里。刚才有只蚊子咬了我的脖子。躺在我们面前的人来自泥土。泥土把出自泥土的一切收回去。泥土把斯坦尼放到上西里西亚，现在它要收回他了。明白吗？谁还没有明白？我还要说一点：巴菲和普罗斯卡，你们现在把斯坦尼放进去。但是要小心一点，别笨手笨脚的。"

---

1 柯尼斯堡（Königsberg），原为德国东普鲁士城市，第二次世界大战后连同东普鲁士一部分地区划归苏联，后改名为加里宁格勒。

两个被叫到名字的人抓起死者，把他放到墓穴里。

"你们不能这样人脸朝下地抓他。你们疯了吗？看来你们一生中还从来没有做过这种事。"

威利把两个人推到一边，把斯坦尼转过身。

"这样，"他说，"现在他还可以再看一次天空。"

普罗斯卡跪下，把手绢蒙到死者伤口累累的脸上。

"这是部队财产吗？"威利问。

"不是。是我姐姐玛丽亚的。"

"这就不同了。——安息吧，斯坦尼。我们会在什么地方再见面的。老战友始终在一起，肩并肩，明白？——好，现在你们可以埋土了。"

胖子和扎哈里亚斯又到堡垒里拿来铁铲，开始往死者身上铲土。他们填满了墓穴后，又堆了一个坟包，从附近树上摘了一些树枝，插在地上。

"好了，"一直监督着他们工作的威利说，"这就完事了。夜巡的人现在可以睡觉了。尤其是你，普罗斯卡。你睡几个小时吧。一个人有了什么，就是有了。睡眠可不像药片那样能吞下去。难道你有不同看法？"

"没有，下士先生。"

"那就说声晚安了。"

普罗斯卡还向扎哈里亚斯做了自我介绍，爬上斯坦尼的梦想之床。他摘下武装带，解开军大衣，用舌头舔了舔手上蚊子叮咬肿起

投敌者

的小包，然后舒展开四肢。

他想："这个威利是个猪猡……上帝保佑，让我的部队很快就来要我……在这儿我很快就得发疯……现在高个子在哪儿呢？……但愿他回来……我最喜欢和他一起巡逻。"

普罗斯卡侧身到一边，把头枕在一只胳膊上，闭上眼睛。睡神来得比他预期的快得多。他最后听见的是威利的话："来邮件时，你们提醒我。我们得把帕普特卡的东西一并送走。我还得写封信。反正都一样，工作就是工作。但愿他的母亲会读德文。这种人，谁知道他们怎么回事。"

普罗斯卡被一阵吵闹声吵醒。堡垒外已经一片暮色，威利、波佩克、巴菲和扎哈里亚斯坐在安放在小铁炉上的桌板前，又叫又笑地闹成一团。

"巴菲，"波佩克大喊，"现在你总可以吞火了吧，否则，我宰了你的阿尔玛。"

"我们会诱杀它。"下士大声嚷嚷。

"那更好，"波佩克喊道，"来吧，这是汽油。"

"我跟你们说过，火必须先储存在胃里。给我一瓶酒。"

"整整一瓶给你一个人？"威利问。

"你们就把斯坦尼的那份给我。"

"那新来的呢？"扎哈里亚斯问。

"他去站岗，站得他膝盖骨发软，抬不起来，"威利说，"酒，他得花力气挣出来。干杯，伙计们。干杯，懂吗？"

"干杯。"其他人跟着说，放好军用杯。

"现在，"波佩克喊道，"胖子该吞火了。注意，扎哈里亚斯，别太靠近他，否则你老婆该早产了。你其实得跟我们讲讲，你这是怎么做的。安静！"

"闭嘴！"威利命令道，声音醉醺醺的，"这儿什么时候安静，我说了算，明白？我倒是想知道，这一点你们清楚了没有？"

"清楚了。"

"这不结了。干吗一开头不这样。好，我们现在给巴菲一整瓶酒。要是我们有更多的酒，我们也许可以把他当火焰喷射器用，投向游击队。我要向上士呈送报告。要是那些家伙捣蛋，我们就给巴菲灌酒，让他向他们脸上喷火。——这个想法不错吧，值多少？嗨，扎哈里亚斯！"

"十瓶。"

"别胡说。至少二十瓶，外加上面有宝剑、大腿和与之相关的一切的战争十字勋章。好。波佩克！"

"有。"

"这是箱子钥匙。我跟你说话时，我的小子，你要站起来。拿着这把该死的钥匙，去拿两瓶新酒来。一瓶给这胖子。明白？同时带几支香烟过来。"

普罗斯卡依然躺在床上装睡。酒气和烟味向他飘上来。他时不时地睁开眼睛，看看那几个男人。

波佩克把两瓶白酒放到桌子上，杂耍演员立刻抓过一瓶，用手

投敌者

指掰开铅盖，试图用牙齿拔出瓶塞。他没能拔出瓶塞，说："谁有瓶塞起子？"

"敲掉瓶子的头！"威利大声吼道。

"用瓶塞起子……"

"叫你敲掉头！"下士怒气冲冲地重复了一遍。

胖子无助地看看四周，接着拿起酒瓶冲着炉子使劲敲下去。三分之一的酒洒到了地上。

"艺术家倒运……"扎哈里亚斯幸灾乐祸地说。

巴菲看着地上湿乎乎的地方。

"你想舔舔？"下士喊道，"现在先喝酒，待会儿就用两个腮帮子吃火。火会提起食欲。比起体外的火，我更愿意熄灭体内的火。你快点！不然我就开始闻烧红的马蹄铁[1]。如果你不能……"

突然，一个男子举着手走进房间，是个平民。他脚穿一双轻便布靴，下面穿一条深蓝色裤子，上面光身套着一件绿色短上衣。

下士正要说的话顿时卡在嘴里；如果斯坦尼突然来到他们中间，他们的诧异也不可能比现在更多。

站在他们面前的人举着两只恳求饶恕的手；他大约六十岁。他的前额又高又宽，一双超大的薄耳朵，下巴软软的，眼睛闪出柔和的光彩。

正在喝酒的人一下子从座位上跳起来。扎哈里亚斯从钩子上取下他的冲锋枪，打开保险，枪管对着陌生人。

---

1 嘲讽的话，鼓励巴菲快表演吞火。

"你要干吗？"威利疑惑地问。

那平民转过身；他后面站着沃尔夫冈，外号叫小面包。

"我在路上逮住了他。"小面包激动地说。

"就他一个人？"

"是。"

"他当时身上带武器吗？"下士问。

"没有。但是，也可能在最后一刻，他把武器扔了。"

"这么说，没有什么理由兴奋吧？"

"他德语说得很好。"沃尔夫冈说。

"你在哪儿碰见他的？"

"在桥下。我看见他慢慢走过来。"

"接着呢？"

"他走到我面前时，我先是想开枪来着。"

"那你为什么没有开枪，你个乳臭未干的小子？"

"他站在离我隐蔽的地方只有四米。我只能朝他后脑勺开枪。我做不到——"

"要是他朝你的白屁股开枪呢？你大概就该说谢谢了，嗯？你脑子里进水了吧。你到外头等着，我叫你再进来，明白？"

"是。"

"那你就出去吧。——你，我的老伙计，"威利对平民说，让人摸不透他是什么意思，"你坐到我们这边。你现在给我们讲点什么。可千万别说谎话。谎话只适合成年人。我们是孩子。——巴菲！"

"有。"

"你给他点喝的。"

"从我的瓶里？"

"你该给我们的客人敬点什么，懂吗？你在哪儿受的教育？难道你是在汽油桶里长大不成，嗯？"

"我这就给他倒点……"

"来，老头，"威利说，"坐到我们这儿来。我们敬重老人。我们非常偏爱石器时代，当时有这么一句话，不错。坐这儿，中间这个凳。这样正好。省得老骨头打战发抖。你叫什么名字？"

平民严肃而庄重地说："我名叫扬·柯科尔斯基，是塔马施格罗德的神甫。"

"哟，是吗。你叫扬，是牧师。就是说是个捕捉灵魂的人，是吧？"

下士拿起胖子倒满的酒杯，把它推给神甫。

"喝吧，兄弟。为我们灵魂的幸福安康干杯。我们需要这个。你不想喝？"

"我不喝酒。"神甫说。

"噢，你不喝酒。"威利嘲讽地重复了一遍。

波佩克混浊的眼睛看着陌生人，得意地喊道："你的耶稣也喝过酒。在迦南，老弟。要是你不喝，那我就打……"

"安静！"威利喊道，一只手放到神甫的肩上，"谁要对这个人动粗，他就是跟我过不去。听着，茨维奇茨维奇，不管你叫什么来着，把你带到这儿来的这个小个子对你做了什么没有？他打你或者折磨你了吗？你尽管跟我们讲好了。要是他这么做了，我就要惩罚他。"

"他对我很有礼貌，"那平民说，"他要求我跟他走，我照做了。"

"你当然跟着走了。否则你不会在这儿。那么说，他没有打你？"

"没有。起先他拿枪管顶着我的后背，当他看到我没打算逃跑时，就放下了枪。"

"哼。"威利哼了一声。一阵咳嗽迫使他站起来。他弯着脊背，走向门口，嘴里已经满是口水，他一直弓着腰，靠到一根柱子上，朝桌子这边示意，要那里来个人给他捶捶背，好让他能吸口气，扎哈里亚斯小心地在他背上四处捶着，他终于直起了身子。

"肺里生锈了。"他说，吐了一口痰，慢慢回到他的凳子上。

"我们刚才说到哪里了？对了：小面包对待你很有礼貌。"

"是。"

"这让我很高兴。你相信，如果你企图逃跑，他就会开枪？"

"是。"

"嗯。谢天谢地。他是在桥边抓住你的？"

"我正从那里经过。"

"你从那里经过。你不想喝一小口？"

"不，谢谢。"神甫直直地坐在那里，手掌放在腿上；他给人好像他是一台问答机器的印象。

威利说："这年轻人当时把你打趴下了？"

"没有。他突然从一根支柱后跳出来，强迫我举起手。"

投敌者

"你就照着做了。你吓了一跳，对吧？"

"我吓了一跳。"

"你把手枪扔了？"

"我从不带武器。"

"我知道，"威利说，"只带炸药。上帝总是拐弯抹角。"

"这话我不懂。"神甫轻声说。

"你尽管放心，这我也不懂。告诉我，你要抽支烟？"

"谢谢，我不抽烟，不喝酒。"

"于是你做长距离的散步，我知道。塔马施格罗德离这儿很远，对不对？你肯定今天上午就出发了。这是你的神甫衣服？"

"是一个挖泥炭的农民唤我过去。每当我到乡下去，我就穿旧衣服。"

"就像现在看到的，这样就省了衬衣。你不觉得冷吗？"

"白天暖和，一个人要是快走……"

"就容易偏离道路，"威利打断他的话，"你走的路引你经过桥梁？"

"我不想绕道。"

"你德语说得很好。谁教你的？"

"三十二年前我到过德国。我在那里上大学。在柯尼斯堡和耶拿[1]。"

"大家听听，听听。你学的恐怕多半是远道怎样缩短，短道怎样延长。你觉得德国怎么样？你可要说老实话！"

---

1 耶拿（Jena），德国图林根州城市。

"我很喜欢德国。柯尼斯堡丸子。"

波佩克嚷道："他到过那里。谁吃过那种丸子……"

"安静！"威利命令道，"除了柯尼斯堡丸子，你还喜欢德国什么？"

"蒂尔西特奶酪[1]。"

"还有什么？"

"康德[2]。"

"这是什么？"威利问，一口气喝光了他杯子里的酒。

"哲学家。"

神甫不作声了。下士说："原来如此，这是你最喜欢的。除此之外，你不知道德国别的什么事了吧？"

平民沉默不语。

"我们现在正在打仗，你大概也一无所知？整个世界都在我们面前发抖，也在我，普鲁士下士斯特奥夫面前发抖！这你不知道！也许没有人告诉过你，我们的火车时不时地被炸！"

"不，这事我听说过。"那人说。

"你有证件吗？"威利问。

"很抱歉，我没有带在身上。"

"你的身份证是耶稣。你刚才是不是想这么说来着？一个人只

---

1 蒂尔西特（Tilsit），原为德国东普鲁士城市，第二次世界大战后划归苏联，俄名 Sovetsk。该市出产一种柔性多孔干酪，称为蒂尔西特奶酪。
2 康德（Kant，1724—1804），德国哲学家，德国古典唯心主义的创始人。出生于东普鲁士的柯尼斯堡，曾在柯尼斯堡大学任教二十七年。

要一提他的名字，就能通过所有关口。你的脑子里就是这么想的吧，是不是？这你就想错了！你多半想过，这就等于你有一张空白签票，你有一张车票！你的手枪在哪里？"

"我不带武器。"

"要不要我来让他开口？"波佩克问。

"你坐着别动，"威利说，"这个人说了真话，而一个人说真话，他就没有什么可怕的。这你们明白吗？谁谎话连篇，谁就早晚有一天被谎言淹死。这是无可更改的铁律。"

说到这里，他转过头，朝神甫说："来，老头，起来。你可以走了，想去哪儿去哪儿。你挣得了自由，因为你没有给真相踢上一脚。你为什么还坐在凳子上不动？你屁股粘住了？起来，老兄，快，快点！不然，我也许会改变我的想法。"

神甫胆怯地站起身。他疑惑地看着下士。

"你想在这儿过夜？"

"不，不，先生。我这就走。多谢，先生，祝您有个美好的夜晚。"

神甫拖着迟疑的脚步走出去。

威利走到窗边，把窗户完全打开。他给扎哈里亚斯一个信号，让他把冲锋枪递给他。躺在床上的普罗斯卡坐了起来，其他人挤到门口。

神甫身体发僵般走下山包，在桤木桥前停住脚步，一只脚伸出去踩到桥上，试试树干是否牢固。看来他对木桥满意，因为他提起刚才支撑身体的另一只脚，想平衡身子跨过桥去。

正在这一瞬间，冲锋枪响了，神甫一只手伸向空中，身体失去平衡，站在一条腿上转了一个圈，掉进沟里，那样子让巴菲觉得几乎是在演杂技。

扎哈里亚斯和波佩克想朝他跑过去，但威利喊道："待在这里！这事你们可以明天做。我只想把炸药泡到水里。"

"他有炸药吗？"杂耍演员情绪激动地问。

"在他衣服的内口袋里。明天你们就可以看到。"

5. Kapitel

第五章

突然，他们所有人都感到浑身疲软，谁也没有兴趣再看胖子的吞火表演了。他白白得了一大份烧酒，而不用付出他们原本十分看重的回报，他们也觉得无所谓了。他们都安静下来了，几乎可以说沉思起来；他们的神情中不见了那种挑事的成分。看他们的神色，仿佛他们得了一种共同的、看不见的，却并不因此而减轻痛苦的疾病，一种不可言表、无法定义的疾病，这病让他们越长越大，大得超越了自己，使他们获得这样的认识：每一句高声诉苦、每一句多余的话语、每一句该死的空话套话，都是极端滑稽可笑的信号，他们现在最该做的就是保持沉默，享受这种疲疲软软的状态，毫不犹豫地置身于他们周围环境的无边无际的沉寂静默之中。这种疾病是某种渴望进入虚无状态的乡愁，沉入偏僻的遗忘之潭的幽幽渴望，不再生存于此的渴求；这几个男人有一种沉重的厌倦烦闷之感，那是面对死亡的镇定自若的高傲。

威利走近普罗斯卡的床边，用很自然的声音说："你做好准备去巡逻。你有卡宾枪吗？"

"有一支冲锋枪。"普罗斯卡说，从透风的床上一跃而下。

"这正好，"下士说，"这儿用自动武器更好。你和小面包一起去。小伙子在外头。你们要是巡逻时睡觉，就上军事法庭。我不用再教你了吧。快点。"

普罗斯卡动作迅速。他在脚踝上包上裹脚布，穿上靴子和军大衣，拿起枪，走出堡垒。

外面凳子上坐着小面包。

"你在这儿呢。"助理员说。

"我叫沃尔夫冈·屈尔施讷。"

"我叫瓦尔特·普罗斯卡。——你认识路啰？"

"说路是夸张了。我知道，我们怎么去，我们怎么回。我们不会迷路的。"

"你这么自信，肯定不会迷路。我觉得，我们可以走了。"

两个男人走进混合林，进入一个生机盎然、蒸腾不息、密密麻麻互相纠缠在一起的生命天堂。桤树枝打到他们脸上身上，桦树朝他们打过来，底层的灌木丛林像一双双幽灵之手抓挠他们的大腿。他们四周是一片浓密的黑暗，这黑暗吃得饱饱的，像斋戒期结束时饱吃一顿的阿拉伯人；这黑暗随时都会打个饱嗝；这是完全不同的另一种黑暗，不同于我们猜想的修女厚裙子底下的黑暗：这黑暗油腻腻、热乎乎的，沼泽森林中的黑暗降临了，人们简直可以拿脑袋或胫骨去撞它。

小面包走在前面，疲惫，沉默不语。他本来已经站过岗，但是他觉得，现在去想为什么又上路巡逻，那也于事无补。

普罗斯卡忽然想起，他什么也没有吃。他正考虑是不是要返回去，至少拿一片面包，就跟前面的人撞到了一起。

"有什么事？"他尖声问。

"我不知道。如果我们想到铁路上去，我们就得往右。这儿情况不妙。"

"这话什么意思？"

投敌者

"我们什么也看不见，却能被别人看见。"

"那就往右吧。"

两个士兵在黑暗中行进，他们深一脚浅一脚，跌跌撞撞地走着，嘴里骂骂咧咧，不时撞到树干上，但是他们前进了。没有人观察他们，即使他们躺下睡觉，在睡眠中进入忘却一切的境地，从而克服他们两人不愿承认却深埋在心底的恐惧，也没有人会阻碍他们。但是，他们继续前行，一则习惯使然，二则为威利的命令所慑。

他们汗流浃背地到了混合林的边缘，站在一个小山包上。他们前面是一片泥泞的草地，草地后面是铁路路堤的人造斜坡。铁轨像死掉的铁虫，闪闪发亮。普罗斯卡坐到一根倒下的树干上。他说："你不想歇一会儿？"

小面包在他旁边坐下。他们像孩子玩枪那样，把枪放到膝盖上。

"这儿不像里头那样黑，"普罗斯卡说，"敢不敢点支烟？"

"要是我就不点。他们看见火星，立刻就会开枪。"

"看来，他们在这儿很喜欢行动，做点什么。"

"而且不可捉摸。我有时觉得，他们让我们活着，是想折磨我们。"

"你从哪里得出这个看法？"普罗斯卡问。他想看清小面包的脸。

"我们是七个人。他们恐怕超过一百人。对他们来说，把我们全部熏死在堡垒里，一点不难。也许有一天他们会这么做。我想知道，目前是什么原因让他们不这么做。"

普罗斯卡沉默了片刻，然后说："你肯定已经死心，觉得你从这儿出不去了。那你为什么还留在这该死的地方？"

小面包答道："我父亲在华沙附近阵亡。我的母亲很为我担忧，要是我逃走，她就会死。我也许是为她而留在这儿。你曾经到过前线，人在前线，就很少或者根本没有机会去想逃跑的事。这儿就不一样了。"

普罗斯卡说："我们必须坚持下去。每当我见到这个威利，我就没有一点坚持下去的兴趣。有时我几乎差一点就要离开据点。但是，总有什么东西让我回来。"

"就是这个所谓的义务，"小面包轻蔑地说，"他们把这玩意儿注射到我们的皮肤里了。他们用这种东西迷惑了我们，让我们不能独立自主。他们想方设法，用一支精制的义务血清针剂麻醉我们。倘若有人在我们这里吹奏起祖国之笛，马上就会有一百个听众喉咙发干发红，要求喝一杯国家意识烧酒！情况就是这样。然后就为祖国干杯，为祖国宣誓，这时，一个人就掉进了陷阱。"

"你是大学生吗？"普罗斯卡问。

"是。——还有这个服从。你瞧瞧斯特奥夫，这个愚蠢而卑鄙的家伙。他想怎么摆布你，就能怎么摆布你。我已经忍受不了啦，瓦尔特。要是他还像上个星期那样，再一次折磨我，我就溜走。"

"他对你做了什么？"

"他喝醉了，我巡逻回来时，他让我从茅坑里蹚过去，不是一次，而是四次。谢天谢地，幸好大腿在附近。他拿起他的冲锋枪，愤怒地往我们头上啪啪啪打出一梭子。威利这才害怕起来，跑进堡垒。"

"他是头猪，"普罗斯卡说，"要是他想对我这么做，我就干掉他。——他从后头向神甫开枪时，你在场吗？"

"我当时在外面，看见那个人怎样掉进沟里。"

"斯特奥夫说，他口袋里有炸药。"

"这我不知道。也可能有。"

普罗斯卡慢慢站起来，拽了拽湿透了、粘在皮肤上的后裤裆，然后说："我要是在这儿再待一个月，我就要疯了。那时，我们可以一起开小差了。我也不知道为什么在这里。我们为谁挨枪子儿？为我的姐姐？为玛丽亚？她现在过得很好。她现在也许和我的姐夫躺在鹅绒被子里，让他粗糙的双手在大腿间乱掐乱摸呢。为罗加尔斯基？这是我的姐夫。即使我不在这儿，他也会过得不错。为希尔德？这个女人我有时……咳，你知道怎么回事。谁知道，她今天为谁脱光衣服？为德国？德国是什么，德国是谁？"

"对，"小面包喘了口气，激动地说，"他们成天向我们耳朵里灌的德国是谁？丹东[1]曾胡诌道，人们无法把祖国绑到后跟，一起带走。我能！这你懂吗？德国不是飘在空中的熏香烟丝，而是一个

---

1 丹东（Danton，1759—1794），十八世纪法国资产阶级革命时期活动家。雅各宾专政时期，他因反对雅各宾政府的革命恐怖政策而被处死。德国戏剧家格奥尔格·毕希纳（Georg Büchner，1813—1837）曾以法国大革命为题材，创作戏剧名作《丹东之死》。剧中第二幕，由于雅各宾的恐怖政策，丹东有被处死的危险，丹东的追随者劝他采取行动，或至少逃走；丹东不愿离开法国，所以他反问道："把祖国绑到鞋后跟，一起带走吗？"

我们可闻、可感、可切分的东西。我可以把我的祖国放到衬衣里带走，他们射穿我的脑袋、结束我的生命之时，对我来说，德国也就没有了。你不要误解我：世界上当然有这个国家，我在这里出生，我特别爱它。我爱它，因为我熟悉这里的每个角落、每条道路，我把这个国家锁进了我的心里。可是，我不想像我的父亲那样，为了一个角落、为了一条道路，让人打碎我的脑袋。我父亲谈论'义务'，谈论'时刻准备好'，以及诸如此类不管叫什么的空洞说教。瓦尔特，你要明白，我们也是德国，并不只是其他人是德国，所以，如果我们——我们本身就是德国——为德国，即为我们自己，牺牲我们自己，岂不是荒谬绝伦。这就如同一只熊，它割下自己的一条腿，一边忍着剧烈的疼痛吃自己的肉，一边说服自己，必须牺牲自我。"

"你说得对，沃尔夫冈。你在哪里思考了这个道理？"

"不是在家里的花园里，也不是在教室里，而是在这儿。这只能在这儿思考。我一直是个独来独往的孤魂野鬼，但是我很高兴，我有自己就足够了。我从未有过女朋友，从未有女人身体保养得好好的，散发出香水气，等着我。我只有我自己，其他的就什么也没有了。但是，假如一个人动刀在自己身上开了好几个口子，那么，他就会认识到，他再也放不下刀了。他得一辈子在自己身上到处动刀。你知道，什么人是自己最好的外科医生？就是那些安安静静给自己做诊断、躲进自己孤独的内心世界、以近乎残酷的真诚倾听自己脉搏的人。"

投敌者

"我不完全懂你的话，沃尔夫冈。你学过医学？"

"你看，瓦尔特：我们在世界上必须以善为行动指针。我知道，这听起来有点老生常谈。但是，恶有多种形态，因此我们有必要改正被污染的意图，找出受损的地方，补好我们认识结论中的漏洞。这要求我们有很强的分析能力，对自己绝对坦诚。一旦我们认识到追随了二十年之久的事业不仅错误，而且还卑鄙、阴险、危险、凶残，我们就必须有能力，对着它狠狠踢上一脚。你大概知道，我指的是什么。我们必须警惕民族主义的煽动者。偏过头不听，耳朵里灌上水，耳道里塞上棉球！除了自由，我还推崇怀疑。我们该用小车把自由的肥料推到心里，在上面种上怀疑的种子。你明白我的话？我也许有点兴奋，是吧？这不奇怪。你是我信赖的第一人，瓦尔特。你好好想想，我还有许多话不吐不快。——我给母亲写信，谈及慰藉。她需要这些信，可是我自己对每个关于慰藉的词语都感到恶心；我觉得那是背叛。你大概不相信我的这句话？"

普罗斯卡用他那只大手拍了一下后脖子。他低矮的前额后面，思想的飞轮在快速运转，仿佛轮子的旋转松开了原先在他头脑里痉挛僵化的什么东西。他觉得放开了手脚，可以做点什么事了；他看到了一条路。慢慢地，有点胆怯地，他伸出一只胳膊，放到小面包的肩上。

接着，他说："我不能像你那样表达，沃尔夫冈。不过，我要对你说，你永远可以信赖我。有什么人想折磨你，来找我。在这个地方，我们可是互相依赖的。"

"不，"沃尔夫冈激昂地说，"我们不仅在这个地方互相依赖。像我们这样思考的人必须在任何地方都团结在一起。明智者的团体很小。因为我们……"

啪啪啪，突然响起枪声，他们听见子弹飞过，打进树里。有好几颗子弹在他们头上飞过，像凶恶的昆虫。

"躺下，"普罗斯卡喊道，"趴到树干底下。"

小面包一下趴到他旁边。

"你看到枪口的火焰了吗？"

"看见了。在那边铁路路堤后面。为什么……啊，你点了一根烟！快灭掉，瓦尔特，快，别刺激那帮家伙，没有意义。"

普罗斯卡扔掉烟头冒着火的香烟。香烟飞到一棵树上，冒起一团火星。就在同一时间，那边又响起机关枪声，两个人赶紧把头埋到湿乎乎的地上。他们感到一股草的强烈气味冲进鼻子，露水弄湿了他们的手。

"我们要回击吗？"助理员问。

"没有用。"沃尔夫冈说。

"那我们该做点什么？在这儿躺一夜，明天就该得肺炎了。"

"也许他们今天要对桥梁做点什么。"

"我们必须过去。"

"必须？太轻率了，瓦尔特。要是他们袭击我们，我们就完了。他们通常都会设安全岗哨。"

"要是他们炸桥呢？"

投敌者

"我们会及时发现。"

"你不想跟我一起去？"普罗斯卡问。

"我当然一起干。那就走吧。我们沿森林边走。但愿我们爬过草地时，月亮别太好奇。我们只能爬，瓦尔特。你要直着走，他们马上就开枪。"

两个人站起身，沿着混合林的边缘大步向前走。他们的动作不慌不忙，没有一点担忧的意味。在树叶的阴影中，他们觉得很安全；我们甚至可以这么想，对他们而言，生与死的区别已经消失。就这样，他们行进到了森林突然消失的地方，这里，森林给草地让出了一个弯，好像森林在此处挨了草地重重的一击。这儿，月光投射到了两个士兵身上。月亮用它的光攻击他们，宣告他们走近了。但是，普罗斯卡和小面包恐怕预先想到了这一点，因为现在他们不再那么大胆地走路了，看他们走路的姿态，人们不再会认为，这里不存在危及人身的危险。两个人虽然谁也没有说一句话，没有一句相互交流、相互警告的话，哪怕一个简短的词语，却同时扑倒在地上，好像有什么规定刻在他们脑子里似的，把枪管放到左臂上，等着。

小面包嘘了一声"准备完毕"，两人就在草地上爬起来：膝盖、脚尖、肘子，又是膝盖、脚尖、肘子。汗腺有事做了。前进，你们两个希望之子，爬过沼泽！裤子湿了，乳头尝到了沼泽地上腐臭的污泥烂水，这一切算得了什么呢。你们的鼻翼在发抖。让它们发抖好了。它们以后再也不会为你们捕捉这么高贵的气味，死气沉沉的气味，土地的气味，生死相争之地的气味。这样一块沼泽地拥有双重的崇高与尊严：一是另一个已经逝去的世界的崇高与尊严，二是你们的世界的崇高与尊严。不要忘记这一点，吸气，吸气。敞开你们的肺，谁可以亲近土地，谁就该好好享受这个。有时会有一点吱吱的声响，像母亲用柔软的拳头挤压缸里正在发酵的酸菜时发出的声音。可是，那算得了什么呢！倘若一只青蛙爬到你们的膝盖下面，想停止鼓喉训练休息一下，它也无法阻挡和改变你们的路。你们没有时间倾听土地古老的唠叨之声，是多么可惜、多么遗憾啊！

"马上，"小面包小声说，"马上就到了。"

他们前面出现了灌木，给他们提供了掩护。两个人站起身。

"那里是桥。你能看见什么人吗？"

"我们从来看不见他们。"

"我们继续往前走吗？"普罗斯卡问。

"然后呢？"

"我们也许抓住他们。"

"或者他们抓住我们。"

"我们怎么办？"

"等着。"

"等什么？"

"等发生点什么事。"

"会发生什么事呢？"

"这说不好。"

"你害怕吗？"

"胡说，你呢？"

"我想过去看看。"普罗斯卡说。

"你留在这儿，瓦尔特，我过去。"

"那我们两人一起去。"

他们猫着腰，走近桥梁。他们没有忘记利用灌木作掩护。桥梁架在四个水泥墩强壮的肩膀上，河流在桥墩前卷起小小的漩涡。靠岸的地方还用齐胸宽的撑木加以保护。总之，这座桥梁仿佛是反对这个时代的一个醒目堡垒。

两个士兵仔细倾听，没有听见任何声响。他们没有看到有人想接近桥梁。

"好像死光了。"普罗斯卡不动声色地说。

"墓地上花草繁茂着呢。"

"你看这些……"

"嘘！"沃尔夫冈嘘了一声。

"我看，你太敏感了。要是这儿有人，我们早就发现了。"

"前面不一样。"

"完全一样。我现在点上一支烟，让你看看倒是怎样。"

普罗斯卡把一支烟塞进嘴巴，点燃，大口地抽起来。

"你看，没有人反对我抽烟吧。他们也许以为，我们在这个地方加强了岗哨。你在这儿抓住了那个老头。这肯定让他们对我们肃然起敬。"

"他们不懂敬重。这些人也不知道惧怕。你把他们的手放到砧板上，举起斧头：他们不会供出一点秘密。你让斧头落下：他们会脸色苍白、满脸痛苦地看着你，依然沉默不语。你还可以砍他另一只手：痛苦会让他发疯；他们会跳，会叫，会呻吟——但是，你不会听到你想从他们嘴里听到的一丁点东西。你也可以把他们拉到他们的孩子和妻子面前，让他们亲眼目睹他们的妻子儿女如何被枪杀，他们依然不会说话。——他们连死都不怕，就更用不着怕我们。因为杀人已经是我们能用来对付他们的最极端手段了。"

"我们是不是该在桥边呆到明天？"

"不。我们待在河边。上面不远的地方有几个掩蔽得很好的地方；我们是不是到那儿去？"

"我同意。"

他们迟疑地离开桥梁的阴影，进入月光照到的黄晃晃的地带。没有枪声，没有喊声，没有摔倒，没有垂死挣扎，没有流血。

河流不动声色地、小心翼翼地侵蚀河岸，如同老鼠的咬噬。它取得了成效。两个男人悄悄爬过平缓的斜坡时，河水咕咚响了一声。

"来，"普罗斯卡说，"这儿我们可以坐下了。裤子反正湿了。这儿，在这灌木之间。我们还能看见桥。"

他们坐到地上，摘下头盔。夜风吹到额上，让他们感到凉爽。他们盯着河流。

"饿死了。"普罗斯卡想。

"她头发像吉卜赛女人。"小面包想。

"你想什么呢？"普罗斯卡问。

"夏娃。"

"那个拿苹果的？"

"不。她一头蓝黑头发。"

普罗斯卡说："像吉卜赛女人？"

"是。正是这样。她的皮肤是褐色的，像金龟子的翅膀。"

"她想你吗？"

"不。"

"你很清楚这一点？"

"是。——我们八岁时，一起玩过夹子，十四岁时，我们一起去吃冰淇淋。渔夫扛着大筐子上岸时，我们一起站在码头上；船只响起汽笛声时，我们一起看着。她和我一样大，我们总是手拉手。我们到卖牛奶的女人跟前时，她就说：你们会成为漂亮的一对；我们经过菜贩子时，我们每个人会得到一个苹果，他也说：你们会成为漂亮的一对；我母亲站在窗后，看见我们手拉手从街上走来时，她说：你们看起来像漂亮的一对。我十七岁生日时，她给了我一个吻——第一个吻。我们撇下其他朋友不管，悄悄在园子里见面。我把手臂挽到她肩上，突然，我们停住了，她看着我。我感到，她的眼睛在燃烧，接着她靠近我，我们闭上了眼睛。"

"你们相互找不到嘴唇。"普罗斯卡咯咯笑起来。

"她的嘴像一块小小的红色磁铁，像一枚凸透镜，你明白吗？后来——过了好一会儿，我们才又有了话——我们谈起结婚。我们慢慢往回走，很慢，很慢。慢得还不够。我们不时停下来，拥抱，接吻。最后一次接吻是在门口，我发现，她把身体渐渐挨近我：急切、坚定、满怀渴望。我懂这种渴望。我吻她的脖子。她像同谋那样看着我，跑进屋里。"

小面包沉默了，用手指敲击他的枪杆。他的长头发滑到耳朵上，盖住了耳朵。

"她是不是全身皮肤都像金龟子的翅膀那样是褐色的？我想，你很快就看清了？"

"过完生日两天后，我请她去游泳。我制订了一个计划，一个完美、充满期待而又可靠的计划。我们要去奥得河[1]的一条支流，很少或者压根儿就没有人去那里。那里，紧挨着河流，长着善解人意的灌木丛，遮挡住任何一个不愿被别人看到的人。你明白我的话吗，瓦尔特？"

普罗斯卡点点头。

"就是这计划。我不打算给夏娃——说明，我们要去哪里。我只对她说：三点钟在火车站见。尽量别让我等很长时间。——我准时到火车站；她没有来。她四点还没有来，我就一个人上车走了。开始我对她很生气。后来，我来到我计划中选定的那个偏僻地方躺下时，我原谅她了。我想，她也许被什么预想不到的事给耽搁了。就这样，我一个人享受着那个下午，并不觉得不幸，但有点失望。到了晚上，天已经黑了，像现在这么黑，我在灌木之间坐下。

---

1 奥得河（die Oder），源出捷克苏台德山脉，下游一部分是德国和波兰的界河，注入波罗的海。

投敌者

那是一个美妙的夜晚，我不想启程回去。我看着沿奥得河下行的船上的灯光，听着蟋蟀轻微的鸣唱，我很满足。我和自己交谈；我想拍拍自己的肩膀，庆贺自己尚未经历过的一切，庆贺我将面临的一切。这种幸福感延续得越长，就越痛苦，越渴求……你知道，我指什么。"

"我知道。"普罗斯卡说。

"可是，我这么迷迷糊糊胡思乱想时，突然听见两个声音，一个男声，一个女声。我决定保持安静，不让人发现我。忽然，好奇心攫住我，让我扭转头，朝向传来声音的方向。那里站着一个男子和一个女子，男子点燃一支烟，女子整理他的衣服。在夜空中我认出她的侧影。是她，没错，是她。她笑着，轻轻的，充满幸福。他，高高的，高得如同大猩猩，把她搂到怀里，嘴唇贴到她脖子处细软的头发上。我听见她轻轻叹息，我的耳朵没有遗弃我。好了，我还能说什么！我不能动，不能喊——是她！两个人互相告别；他，那个大猩猩，走向另一边，她从我藏身的灌木丛边走过。我没有喊她，我一动不动。我现在知道了，她是什么人。"

"你后来再见过她吗？"

"没有。"

"哼。"瓦尔特哼了一声。

两个士兵默不作声了。普罗斯卡的胃不耐烦了。

"我们还得在外头待多久？"他问。

"到明天拂晓。"小面包说。

一只水鸟扑打着翅膀，飞过河流。

"这鸟很急。"普罗斯卡说。

"安静！"

"怎么了？"

"我看，那儿有人。"

"桥边？"

"嘘！"

他们躺倒，紧握枪托，手指扣在扳机上。

"看，瓦尔特，那儿！"

他们压低声音，彼此能听见心跳。在平缓的斜坡上，一个人慢慢走近过来，而且是个姑娘。他们两人从头部的侧影马上认出是个女孩子。这姑娘刚才肯定在岸边的灌木林里。

小面包在姿势允许的范围内，尽力瞄准她，毫不犹豫，只等下个时机就扣动扳机。可是，普罗斯卡又大又硬的手放到了他的枪管上，把它压了下去。姑娘从容不迫地走过来。现在她离他们只有两步了，现在到了他们跟前了，现在走过去了。当再也看不见她时，沃尔夫冈问："你为什么不让我开枪？在这儿，姑娘常常比男人更危险。"

普罗斯卡结巴地回答："是她，是她。她坏了我在火车里的计划。我隔着夜空认出了她的侧影。她叫汪达，她的头发像松鼠皮毛一样红。"

6. Kapitel

第六章

"安静！让他们两个睡觉！"

"我只想说……"

"这儿说什么，我定。明白？"

"是。可是我们来客人了。我想……"

"这儿没有什么我想我想。——客人？"

"是。"

"他在哪儿？别又是一个炸药神甫？"

"不。"

"倒是什么人？快说。"

"我想，是信差。"

"原来是这样，信差。他为什么还不到这儿来？又到他该露面的时候了。把他带过来。"

巴菲颠颠地走出去，威利数着放在箱子里的香烟。

一个大有指望的早晨降临到堡垒；它唤醒了士兵们。露水在草地上眨眼，天空十分欢快地瞅着你，阳光像一个没有重量的老妇，无声地掠过树冠。普罗斯卡在睡觉，小面包在睡觉。他们吃了饭，晾晒了制服，一屁股躺倒在床上。大腿还没有回来。但是，没有人为此不安，大家都知道，像他这样的人不那么容易走失。他太过小心、太过机灵、太过精明了。

波佩克和扎哈里亚斯去巡逻前，从沟里捞出那老头，检查了他的口袋。他们什么也没有找到，于是走向威利，向他报告。

"那我搞错了。"威利答道。当其他人问现在该做什么时，下士大声吼道："也许他早就吞掉了炸药。把他弄走，离堡垒远远的，万一他大白天的爆炸呢！"

巴菲把信差推进堡垒内部。这是个斜肩男子，右边背一个装包裹的包，左边背一个装信的皮袋。他胸前挎着一支冲锋枪。很难看清他的眼神，他的眼睛藏在两片厚厚的、打磨得很厉害的镜片后面。

他呼哧呼哧喘着气，把包裹和信件扔到炉子桌上，冲锋枪靠到一只凳子上。然后，他走到威利身边，说："邮件，邮件，邮件到了！"

下士吼道："你每次都这样滑稽可笑吗？"

这话让信差一时透不过气来；他吞咽下尴尬的口水，等下士看向他。威利敲敲那百宝箱。

"你为什么这么久没有来？"

"这不怪我。"信差说。

"你还一直在塔马施格罗德？"

"在村子外面不远的地方。"

"这样。除此之外，你没有别的苦楚？"

"怎么说？"

"我只是这么想想而已。你也思考吗？我们这儿的人想得很多。每晚都有两大袋思想。这些思想口袋马上结上口，扔进水沟里。要是我们把这些东西，把所有这些思想，都当作邮件寄回家，你怎么看？那你就得为我、为这里的其他人派整整一个营的信差。而家里

投敌者

的人，除了处理这些邮件，就再也干不了别的事了。——你带来很多邮件？"

"四个星期的邮件都一起来了，嘿嘿嘿。"

"你干吗这么傻笑？"

"我是傻笑吗，下士先生？"

"你笑得像匹被胡乱搔痒痒的阉马。"

"这里大概有四十来封信。"

"我能想象。其中二十封肯定是给胃病佬的。"

"胃病佬？"

"给屈尔施讷的。"

"不错，他的信不少。"

"有给我的吗？"

"两封，就我所知。"

"好，让我们看看这些给人带来惊喜的东西。——你有火吗？"

"有。"

"也有香烟吗？"

"正好还有两支。"

"那就两样都给我吧。"

下士深深吸了三四口，然后走到炉子桌边。他在邮件里翻了好一会儿，找到了自己的名字，拿起信封，装进前胸口袋里。

"你为什么不马上看？"

"为什么要马上？"威利说，"字母可不会跑走。"

"谁知道呢，有时人必须立刻做出决定，嘿嘿嘿。"

"你别这么傻笑，伙计，你让我的耳朵害怕。你的父亲大概是玩笑上校，嗯？"

"火车司机，下士先生。"

"你看，差不多一样。"

威利一边说，一边把信件一一摊开，读上面的地址和明信片的内容，撕下给扎哈里亚斯的一份报纸的外包装，把报纸扔到他的床上。信差看着他，说："你只有一封信？三个星期，这可少了点儿。我肯定看错了。我以为有两封呢……"

"你别想太多，"下士答道，眼也没抬，"多不多，由我和你的上司定。说到底，总归是我们负责你们。明白？"

"明白。"

"我就是这个意思。"

突然，下士顿住了；他手里拿着一张明信片，快步走到窗边，把明信片对着明亮一些的光线，读了第二遍。他的薄嘴唇张开了，干瘪的嘴角露出一丝在他身上非同寻常的微笑，他的喉结在发红的、皮革样的脖子上上下移动。他心不在焉地把半截香烟扔到地上，用靴底踩灭。然后，他张开嘴巴，大笑起来，直至忍不住一阵咳嗽，弯下了腰。眼睛从眼眶里凸出来，唾沫星子喷溅到空中，他的手赶紧去抓一个支撑点。他疲乏地示意信差，信差马上明白他的意思，过来使劲地捶他的后背。

威利感觉好了一点，喉咙咕噜咕噜地说："打开氧气通道，所

投敌者

有肺脏残余物靠右行驶。"他用手掌肚擦干因刚才这一阵折腾而湿润的眼睛，沮丧地摇摇头，又举起明信片，他不敢再冒险大声笑出来，于是，他酒鬼一样的脸上只露出一点点好心的笑意。

"这似乎很有趣？"

"什么？"威利问，声音嘶哑。

"这张明信片。下士先生是笑这张明信片吧。"

"那是！这确实可笑。连你也可以为此嘿嘿嘿地傻笑一下。你再表演一次。"

"要我笑？"

"你可不会大笑，你就来一次嘿嘿嘿吧。"

"笑什么？"

"笑你自己。你为什么不来一次嘿嘿嘿？我可给你下了命令。"

信差不言语了，仿佛在暗中检查他的声带。

"嗨，快做！"

斜肩男子表情木然，看了一眼下士，哼了几声"嘿嘿嘿……"。

"停止，伙计，我听够了。你这是折磨鼓膜。现在你可以走了。可是，你要是三个星期后才来，有你好看的。明白？"

"明白。"

"这儿，别忘了你的冲锋枪。这是部队财产。对待它要像对待自己的眼睛一样。不过我看，你的眼睛……好吧。你可能对自己的笑话一直发笑，笑出了眼泪，直到现在什么也看不见了。你对局势怎么判断？我是说，以你的双重瞳孔，你怎么判断？一切都按计划，是吗？好。你可以退下了。但是，你带上这封信。我们阵亡了一个人。但愿他的母亲能读德文。——你也许也来自上西里西亚？"

"后波莫瑞[1]。"信差说。

"这样，来自后波莫瑞，"威利重复了一遍，"那儿，所有人都这么笑？"

"是。"

"那我就明白了，为什么你们那里有那么多狼。"

威利看着信差的背影，看了很长时间，直到他在杂树林一块突出的树林后消失不见。这时，他又第四次看明信片的内容，喊道："巴菲！"

大头杂耍演员从锅上抬起头，踱到下士身边。

"你听，巴菲，扎哈里亚斯得到怎样一张明信片。"他读起来：

亲爱的爸爸，

希望你不要生气，生的是个男孩。他七磅半重，哭喊得很厉害。大家都说，他像你。分娩很顺利。再过十天我就能出院。你可以感到高兴。我们得到了我们想要的。你能休假吗？我们大家都等着你。埃纳的丈夫来信说，他在美国俘虏营。她原先以为他已经死了。他已经很长时间没有写信了。你也可以写得再勤一点。一张军用明信片就

---

1 后波莫瑞（Hinterpommern），波莫瑞为德国东北部和波兰西北部临波罗的海的地区名，奥得河以西为前波莫瑞，以东为后波莫瑞。第二次世界大战前，除后波莫瑞一部分为波兰所有外（即波兰走廊），波莫瑞其余各部分均归属德国。第二次世界大战后，后波莫瑞划归波兰；前波莫瑞仍归属德国，两德统一后与梅克伦堡组成梅克伦堡 - 前波莫瑞州。

投敌者

够。我们给小孩起什么名字，威利还是洛塔尔？埃纳说洛
塔尔。你的妻子莉泽尔衷心问候你。

"谢天谢地，"杂耍演员轻松地说，"现在，他用不着每天早上
给我们讲他的梦了。在梦里，他时时刻刻都在他妻子的床边。"

"这男孩该叫威利，"下士说，"正好和我一样。这小崽子以后
也该走军士这条路。"

杂耍演员说："我看，我们该给扎哈里亚斯一个惊喜。"

"当然。每天早上同样的老套。'我梦见我老婆生了个孩
子。'——等着，小子，你呀，我们教你怎么说。"

"可惜我得过去了，否则，我的圆白菜要糊了。"

"又是圆白菜？"

"可是是用肉皮炖的。"

"你最好脱掉你的阿尔玛的衣服，放到锅里去。它恐怕比那该
死的肉皮好吃得多。"

"等到退休，等到退休。"胖子一边说，一边跑到炉子边。他揭
开锅盖，等着锅里的蒸气垂直上升，散得差不多了，拿起一把木
勺，在锅里搅动。此时，他把头伸到锅上。锅里又咕嘟咕嘟响起
来，柴火给锅里的水添加了热量，水又开始像陀螺挨了一鞭那样，
翻滚旋转起来，小水泡涌上水面，度过它们短暂而火热的一生——
刚诞生就破裂——，这时，巴菲用木勺摁住圆白菜的边，把它压下
去，有力，果决。火的进攻又得以重新开始。

杂耍演员眼也不看，伸出手，去接波佩克高高兴兴递给他的柴

火，好把它塞到炉子里。他的手还没有完全伸出时，把头转向一侧。他大吃一惊。离他两米远的地方，一只大耗子蹲在地上，黑眼睛安静地瞪着他。长尾巴放在一根劈柴上，清晰可见。耗子抽动着鼻子，露出黄色大牙。它怀着好奇和期待的神情看着厨师。

巴菲小心地举起木勺，准备使劲朝耗子摔过去。但是，他的手还没有举到足够的投掷高度，那动物就飞快地转过身，跑进了紧挨柴火堆的一个地洞里。

"它肯定还会出来。"吞火演员想，拿起他放在堡垒前凳子上的卡宾枪，将子弹上膛，蹲到地上，枪管对着洞口。

他没有等很久。他先是看见黄牙，然后看见闪闪发亮的黑眼睛。耗子没有完全爬出它的隐藏之地，后半身和尾巴还留在洞里，看不到。

巴菲的手一点不抖，他几乎按训练条例那样瞄准一只眼睛，扣动扳机。在这一瞬间，耗子"嗖"的一下飞出洞穴，弹向空中，痛苦难当，紧紧咬住柴堆上的一根劈柴，瑟瑟发抖地后退，接着就从柴堆上掉了下来。

这时，男子看见，耗子只被打掉一只耳朵和头的一小块。他重新装子弹、瞄准。耗子又一次跳起来，红红的鲜血滴落到它的皮上。它发疯似地转圈，在草地上乱扒。它在找它的洞。

巴菲知道耗子要干什么，于是，在耗子痛苦得发疯似的在草地上胡蹦乱跳时，他没有打中它。他瞄准柴堆前那个近乎圆形的、昏暗的洞口，一旦耗子找到它的隐藏地时，他不致打偏。他兴奋地等

投敌者

着那一秒，等着那褐色的、沾满血和泥的皮毛出现在瞄准凹槽和准星前，如同移动靶出现在打靶场上。那时，他只需轻轻一按就妥了。他想："总是这么容易就好了……只需瞄准、扣扳机……目标自己找子弹，而不是子弹找目标……那样事情就好办了……这东西一定得发明出来……那样，威利就只需说：出去找子弹……但是，那该死的畜生在哪儿？"

他朝左边看过去，那动物相当安静地躺在草里。它侧躺着，四只小脚微微抖动。尾巴颤抖着，好像一节玩具电池微弱的电流通到了尾巴上。

杂耍演员走到耗子跟前，放低枪管，仔细瞄准，扣动扳机。子弹打碎了耗子的身体，溅起一阵火星，耗子刚才躺的地方留下一个漏斗状、乱糟糟粘着皮毛与内脏碎片的小洞。

"怎么了，胖子？"威利突然喊道，"你想把脚下的脏东西打飞？"

"不。你以前是否知道，下士先生，耗子有时有人的眼神？我刚才杀死了一只耗子。正好打中要害。那畜生看我的样子，仿佛它要跟我讲，该怎样做圆白菜。"

"这倒是也有必要。你本该让它好好讲讲。耗子尸体在哪儿？"

"几乎看不见了。只听到啪的一声——它就没有了。它像电石瓶一样爆了。"

"它的肠还挂在你的衣领上呢。你把它擦下去。但愿圆白菜里除了你放进去的肉，没有多出别的肉来。锅盖是盖着的吧？"

"是。锅盖得严严实实的。你可以自己去看看。"

"这我总是在最后一步才做，明白？"

下士叉着腿，两手插在裤袋里，站在耗子的残躯前。他慢慢抬起一只脚，把草和泥土盖到粘了鼠毛和血迹的洞口上。然后，他对巴菲说："我想起来了，我们怎样给扎哈里亚斯一个意外惊喜。我要把这个消息包到面包纸里。就这样好了。让他解半天，解得手指疼。"

"把明信片包到纸里？"

"你的大脑袋都装的什么呀？别人会以为，你的脑子里是汽油。我是说，我们得激起他的好奇心。——这个问题，得有滋有味地端给他。我想，你是杂耍演员！你难道没有和上层社会打过交道？"

"那倒打过交道。"

"这不结了。吞火者是半个贵族。你就这样骂自己，对不对？军士是社会的脊髓。这你明白吗？"

"完全明白。"巴菲说。

下士转过身，走向凳子，坐下。圆白菜在它滚烫的牢狱里慢慢顶起锅盖。锅盖"嘭嘭嘭"地响起来。杂耍演员在锅盖上放了一块劈柴，锅就又安静了。

"嗨，"威利喊道，"你的阿尔玛在哪儿？"

"在厕所附近。"

"教育得很好。"

"我看，它在找金子。"

"祝它成功。"

"等到它找到足够的金子，我们就铸成金条。"

"它什么时候再下个蛋？"

"先得装满蛋匣。"

"说得好。它懂杂技？"

"比狗懂得多。"

"我原来想，鸡是最笨的动物。"

"别的鸡是，我的阿尔玛不是。"

"你还得教它讲道，这样，它就能给我们咯咯咯地讲旧约了。"

"这以后做。现在我们在训练攀爬。"

"也许我们以后可以把它当作邮政飞机使用。我是说十年后。"

"我们在这儿还要待这么久？"

"我们会一直待在这里，巴菲。要是他们把我们召回去，我们已经适应不了别的窝了。谁吞下了罗克特诺沼泽地，就甭想再把它吐出来。谁吸进了这儿的空气，这空气就留在谁的肺里一辈子。我们再也摆脱不了，永远不能。这块土地将永远追随着我们，我们到哪儿，它就跟到哪儿；这一点，你可以相信你的下士；他对此做了思考。他把头都……"

威利中断了自己的话；茨维索斯比尔斯基突然站在堡垒前。没有人看见他过来，他突然出现，仿佛是从一个隐蔽的井里升上来一样。高个子注意到，他的突然出现至少把这些男人搞糊涂了，于是露出善意的微笑。他看起来很累；一条裤腿撕破了，胸前的衣服湿透了。他一手拿钢盔，一手拿一支俄国机关枪，卡宾枪横跨在后背上，头发粘在头皮上。

"你过来。"威利命令他。

大腿听命，走近凳子，把机关枪放在下士的脚前。他带着同样卑微，但期待着得到感谢的神情做这一切，如同一条狗叼回主人扔出去的一块木头时，眼巴巴等着主人赞扬的眼神一样。

"你去哪儿了？"威利问。

"你看，我这不又回来了。"高个子友善地说。

"我想知道，你去哪儿了。你这是擅离部队。你不知道？"

"可是我带回了……"

"你闭嘴，否则让你肺里吸进蚊子。我知道，斯坦尼的死让你很难受。但这不是你离开堡垒至少十二个小时的理由，你想，如果大家都这样做，会怎样？我告诉你，这事我要报告塔马施格罗德。事情到底会怎样，我还不知道。如果你改正，事情的结局也许不会太坏。枪毙，这次多半还不会。——好了，现在你讲讲，你这么长时间到哪儿去了。这是一支俄国机关枪。是你找到的？"

"是缴获的，先生，缴获。"

"这是你缴获的？"

巴菲悄悄走近，以便更好地听清审问。

"是的。缴获了机关枪。可怜的斯坦尼被埋葬时，我感到自己被埋一样。"

"是这样，"威利说，"你当时有这种感觉。"

"是。我突然觉得什么都一样了，都无所谓了。脑袋不知道脚该往哪里走。头脑里有一个大马戏团，乱哄哄的，我拿起枪，就走向那条大河。"

"你多半洗了个澡凉快凉快，嗯？"

大腿做了个反驳的手势。

"哪里！"他说，"我仔细听，听水的声音，听着听着，就到夜里了。你猜，我做了什么？我悄悄爬到铁路边。到处都漆黑一团，没有人能看见我。我这么躺在铁路边，听见'嗒嗒'两声机关枪声。过了一会儿又是'嗒嗒'两声。我等着，等着。突然，两个带机关枪的人走过来。他们一点声响没有，但是我看见了他们。等到他们到了我跟前……这下嘛，我就给了两枪，嗒、嗒，这就完事了。这就是机关枪的来历。"

高个子朝巴菲看，微笑着说："我饿极了，想吃两片黑面包。膝盖在发抖，软得像酸面团。"

"你给他点吃的。"下士命令道，摇了摇头。

巴菲和大腿走进堡垒。

"邮件来了吧？"高个子问，走近炉子桌。

"有你的什么东西。"杂耍演员说。

"在哪儿？给我。我这就要读。"

"等等。你知道最新消息？"

"格莱维茨发生的事，我怎么能知道，我又不在那里。"

"扎哈里亚斯的老婆生了个孩子。"

"噢，我的耶稣，这可是大喜事。他再也不用老这么做梦了。他老梦见孩子出世。多好啊，对吧？他知道这个消息了吗？"

"不知道。威利想出了一个好主意。他要给他一个惊喜。"

"他想出了什么？"

"我不知道。但肯定是好主意吧。——奶酪我不能给你，那是明天晚饭吃的。"

"嘘，别这么嚷嚷。小面包和新来的在睡觉。"

"他们听不见。"

"谁知道呢？——给我的邮件在哪里？"

"这儿，一个包裹，一封信。"

"信是我父亲写的，包裹，包裹也是父亲寄的。"

高个子走过去时看了一眼两个睡着的士兵的脸，坐到床上，试图打开包裹。他用牙齿拽绳子，绳子毫不让步；他用手指尖解绳结，绳结毫不屈服。大腿失去耐心了，从表袋里拿出他的打火机，"咔嚓"一声点燃，把它凑到绳子下面。火焰吞噬纤维，一点点烧坏绳子，火星不断延伸，这时，大腿用劲一拉，绳子断为两截。他拽去绳子，打开包装纸。于是，一个锇钨丝灯泡盒子逐渐显露出来，他打开盒子，把里面装的东西通通倒到被子上，这下他高兴得啧啧咂舌。只见床上一堆东西，上面还留着价签：两条很粗的梭子鱼钓线，两个红白相间的浮标，浮标又大又笨，没有哪条用作钓饵的鱼能让它晃动；另外，大腿发现还有四颗稳定钓线的小铅弹，一个钩用红色羽毛伪装的匙饵，一只人工制作的苍蝇。他立刻清楚，按他的目的，这苍蝇没有用处。

"Pozekai lo[1]，"他想，"你现在该高兴，铁锅等着你呢。这根钓线你扯不断了，这根线断不了。到时候事实会表明，谁更强大。我比你大，比你聪明。你等着，梭子鱼先生！——父亲很懂我的心。只是这只苍蝇没有用，钩太小。不过匙饵很好。你只要把它咬到嘴里，我的锅就热了。"

他把渔具收进锇钨丝灯泡盒里，放到枕头底下。然后，他站起身，脱下裤子，检查破损的地方，决定午饭前补好那个裂口。

波佩克说："停下！我们把他拖得够远了。放下！"

"我们把他放到那儿去，"扎哈里亚斯说，"放到黑莓丛下面。"

"可是那样一来，他就紧靠私人道路了。"

"这没有关系。我们很少到河边去。"

"也好。这样我们就不会迷路了。这可是个奇怪的路标，是不是？"

他们把炸药神甫的尸体拖过一块林中空地，在黑莓灌木丛边上放下。他的脸神情安详、快乐；看起来，他对发生在他身上的一切很满意。胸膛上的子弹入口已经停止流血；他的双眼紧闭着；少量沟水从一边的嘴角里流出来，流到柔软的下巴上。没有一点迹象表明，他厌恶他现在的状态——死亡，当然，那双手除外，因为他的手给人痉挛的印象。他的手指呈紧握状，好像要把自己刚刚思考的东西紧紧抓住。这样一来，脸和手就形成鲜明的对比，互相矛盾；

---

1 波兰语，意为：你等着吧！

这双手还在提醒人们想起生,而这张脸却显得庄严肃穆、从容自若,是某种永恒状态的欣慰标记。

扎哈里亚斯注意到了这一点,当两人俯视死者时,他说:"看他那双手的样子,仿佛要抓住一根树枝似的。你往那儿看。"

"他想把炸药从口袋里掏出来。"波佩克说。

"可是他压根儿没有炸药。"

"这你很清楚?"

"威利说过,他可能搞错了。"

"也许吧。人们无法指望一个人起死回生。子弹不懂玩笑。——你为他惋惜?"

扎哈里亚斯弯下腰,把神甫的手放到胸上。

"也许真不是他的责任。"

"你是说他的死?"

"对。"

"你以为,他为自己的出生尽过一份力?我们无法阻止自己来到人世,我们也没有足够的影响力,如我们所愿那样,延长我们的生命。因此,我认为,人们与其为死者惋惜,还不如为未出生者惋惜。如果你要同情这个人,不如在你妻子想为你生的孩子上多用点心思吧。——你好好看看这个人。你可以踩到他的手上,他不会感到一丁点痛苦;你可以不打针,不麻醉,拔下他的所有牙齿,他不会动一丝一毫;从理论上讲,这个人已经不存在,你明白吗,他已经不在了,完蛋了,完结了。我们不能把一小块胶皮称作气球。"

投敌者

"不能，当然不能。我明白你的话，但是尽管如此……"

"什么叫尽管如此？我们必须摆脱某些观点。如果你看见一只死鸟，你可不能立刻想起它可能唱过的歌。实际上，你看见的不外是一个无用的外壳。假如你看着你死去父亲的脸……"

"不，"扎哈里亚斯说，"你给我住嘴！我跟你看法不一样。你讲话就像一块冷冰冰的冰块。你还是伸手抓住他，我们再拖他一段，把他放到灌木丛下。"

"你梦见你老婆太多了。"波佩克说，弯下腰。

他们把死者拖到树丛里，背朝下放到地上，折了一些树枝，盖到死者身上，使路过的人不会发现他——除非一阵大风吹到安息者身上，把他绿色的遮盖物刮跑。

然后，两个人走到狭窄的所谓私人道路上。他们回头又看了一眼后，就腰挎着打开枪栓的枪，一前一后，朝必定会到达河流的方向走去。

年轻的上午天真无邪地降临到沼泽地上；它调皮地揉搓自然，把它揉得欢快活泼起来。

揉吧，揉吧，傻小子，
揉醒眼睛，赶走清晨；
很快，夜晚就会狠揍你，
水又会重新流淌。

但愿只是一个元素，水或土 [1]，而且知道，你只是一个元素。做水：耐心地载着船舶行驶，把兄弟背在自己的背上；有千百个故乡，如同一个故乡；做个元素，感觉自己不仅是水，而且还冲走不可调和事物之间的桥梁；继续漂移，变得更大更平静；把平静载到海洋，载到世界。沉默很好，谦恭很好。走，兄弟，走向水；往下看。逼迫自己变成元素！抛弃铜臭语言，故意蒙骗的言辞，虚荣的涂脂抹粉的姿态。扔掉偏见，就像扔掉一只挤脚的鞋。兄弟，如果我是你，你是我，我们就会相遇；如果我们肩上背负着重负，如果你用我的眼睛观看，我用你的眼睛观看，你用我的耳朵倾听，你和我有一颗共同的心；兄弟，如果我们成为元素，成为水或土，如果我们知道我们是元素，那时，我们就会相遇。

在一棵桦树前，波佩克突然站住，说："这棵树长得多秀美。我要把它夹到我的两腿之间。"

"现在？巴菲现在就需要新的劈柴了？他还有两堆呢。"

"那两堆我们可以先放着。"

"我觉得这些小树太可惜了，"扎哈里亚斯说，"你每次都只折断树尖。"

"它们感觉不到。"

"你真以为这样？"

"你可以用你的绷带把伤口包扎起来。"

---

1 元素（Element），古代自然哲学家如恩培多克勒等在探究世界本原问题时，认为世界的本原是物质性的东西，如水、火、风、土四种"元素"，Element 一词也有译作"要素"的。

投敌者

"留着这棵桦树吧，赫尔穆特。"

"为什么？"

扎哈里亚斯的声音里有一点威胁的意味。他后退几步，重复了一遍："我说了，留着这棵桦树。你要是碰它，我跟你没完。"

"你要干掉我？"

"放开树！"

"你知道，这对我意味着什么？"

"我无所谓。你要是弄死这棵桦树，我对你可不能保证什么。"扎哈里亚斯坚定地说。

波佩克走近他，平淡地笑笑，说："我知道，你多愁善感。可是，我没有想到你这么多愁善感。可能是因为你过多地梦见你老婆，梦见有一个孩子了。多愁善感最容易在夫妇双人床上生长。你们的床恐怕特别软吧，是不是？"

"你再说一个字——"

"干吗立马就生起气来？来，好了，我不动这棵树了。我们得到河边去。也许我们能洗个快澡，今天太热了。"

赫尔穆特相当笨拙地拍拍比他年长者的肩，向他点点头，果断地朝前走去。扎哈里亚斯拉开一点距离，跟着他。

他们来到河边，默然地并排站住。他们无法再向前走了，除非改变方向。他们默不作声地看着河水，互相看着彼此的倒影。

"他的样子扭曲得多难看。"扎哈里亚斯想。

"看他的样子，在水里晃来晃去的。"波佩克想。

他们叹口气，坐下，摘下钢盔。扎哈里亚斯拿手绢擦了擦光头上的汗，又开手指，捋松四周的头发。

　　"我们重新和好吧？"

　　"怎么了，我们吵架了吗？"

　　"你要支香烟吗？"波佩克问。

　　"要。我忘了带了。——真他妈热。"

　　"天还会变得更热呢。你是不是正巧知道，秃顶的人比头发浓密的人更容易中暑？"

　　"你是在影射我的玻璃顶吧，啊？"

　　"哪里！我是真感兴趣。我喜欢光头。你知道为什么？"

　　"不知道。"

　　"你也不可能知道。我有一次读到这样的东西，说有人建议，把光头当作广告位出租。"

　　"那又怎样？"

　　"我一直在想这件事。战争结束后——战争总是要结束的吧——我们也许可以做点什么。比如我们两个，是否可以干一件大买卖。我做你的广告经纪人。"

　　"那我做什么？"

　　"你听着！战后肯定又要做广告，一级废铜烂铁广告，统一肥皂广告——你想想那大量库存——当然是用于下一次战争。你想想，要是以后在你的光头上写上东西会怎样？比如写上：献血者远程课程；或者比如：如何对待沙发上的妙龄女郎；又比如：你的良

　　　　　　　投敌者

心通过使用蛋形手榴弹而变得又光又亮。您可以来试验，要说明书。我们当然得激起几个公司对这个计划的热情。要是一切顺利，我们就能挣得一笔财富。你只需在交通繁忙的地方待着。"

"而你就只管收钱了。"

"我排除竞争对手。"

扎哈里亚斯笑了，露出家长般威严的得意神情，摸了一下发亮的光头。

"不错，不错。首先，我们得把这个器件完好无损地带回家去。——现在，我可是想泡个澡了。那样，我们就一整天都有精神了。你一起洗吗？"

"当然。可是，你不觉得，我们中只有一个人洗，另一个留在岸上更好吗？安全第一。"

"我们没有多少时间。这时，谁会在附近瞎逛？来，快脱衣服。只要潜到水里一次就够了。"

就潜一次！

两个男人匆匆脱掉衣服，光着身伸长脖子，看看附近到底有没有人，然后互相打量了一下，小步跑向河水。

当他们把脚伸进水里时，河水"啪"的响了一声。太阳允诺的还是比兑现的多：水比他们原先估计的要凉。下一步：走到膝盖深的地方。气泡从水底升上来，晃过他们的小腿，到达水面，然后就破灭死亡。

波佩克哼了一声"嘀"，用手弹了弹水。

"水底都是泥，"扎哈里亚斯说，"再往下走一点，沙子会多一点。"

他做了个鬼脸，头皮抽动了一下。他也觉得水凉。他小心地把手伸进水里，拍打水面，慢慢蹲下，当他抖抖索索地站起来时，他觉得凉快够了，可以离开河底了。他身体使劲往下一压，然后一跃而起，在空中停留片刻，双手抱头，跃入水里不见了。他冒出水面，转身仰面朝上，两腿蹬水，那样子就像他被一个微弱的发动机推着向前走似的。他以这种方式游到河流宽度的三分之一时，改为踩水，回头看波佩克，他正一只手抓住一根柳枝，另一只手慢悠悠地朝胸部撩水。

"你什么时候过来？"扎哈里亚斯大声喊，"水里比外头还暖和一点。"

波佩克没有回答。

"要我来接你吗？"扎哈里亚斯又喊了一句，接着转过身，朝河中游去。

突然，河的对岸响起冲锋枪清脆的枪声。子弹像飞快的水鸟嗖嗖地飞过来，钻入水面，溅起小小的凶恶的喷泉。哒哒哒—哧—噗。

就潜一次！

赫尔穆特立刻跳上岸，扑到衣服旁边的草丛里。他抬起脸，喊道："潜水，潜到水里！"

回敬他的是"嗒嗒嗒"。

投敌者

"把头埋到水里,扎哈里亚斯!"赫尔穆特拿起枪,拉开枪栓。枪柄摸起来感觉多么油腻、硬邦邦、倔强!枪声从那边芦苇丛里传来。他又一次放下枪,扯开嗓门大喊:"潜—入—水—里!扎—哈—里—亚—斯!"

是那边芦苇丛。向那边扫射。弹匣里还有二十八颗子弹。持续火力。朝那里开枪。把二十八颗子弹都送出去。它们要寻找一个目标。把枪托顶在光膀子上;按住扳机。扣动扳机;目标对准那边的芦苇。所有二十八颗子弹。快点;扳机不耐烦了;它急红了眼。波佩克扣动扳机,子弹飞过水面,摺倒对岸一片芦苇。

再来一梭子。所有二十八颗子弹。你还等什么?子弹飞离枪管,割断苇茎。

"扎—哈—里—亚—斯!"

赫尔穆特跳起来,他敢于这么做,因为他前面有树丛掩护。

扎哈里亚斯连个影子也没有;他潜入了水里,不留一点痕迹,除了他留下的衣服,没有东西表明曾经有过他这么个人。

"他会在水下游,他会听从我的建议——他明白我的意思——他一会儿就会回到这里——火力掩护——再装一匣新的子弹——那边,在芦苇丛里——脚趾间有子弹壳——把它们踢开——他为什么还不来——按理说该回来了——但愿水流不要把他冲得太远——"

波佩克的眼睛盯着河的水流,这时,在离他较远的地方,他看见水里冒出一只手,瞬间又消失不见了。过了一会儿,他看见一点闪光的东西,但也是顷刻之间就又没入水中;他感到无比痛苦,咬紧牙齿；因为，他后面看到的那点亮闪闪的东西让他想起扎哈里亚斯坚实的广告场所。他低下头，仿佛听见他打出去的早已沉寂的子弹啾啾地划过水面。

就潜一次！

对岸没有动静。河流，这条伪善的河，静静地把河水推向大海，穿过草地，穿过挺立的森林，经过桥梁的坚如磐石的胸膛，经过或大或小的城市，流过去，流过去。

一个男子梦见他的妻子。

过去了，过去了。

他梦见一个孩子，他一只大手就能包住他柔软的头，小孩那只玩具似的拳头击打自己的鼻子和脸颊。

过去了，过去了。

有一个人曾经为了一棵桦树而尽力抗争，严肃认真，用言辞相要挟。

一切都过去了，完结了：嘴唇上的激情，眼睛里的愿望；温柔，坚如磐石的忠诚，内心的恐惧。只有良心不枯萎，这骄傲而苦涩的正义之地，这针对悔恨的堡垒。

赫尔穆特匆匆穿上衣服，胡乱扣上裤子和大衣的扣子，不知所措地站了一会儿，仿佛他还不知道该做出什么决定，然后弯下腰，拿起扎哈里亚斯的衣服和枪，尽他所能地飞快跑回堡垒。

他使劲跑着，跑红了脸。脚下的沼泽地咕咚咕咚作响。

快跑，跑到他们那里去，跟他们讲你看到的、听到的一切。走过那棵你的大腿等待的、你想拥抱的、应替代你肉体难以置信的冒险的桦树。神甫，那个已经死去的炸药耶稣，肯定还躺在那里。他还有用，你看，当里程碑。他是不可或缺的指路牌。

死后还有 2.4 公里生的乐趣。

谁也不会迷路，这里没有岔路，没有弯路，没有旁路。大家都到达那里；有的大步疾走，有的迟疑不决。

当波佩克在堡垒前走上桤树干桥时，下士看见了他。

下士喊道："你发生了什么事？波佩克，嗨！看你跑的，好像有人在你屁股里塞了根着火的引信似的。如果你想引爆，最好留在水沟的那边。你别让我的人陷入危险境地。看这家伙，慌乱成什么样子。究竟发生了什么事？"

赫尔穆特跑过山包，精疲力竭地来到威利前站住，看着扎哈里亚斯的衣服。

"这是什么？那家伙加入了裸体俱乐部？他等孩子等不及了，是吗？扎哈里亚斯猫在哪儿了？这可是他的制服。还有他的枪！"

赫尔穆特想说点什么；他张开嘴，深深地吸了一口气，看了一眼自己胳膊下夹着的那团衣服，不说话了。

"难道他们偷走了你的语言不成？我想知道，扎哈里亚斯在哪里。他不可能晒成干了。"

"下士先生。"赫尔穆特费劲地说。

"我已经是七年的下士了。你这样说，一点新意都没有。"

"扎哈里亚斯——死——了。"

“你多半得了沼泽眩晕症了！”

“扎哈里亚斯死了，被打死了，淹死了。”

“什么，什么，什么：被打死，淹死，死了。巴菲！”

“是。”

“你来一下，这儿有个秘密要破解。”

“等一小会儿，我得把圆白菜翻——”

“你就让你的蠢白菜变成烂泥好了。你快过来！”

“我这就来。”

“好，波佩克，现在，你像个正常人那样给我们讲讲。我是你的下士。扎哈里亚斯怎么了？”

“扎哈里亚斯死了。”

威利用食指指着波佩克的胸膛，说：“你等等。这事大家都得听听。”

说完，他走到堡垒门口，朝里喊道：“小面包，普罗斯佩特卡——谁记得住你叫什么名字！出来！快，快。该梦醒了！别再做女人的梦了！”

两个被点名的人过了不一会儿就出来了，站在赫尔穆特放了两支枪和扎哈里亚斯衣服的凳子前，又过了一会儿，大腿也站到了他们边上。

“好好听着！”下士命令，“你讲吧！”

“天气热得要命。”波佩克说。

“天热远不是死的理由。”威利说。

投敌者

波佩克继续说："天热，我们想凉快一下。扎哈里亚斯当即就游出去了。"

"这像他。"

"他一游到河中央，他们就从那边打响了冲锋枪。扎哈里亚斯立马消失了，我就想，他会在水下游到岸上。后来我看见过他。水流把他冲下去了。他死了。"

"你没有搞错？"

"没有。我看见了他的手和光脑袋。"

下士说："我不知道，一个活人的光脑袋和一个死人的光脑袋怎么那么快就能区分开来。巴菲，你说说你的看法。"

"还没有机会做比较。"

"那你头上的眼睛是干吗使的？"

这时，张着嘴听着询问的高个子茨维索斯比尔斯基插话了，他说："噢，我的耶稣！他老是梦见自己有一个小孩，现在孩子生了，扎哈里亚斯却没了。他连给他意外惊喜的好消息都没有读到。噢，我的天！我们得拿起枪，去……"

"闭上你的嘴！"下士命令他，"这里该做什么，我说了算。听明白了？我现在要跟塔马施格罗德通电话。不能这样下去了。不让这些沼泽野鸡尝点苦头，再过七天，我们中没有一个人能活着。昨天斯坦尼，今天扎哈里亚斯。巴菲！"

"有，先生——"

"这个世界用了几天时间被制造出来？"

普罗斯卡和小面包交换了一个眼神。

"就我所知，七天。"杂耍演员说。

"你是个有文化的人，我一直这么说。——再过七天，对我们来说，这个世界就不存在了。这儿工作效率就这么高。七天建造，七天拆毁。现在他们针对我们做的，是拆毁。你们听明白这个了吗？好了。我现在要打电话。"

威利走进堡垒，大家都默默地看着，他怎样拿起军用电话的听筒，摇电话，身体笔挺，专注地听着。没有接通的嗡嗡声。他又摇了一次，把听筒紧贴着耳朵，但是依然没有通。

巴菲说："上士先生……看来在困觉！"

下士放下听筒，转过身，怒气冲冲地说："你是不是有怪癖，啊？你的上司不困觉，而是睡觉。你们做的，才是困觉，你们这些该死的睡猫。看来，我得多给你们一点事做做，怎么样？你，埃洛，星期六把厕所平整一下。你大概以为，你会吞火，就能取笑你的长官。那你就搞错了。——电话线被剪断了。电话线里一点声响没有。这些讨厌的青蛙，他们想怎么作弄我们，就怎么作弄。现在，连我们的电话线也给切断了。奥佩克塔！——对，我叫的是你。"

"我的名字叫普罗斯卡。"

"啊，是这样。我以为你叫奥佩克塔。你认识奥佩克塔吗？咳，这也无所谓了。这样，普罗斯卡，你会维修电话线路吗？"

"会。"

"很好。你马上做好准备，去排除故障。出发前让巴菲给你盛圆白菜。你们，屈尔施讷，波佩克，大腿，要加强巡逻……你们可别再想什么招，去游泳或者让人家打你们的黑枪！谁挨了袭击，谁就要受惩罚。挨袭是蠢事，愚蠢不能保护你们免受惩罚。懂吗？还有你，茨维奇茨维奇？我想听听，你听懂这些话了吗？"

大腿敌意地看了一眼下士，突然走过来，紧贴着他，其他人以为他要一拳打倒他，他却脸不改色地说："我完全理解了。我要是被子弹打了一个小洞，我会回来向你带来死神的问候。也许他会让我给你带个小包裹来。喏，我们得等着。没有人知道会发生什么。"

下士冷冷一笑。他回答道："哎哟，你可真有趣。你在路上也许碰到过信差？"

"碰是没有碰到过，"大腿说，"但是鼻子倒是闻到过。"

"这样，这我就放心了。不过，你要是开始用牙齿闻，用鼻子咬，你就来向我报告。现在，你们可以去吃点东西了。我还要写点东西——给扎哈里亚斯妻子的信。"

士兵们去取他们的饭盒，让脑袋胖乎乎的杂耍演员给他们盛圆白菜，然后各自找个地儿——波佩克坐到凳子上，大腿走到下面水沟边，普罗斯卡和小面包留在灶火附近——他们在饭盒里翻找了好一会儿是否有肉，接着就呱巴呱巴地喝起汤汁，吃煮烂了的圆白菜丝。

普罗斯卡花了四个小时，才找到电话线被剪断的地方。两个断端相距整整二十米；看来，他们干脆把这一段线拿走了。

不过，他谨慎起见带了一卷电线，现在他剪下一段，补上缺少的这一段，把断头接上，用绝缘橡皮包好接头，然后抽着烟，坐到一棵被狂风劈下的树干上休息。绿色的、潮湿的沉默包围着他，这种沉默时间长了，让人疲倦，让人需要休息。他感到慢慢地被这沉默麻醉了，他什么也不愿想，他那肌肉壮实的脖子好像变得虚弱无力，虚弱得几乎载不住他的头。他的血管暴起，两只发红的大手疲软不堪，似乎更大了。他来不及用手绢擦去前额上的汗水，就又冒出新汗。他脚底发热，膝盖轻微发抖；内裤粘在屁股上，很不舒服。

他漠然地看看枪托，因为重力的关系，枪托压进泥里，在金属板四周出现一圈隐隐可见的水圈。冲锋枪枪管那毫无恶意的眼睛朝上凝视着天空。

他的前面是一片较大的芦苇地，芦苇地两边是灌木丛和树木，他的后面是有点无依无靠的老桤树和黑莓丛。就在普罗斯卡这么坐着，让闷热和疲惫弄得头昏脑涨时，他在吕克附近的希巴的姐夫库尔特·罗加尔斯基把修理过的远视眼镜推到肉嘟嘟、长满褐色绒毛的鼻子上，拿起一块肥肉塞进嘴里，喝了咖啡杯里的最后一口咖啡，埋头到叫做《马祖里信使报》的报纸后面。他读得很仔细，很慢，一字不落。他什么都不放过，他的大脑壳里还有足够的地方。再说，他为《马祖里信使报》花了钱，他不能白白花这笔钱，他必须回收点什么，哪怕收回的只是新闻，而不是小牛犊和小猪仔。

门开了。

"玛丽亚。"他在报纸后面叫了一声。

"什么事？"

"我看，情况不怎么妙。"

"你是说，明天会有雨？可是，奶牛还在拉干屎呢[1]。"

"不是说这个，"他说，头也不抬，依然埋在报纸后面，"战事看来不好。他们离我们越来越近了。我现在就为那些鹅和马担忧了。"

"到底哪些鹅？我们的？"

"当然。你难道以为是施利布卡特家的？假如他们再靠近些，打枪打炮的，我们就得把它们宰杀掉了。"

"嗨，"她说，从他手里拿走咖啡杯，"别担忧。事情还没有到这个地步。瓦尔特还没回来呢。等到他回来，我们有足够的时间。他能帮我们。"

"能帮着杀，却不能帮着吃。"

"我会把肉做成罐头。这样可以保存得久一点。"

他把报纸扔到一张老式角桌上，站起身说："我真想把报纸退掉。我们付了那么多钱，读到的却只是坏消息。——我现在去饮马。"

"好的，去吧。——谁知道，瓦尔特还回不回来。"

瓦尔特·普罗斯卡坐在被劈下的树干上，突然感到，他的头要

---

1 奶牛拉干屎，可能是古老的农村天气谚语，表示天不会下雨。

被割下似的，而且以一种非常缓慢持续的、十分痛苦的方式。他感到，有个什么暖暖的、细细的东西放到了他的脖子上，这个夹子样的东西渐渐地越来越紧，但又不是紧到使他吸气困难。起先，他一点不敢动，因为他害怕，那卡他的力道会一下子非常强烈，让他再也没有时间觉察到它。他害怕，只要他稍稍一动，灾祸就会在他身上发生。

这时，现实感又回到他身上，肌肉松弛下来，脚底的火烧火燎也忘记了。同时，他也发现，在刚才迷迷糊糊的状态下害怕地掐住他的夹子不是别的，而是一只人的手。他小心地斜眼看看他的枪，枪还在他的脚边。他使出浑身力气跳起来，一把拿过冲锋枪，又跳转了 180 度，把枪口对准……

"我说过，我们会再见面的，瓦尔特。你认不出我了？你还记得火车吗？你的战友想开枪打死我，那个哨兵。他对我不友好。他怎么样了？"

"小松鼠。"他说，不解地看着她。

"我让你感到这么意外吗？"

他放下枪管。

"一个人必须随时准备应对意外，瓦尔特。"

"你是个奸诈的畜生。"他低声说。

"什么是畜生？"她微笑着问。她穿着她在火车里穿的同一条叶绿色裙子，她的胸脯还是那样有魅力，她的身材像沙漏那样苗条。

投敌者

"你想炸毁火车。你哥哥的牙齿没有变成骨灰。那些牙齿样子像黄色炸药。"

"你肯定搞错了。"她说。

他一动不动，盯着她看，说："我现在该梳梳你的皮，小松鼠，但是用子弹！"

"你也想打死我？"她从下朝上问。

"不。打死你我有什么好？"

她朝他走近一步。

"停下！"他命令她，"你当时为什么不回来？宪兵很快就走了。我等你来着。"

"我当时太害怕了。"

"你当时就知道，罐子里是炸药？"

"火车出什么事了？"

"我看没有，"他嘲讽地说，"否则我不会在这里。你们村子里谈论过一次火车事故？"

"是。"

"你大概在找你的哥哥？"

"不。"

"那你找谁？"

"找你！"

"你怎么知道，我在这儿？"

"一只凤头麦鸡把你的行踪泄露给了我。它看见你了。"

"这是真的吗？"

"能让我再读一次你的前额吗？"

"我不相信和平。你是一个人在这儿吗？"

"不。"

普罗斯卡匆忙地环视四周。然后他问："还有谁在这儿？"

"你。"她说。她坐到他坐过的树干上，抱住她的膝盖，脸带微笑地仰面看他。

他想："也许她真的毫无恶意……炸药包可能是别的什么人放到罐子里的……她可能一点不知道这件事……这事我不能相信她……可惜沃尔夫冈不在这里……不过从另一角度看，这很好……"

他的目光像两颗子弹射到她身上。他问："你在这里等我？"

"是。"

"你知道，我会到这儿来？"

"不知道。"

"是你剪断了电话线？"

"是。"

"为什么？"

"我想：他们也许会派瓦尔特来维修。"

"你真这么想？"

"是。——可是，你其实用不着维修电话线。士兵已经从塔马施格罗德撤走了。"

"朝哪个方向？"

"西边。"

"所有人？"

"所有人。"

她伸出被阳光晒黑的两条腿，挺直上身，头用力一扬，把头发抛向后面。

"这可真有趣。"普罗斯卡说。

她耸了耸肩，示意他靠近她。他顺从了。他低下眼睛，走近她，在她身边坐到树干上。

"你不用担心。"她说。

"我不担心。很快一切就过去了。"

"什么？"她问，把手指放到他壮实有力的脖子上。

"这儿的蒙骗把戏，这种种卑劣行为，这恐惧，这种种失望。"

"我在你身边，你高兴吗？我高兴，瓦尔特。"

他心不在焉地点点头，掏出一支香烟，点燃。

"你当时对我很好。"她的食指抚摸了一下他的后脑勺。他呆呆地凝视着前方，她担忧地从侧面看着他。

"你在想什么？"她问。

"想小面包。"

"什么？"

"我的朋友。"

"他也在这儿吗？"

"是。——那罐子里真是你哥哥的骨灰吗？"

"我想是的。你很悲伤？"

"不，不。"

他的脸突然放松下来。他转向她，吻她的脸颊，把他的大手放到她圆圆的肩上；他感觉到她薄薄的衣服下的皮肤。

他说："我在这儿已经看见过你一次。"

"我知道，"她说，"在河边。"

"你怎么知道的？看来你真是个千里眼，汪达。"

"我听见你的声音。谁开枪打死了塔马施格罗德的神甫？"

"威利。"

"威利是谁？"

"我们的下士。——你找到了我，高兴吗？"

"高兴，我已经跟你说过了。"

"我们以后还见面吗？我是说明天或后天？——你看，现在，一切都将变得我跟你说过的那样：你醒过来，阳光明媚，乌鸫喳喳鸣唱，一切，昨天如此折磨我们的一切，都将烟消云散。地球的脸将变得健康起来，那沼泽地，在我看来像这张脸上流脓的痂一样的沼泽地，也将变得友好亲切起来。——我们什么时候再见面，小松鼠？今天晚上？"

"我就在这儿。"她说。声音里有一种轻微的责备。

"你这次是不是身边正巧带着一个死去的祖父？"他突然问，目光犀利而专注地直视她的眼睛。她沉默不语。

投敌者

"你还要让我多少次感到意外？"他问，"你要把我诱入一个新的陷阱？"他探究地观察芦苇地的边缘。

"你为什么不相信我？"她轻声问。

"因为我在你身上有过一些切身经验。"

"我二十七岁。"她说。

"一个美好的年龄。"他嘟哝道，扔掉烟头。

"来，"她说，"到时间了，我们要走了。"

"去哪儿？你现在就得回去了？"

"白天累了。你来，起来，给我你的手。别忘了你的枪。跟我来。"

"你要把我塞进陶罐，带到火车上兜风？"

"别这么说，你呀，我受不了这个。你呀，别让我想起这个，再也别问这个。"

她牵着他发肿发热的手，拉着他朝前走。

"你要带我去哪儿？"他问。

"汪达带你去一个安静的地方，没有人去的地方。"

他微笑起来。

她在芦苇地前停下脚步，闭上眼睛，深吸一口气，把芦苇茎向两边拨开，继续往前走。普罗斯卡把空着的手举到脸的高度，挡住弹回来的芦苇茎。一阵微风朝他们迎面吹过来，芦苇地里发出沙沙的声音。他们身旁传来一只涉水鸟的喳喳声。对血液而言，植物间的空气闷热、厚重、危险。

"站住。"男子突然命令道。

她不管他的命令，继续深入芦苇里。

"停下，小松鼠，我几乎透不过气来了。"

"马上，"她说，"我们马上就到。"

走了没几步，他们到了一个静谧的小池塘边。暮色中，云彩费力地慢慢升起，从容地看着池水。

"我真想在这种地方生活。"普罗斯卡说。他脱下军大衣，放到地上，坐下。

"你想就这么站着，汪达？这地儿够我们两个人坐。"

普罗斯卡卷起衬衣袖子，擦掉结实的下臂上的汗水。

她在他身旁坐下。他把手放到她晒黑的膝盖上，她任凭他摸着，他感到惊讶。

"你。"她说。

"哎。"他说。

远处传来仿佛雷暴的声音。

"我喜欢你，小松鼠。"他把她的上身往后压，这样，她就仰面朝天躺在他面前，他的眼睛上上下下打量她，最后停在她的嘴上。

"你很漂亮，"他说，"这一点我当时在火车上就发现了。这里是否还有更多像你这样的姑娘？"

"我不知道，"她说，"我一个还不够吗？"

"几乎太多了。"他说，弯下腰，吻她的下巴。

她凝视他矮矮的前额上粗大的青筋，颤抖起来。

这时，他那两只强壮的手臂抓住她，把她抱起，当他感觉到她回应他的热吻时，他咬住她那散发出一股新鲜青草气味的脖子，气喘吁吁地说："你为什么让我这么等着，小松鼠？"

他们两人站起身，脱掉衣服，然后他走近她，两只手抱住她的细腰，紧紧地抱着她，以致他以为她要被捏碎了。

在疏朗的桦树林里，
在红色昆虫的啾啾声陪伴下，
姑娘守护着她滚热的忧伤。
每当下起雨来，
就感觉很舒适。
每当下起雨来，
所有愿望如同春笋一样
破土而出，长高，长高，
只要半价，希望的巨轮
就快速旋转。
每当下起雨来，
阳光就十分尴尬。
在沼泽地里住着自由，
一个接一个闪电的灰烬
落到沼泽柔软的背上。
姑娘啊，姑娘，这雨

将会打碎你的心。

你，叫不出名字的花，

（你的花茎渴望雨露）

可不要过早淹死！

黑夜用老猫的粗舌头

舔你的手指和大腿。

姑娘啊，好好听那暴风雨！

每一场战争的红色爪子

都握着一只巨大的钟表；

从它的指针上滴下，

士兵最后几个钟头的时光。

然后，高傲的生命，

无声无息地凋谢，

无情的风用遗忘的秋千

劫走一个个名字。

普罗斯卡把电线绑到腰带上，手指玩着冲锋枪的保险柄，没有看着姑娘，说："后天怎样？我在这里等你。"

她点点头。

"你忧伤吗，小松鼠？"

"不，瓦尔特。"

"也许战争就要过去了。我会留在这儿，留在你身边。恐怕不

　　　投敌者

会有人反对我们这样做。我们将住在一幢小房子里，我会去工作，我回家时，你会站在门口等我。——替我向你的弟弟问候。我很快就会和他说话。走吧，汪达，再过一小时天就黑了，到塔马施格罗德你还得走很长的路呢。再见！后天，在这个地方。"

"后天。"她轻声说，转身走了。

他目送了她一会儿，他看着她这么年轻、这么无忧无虑地离去时，真想喊她回来。但是，他没有这样做，因为他的思维已经到了堡垒里，到了小面包这个年轻的同谋者身上。汪达在芦苇地后面消失不见时，他点燃一支烟，惬意，有点疲惫，然而胸中又有一种沉重的、满足的感觉，慢悠悠地走向他的落脚地。夜晚安静、美好，夜晚身上有某种安静、正直的市民的气质，没有谁会因为他而伤透脑筋。夜晚这个市民[1]，至少在普罗斯卡看来，没有什么令人生疑的东西。天上，纯真的云彩在吃草；无言的畜群让人忘掉战争。战争，对了，这是鲜血被榨取的年代；战争，这是钢铁的冲天怒火，是装甲车沉着镇定地一口一口杀死自然的年代；战争，这是残酷而可笑的冒险，男人们疯狂得忘乎所以，一个个都被卷入其中；是宽容和忍耐变得稀少的日子，因为每个人都有一只跑表为他计时——没有一个人认识这些可疑的计时员——战争，战争，战争：破碎的心灵玻璃，红色汁液的喷涌大潮，短路了的渴望。战争！你是谁，你是谁！你，吸走睡眠的吸墨纸！你，你用贫困的尖锐气息击中我们每一个人！

---

1 此处，作者把夜晚比作一个正直的市民。

普罗斯卡突然像一块木头一样扑到地上，一动不动。他趴在一个山丘上，一棵桤树后面，看见一个年轻人走上山坡，那人平静、坦然自若，肩上挎着冲锋枪。是个平民。在一丛黑莓前，他停下脚步，弯下一根树枝，从各个方面久久观察还没有成熟的果实。他身上没有一点好斗的意味，不符合普罗斯卡关于战争的种种设想，以致他——精准地瞄准着来人的普罗斯卡——不耐烦了，甚至来了火气。

年轻的平民让树枝弹回去，仰面看看天空。这个晚上的景致看来让他很舒适。

"这个人不同寻常。"士兵想，"对他来说，战争大概是一次伤感的散步！朋友，你要小心！怎么会有这种事呢。战争中的男人必须要小心；他要么杀人，要么让人杀，要是他做不到这一点，他就得回家去。现在就是这种情况。我在这儿，我的枪管对着你，这不是我的责任。但是我在这里；现在是战争，我们两个，你和我，只能照这个规则行事。我们只能听战争的话，哪怕我们像憎恨瘟疫一样憎恨它。不管怎么说，我们两人都想活，你和我，而谁想在战争中活下来，谁就只能想到鲜血，顾不得别的什么。走开，走向另一个方向，转身或者躺下睡觉。你可别再向我靠近。那样我就会……那时我就不得不开枪。换作你，你也必定这么做，这我很清楚！走开，朋友，我不能再忍受了。你为什么这么盯着草地看！现在是战争，你听着，至少现在还是。我没有别的办法，我只能扣扳机。你一定要认清这一点；我们现在连在一起，我的枪管指着你，你不得不成为原谅我的第一个，就你一个人；因为你是唯一一个能理解我的人。你为什么不也一样为我想想？你以为我就很轻松、很容易吗？别再走近，你啊。我们两人由一个秘密连在一起。你为什么不转身向回走！我不爱你，你，但是，我也不恨你。我不能向你喊什么话，那样，我可能就完蛋了。谁知道，你会做什么！"

游击队员眼睛看着地，慢慢走过来。他脸上神情轻松；普罗斯卡看见，他左胸口袋里一朵沼泽花露出黄色、疲惫的头。

"啊！我跟你说什么来着！你为什么这么折磨我。快换个方向走，你现在还有时间。我给你十步；我不能，也不许更大方了。你给你的注意力放了假，这是你的过错。到为时已晚的时候，你就清楚这一点了。停下，小伙子，或者走开。那样，我就不用等那么久了。在这十步时间里，我掌管着你的生死，十步。你感觉不到，我在怎样折磨自己，我多么生气？但愿你知道，我现在想什么。我看见女人们站在家门口。她们疑惑地呆看着从战争中回来的男人们。她们那安静的大眼睛看着他们，不说一句话。男人们朝她们招手，说笑话。但是，一切都没有用，一切都徒劳无功，没有一个女人发笑。你，小伙子：我也看见你的母亲站在那里，你的妻子——我不知道，你是否已经有妻子，但是我发现了她——她们两人看着士兵们。你恐怕不相信我的话，朋友，但是，没有一个女人找她们的丈夫，找她们的儿子。她们不喊：瓦尔特，或者扬，或者冈特，或者斯坦尼；她们不喊，不叫，不哭，因为她们的眼睛不看单个的人，而是看着所有人，所有回来的人。男人们看到女人们不高兴，感到惊讶，可不是吗，他们现在回家了呀；他们感到惊讶，他们不理解，为什么会这个样子。但是你知道什么原因，不是吗？女人们从来没有不管我们，她们不管何时何地都在我们身边；我们在吃圆白菜时，我们洗澡时，我们装子弹时，我们外出执行任务时，她们都跟我们在一起。每当我们中有一个人倒下了，永远躺在那里了，这时就有一个女人倒下。你看，现在有些男人感到惊讶，惊讶于他们回来了，女人们却不笑，不欢呼。"

"还有三步。现在太晚了。我瞄准你胸前口袋上那颗疲乏的花头，你啊。如果有一个人会原谅我，这个人必定是你。你必须为我辩护，因为你知道，是你逼我这么做的。"

普罗斯卡弯起手指，扣动扳机，闭着眼睛一扣到底。所有子弹飞了出去，子弹匣空了。他没有看到，这个年轻人怎样带些略惊奇而又迷惑的神情，拿手去抓胸膛的左侧，怎样双腿打弯，伛偻着身体，向后倒到草地上，又怎样打了个滚，静静地躺住了。直到子弹匣再也射不出致命的后续子弹，普罗斯卡的手指才松开扳机。然后，他站起身，倾听了一会儿，待他确认没有危险了，才弯着腰，走到已经死去的游击队员身边。他拿走他的冲锋枪，把他背朝下翻过身。

投敌者

7. Kapitel

第七章

他知道，比起晚上或者清晨，鱼儿在午后这段时间比较不易上钩，他也很清楚，在大热天，水很清澈时，即使是最好的诱饵也几乎无法引诱鱼儿上钩。这一切他都很清楚；然而，他依然要出去，到那懒洋洋没有生气的河边去，那么就只有一个理由，他急不可耐地要试试他父亲从上西里西亚给他寄来的新渔具。

当茨维索斯比尔斯基离开堡垒时，碰上了胖胖的吞火演员，他带着见怪不怪的轻蔑态度问道："哎，大腿，如果这次梭子鱼上钩，你拽不上来，我就再也不相信你了。那样，我就要始终认为，鱼儿比茨维索斯比尔斯基聪明。"

高个子友好地笑笑，答道："你可以从你的脖子上割下一块肥肉，直接下锅，臭小子！梭子鱼一上钩，它就算完了，要么就是我疯了。这根线它咬不断的。这根梭子鱼线比斯大林格勒的战线还牢固。"

胖子拍了拍大腿的肩膀，嗓音脆脆地呼叫着"阿尔玛，阿尔玛"，走向厕所不见了。

在离河十米远的地方，大腿停住了，他的影子正好映不到水里，他从兜里拿出锇钨丝灯泡盒子，从里面拿出钓线和匙饵，那匙饵有十厘米长，三重钩用红色羽毛伪装，在钩的前面还镶有两个圈，上面钉了玻璃眼，这样，钓线在水里拉动时，肯定会让每条大一点的鱼十分好奇，很想去咬它。大腿没有转轮，为了防止钓竿折断时，鱼带着匙饵和钓线向远处逃走，大腿把整根鱼竿缠上鱼线，他只要握住鱼竿，钓线的头就始终在他手里。他弄好钓钩后，审视了一下河流，拿起一小段挂着匙饵的钓线，放到两个手指之间，转了好多次闪亮的金属诱饵，抛出钓线。匙饵嗡嗡响着远远地飞到空中，刺进水里。大腿立即慢慢地一下一下逆水拉动钓线。他看见水里时不时地闪一下光：致命的引诱游戏开始了。高个子首先钓到的是一条鳊鱼，一条眼珠突出、扁宽的、相当稚嫩的鱼，它肯定是刮碰到了匙饵，被伪装的鱼钩钩住了肚子。这条鱼只是轻微地挣扎了一下，被拉出水面时，它挂在线上，没有挣扎，茨维索斯拿棍子在它头上打了两下，它就昏过去了。他再次扔出匙饵前，打开一把可以安刀刃的刀，在鱼身上深深地划了一刀，那条鱼就再也不会从昏迷状态中醒过来了。

钓线一次又一次地扔出去；钓鱼人不时地换个地方，越来越接近桥梁。他钓上几条鲈鱼，一条较小的梭子鱼，两条丁鱥，甚至还有一条梭鲈，他把这些鱼都装进一个用过的面口袋，走到哪儿带到哪儿。但是，他想钓的鱼，那条似乎认识他、他一心一意要抓的那条聪明的老梭子鱼，他却没有看见。他生自己的气，又安慰自己，心想，他找的那条鱼也许正好在小水塘里，或者在水沟里，况且日子还长着呢，不信每一天都会这样无功而返。

他还想到桥下做最后一次、哪怕有些困难的尝试；说那里困难，是因为他在那里只能水平方向把持鱼竿，无法用力抛摔、拽起。他站在一根支柱的近旁，正当他还在犹豫不决地考虑该把匙饵抛向哪里时，他的目光划过最外侧的水泥桥墩，他突然浑身一颤。紧挨着人造石头，浮现出一个长长的影子，静静地，等待着，一动

投敌者

不动地处于待命状态。

茨维索斯比尔斯基非常小心地想找到一个抛掷钓线的最佳位置，他也正是这样做了：他把身体重量从一只腿上移到另一只腿上，同时，一只手扶住一根支柱。但是，那条老梭子鱼马上注意到了这个，像一枚无声的火箭一样，冲进了更深的水里。

大腿骂了一声，但并不气馁。匙饵转着圈，嗡嗡响着飞到空中，朝那条大鱼游走的方向飞过去。他抖抖索索地拽线，什么也没有。再来一次：把诱饵抛出去，一次又一次；梭子鱼先生终究会恼火起来……

突然，钓竿大大地动了一下，钓线拉直了，钓竿弯了。一个巨大的影子在水面晃了一下，搅动了水，又消失了。岸上的男子认出了它，就是那个强大的水中撒旦，他一直叫它撒旦，他现在高兴得哼哼起来，身上冒出汗。

"它得有三十磅，"大腿想，"现在要保持镇静；先让着它——让它挣扎、暴怒，一会儿它就该累了——倒要看看，在这儿谁更大、更聪明——扯断了四根鱼竿，弄坏了一个筐——你现在肯定会咬钩。"

梭子鱼拉动鱼竿，可是，一旦钓线有拉断的危险时，大腿就放松一点钓线，当他感到那条大鱼安静了一会儿时，他就慢慢地拉紧一点钓线。

这场人鱼大战持续了半个小时；这时，鱼的嘴巴在紧靠岸边的地方出现了。高个子感到强烈的满足，感到胜利的喜悦，看着他的对手张开的大嘴，只见它的下颚上戳进匙饵的一个钩。他盯着他的对手的眼睛，这是一只平静的、没有被恐惧害怕扭曲的、无所谓地直视着的鱼眼睛；一只没有显示痛苦、死亡、危险的眼睛，泰然自若地，同时又阴沉地、友好地看着这个男人。他担心钓线经不住梭子鱼的重量，所以没有把它拉出水面。他把鱼尽量拉近岸边，使它的肚子留在水底，而背鳍露出了水面。他一只手打开刀子，一只手拉紧钓线，使梭子鱼没有大翻大动的可能，然后自己走到河里。他弯下腰，仔细看着动物的尾巴和嘴巴，一只脚高高抬起，跨过梭子鱼，把它夹在两腿之间，慢慢地，把高过自己颈项的刀子朝下插去，他打算，即使不能把这肯定有二十五磅重、满身深绿色条纹的撒旦立马杀死，也至少把它钉进河底，也就是钉到土里。可正在此刻，高个子没有料到的事发生了：这条眼睛十分平静的硕大动物蹦到了空中，它做出绝望的挣扎，迫使自己滑溜溜的身体跃出水面，翻了个身，它的嘴巴蹭到了大腿的裤子上。梭子鱼越来越暴怒，高个子一刀插下去，却插了个空。他看见鱼自由了，大吃一惊，发现鱼钩钩在了自己的裤子上。他抬起脚，想踩住扑腾的尾巴，同时想把刀插进它的背部，但是，那畜生高高地一跃而起，扑棱着身体弹射出去——这男人从来没有想过它会有这等本领——掉进救命的深水里，又一次冲到水面，但这时它已经到了河流的中间，然后永远消失了。

鱼钩没有断；匙饵的一个钩上挂着一块鱼嘴上扯下的角质的肉。

茨维索斯比尔斯基呆呆地站在那里，仿佛有人在他的前额钉进了一个十寸长的钉子。他两手两脚都在发抖，不过是一顿一顿的，那样子让人觉得，剩余的生命之电正以这种方式离开他的身体。他扔掉钓具，不顾挂在他裤子上的钩子，两手在脸前乱打乱抓，开始大喊大叫，说出一大串波兰语咒语。高个子有一种模糊的感觉，仿佛自己就像一个那样的人，他攒了一辈子的钱，存放在雪茄箱里，然后拿着钱去找经纪人买房子，人家却告诉他，这所有的钱都是假币。

这时已经到了傍晚时分了。

突然，茨维索斯比尔斯基停止喊叫，把手从眼睛上移开，他的脸完全变了样。他脸上有一种陌生的、令人担忧的快乐的迹象，露出荒唐的无所顾忌冒险的神情，他现在做的，完全是一个无所畏惧、挑战一切的人才会做的事，一如大自然参与冒险活动时无所畏惧一样。他手握打开的刀，跑向铁路路堤，不看周边情况，也不停歇片刻喘口气。他脑袋里一片疯狂、眩晕。这个高高的、瘦瘦的男人一瘸一瘸地跑着，流着汗，叹着气，在两条铁轨之间朝塔马施格罗德跑去。他的口腔很干，干得像一片翻阅旧书时发现的椴树叶。

在塔马施格罗德的火车站上见不到一个人。没有人从站房里冲出来，挡住这个呼哧呼哧、手握刀具跑过来的两腿火车头。即使有看管员冲出来，也不能让他停下来。

在乡间道路上，他的步伐听起来沉闷、孤单，长时间奔跑后已经慢了很多。孩子和鸡在他面前纷纷散开，女人们透过窗户看着他的背影，有些房子门口出现了男人，他们疑惑地、不知所措地观察着在他们面前跑过的士兵，隔着街道，互相点个头，怀着期待的心情看着这个狂野的、穿制服的男人远去。当他跑过一幢房子后，住在里面的女人们来到门口，身旁是一群肃静、胆怯的孩子，大家都静静地看了又看。塔马施格罗德的所有人都很惊奇，在他的战友全部撤离之后，从哪儿突然跑来这么一个士兵，而且还是孤零零一个人，他本该害怕会发生最最糟糕的事情。

大腿头也不抬，离开乡村道路，跨过干树枝构筑的一道篱笆，进入一个肮脏简陋的草棚子。草屋的主人，一个满脸干瘪皱纹的老者，看见他进来，在胸前划了个十字，问道："Zo Pan chzän?[1]"

大腿不回答。他把老人推到一边，径直走进屋子的内部，那里弥漫着一股汗水、马合烟和山羊奶酪的混合气味。他一脚踢开挡道的一口锅；锅里的东西——羊奶，泼了一地。

老人诉起苦来，嘟嘟囔囔地说："Moiä mlika, o moiä mlika[2]。"

"Tschicho，"高个子突然尖声喊起来，"bunsch lo tschicho ti diablä[3]。"他歇斯底里地大笑起来，一屁股坐到地上，坐到流了一地的羊奶里，抓过锅，握住两个把手，把锅凑近嘴巴。他吸着留在锅里的剩奶，羊奶从嘴角流出来，滴到他的军服上衣上。

"O moi Jesus[4]。"老人心疼地诉说道。

---

1 波兰语，意为：你要干吗？
2 波兰语，意为：我的奶，噢，我的奶。
3 波兰语，意为：轻点，见鬼！
4 波兰语，意为：噢，我的耶稣！

士兵站起身，手握着刀，颠颠地又走了出去。跟着他过来的男人们在干树枝篱笆附近等着；他走出来时，他们一个个退到后面。他不理他们，他们中有几个手里拿着木棍，他也无所谓。

这时一个男人喊了起来："嗨！你在里头干什么了？你到塔马施格罗德干什么？"

大腿停下脚步，转身朝向喊叫的人。

"我们想知道，你在这儿丢了什么。快说！"

高个子大声答道："我在这儿丢了我的耶稣。他从我的口袋里掉出去了。"说完，他怒冲冲地大笑起来，转过身背对这群男人，一颠一颠地快速跑了。对这些男人而言，这是个给他们鼓气的信号。他们到现在为止，一直以怀疑的、铅一样沉重的沉默跟着他，现在他们开始一边大喊大叫，一边比划种种手势，在他后面跟着跑，还不时地朝他伸出木棍。有一个人还拿手枪——谁知道，他是怎么逃过一次次检查和挨家搜查保存了这支枪——朝往前奔跑的茨维索斯比尔斯基开枪，但是没有打中他。子弹嗖嗖地在他头顶飞过，他飞快地扭头看一眼追踪者，马上明白，他和他们之间的距离不是拉得更大，而是越来越小了。他想找一个有利的隐蔽地，至少可以先进去躲一躲，必要时可以拿它作掩护防卫自己。匆匆之间，他瞥见一幢带有两个尖塔、窗户又长又窄的较大的木头房子。

"到那里头，他们不能那么快就找到我……我估计能隐藏好一会儿……千万别回头……我进了这小房子，他们立刻就会包围住我……哈哈哈！你们拿钓竿的先生们……尽管来好了……你们尝试尝试怎么抓住老梭子鱼……"

门把手下面插着一把很大的钥匙,大腿伸出手,抓住钥匙,打开门,从里面反锁上。他喘着气,靠到墙上,等着。不多一会儿,那些男人使劲敲门,喊道:"出来,你个笨青蛙,我们会把你吹破肚子!你等着!"

茨维索斯比尔斯基哈哈大笑,声音尖利,震耳欲聋。

"Chotsch lo![1]"他吼叫起来,"你们干吗还等着!"他们听懂了他的话,明白了他的意思,一个个惊讶地摇摇头。

"你是谁?"一个人隔着门喊道。

"我是老梭子鱼,"他非常高兴地嚷道。大腿等着下一次敲门声,但是没有人敲。于是他的背往墙上一顶,从墙边走开,把挡住他眼光、使他无法看见房子内部的简朴的灰色门帷往后一推。他前面是乡村教堂空气沉浊的内堂。硬邦邦的、很不舒服的木凳上坐着几个人,那是六七个女人,她们中间是一个强壮的年轻小伙子,这场景看起来很是滑稽可笑。窄小的布道坛上站着心灵虔诚、能言善辩的神甫。他轻声地朝下对他的教民讲道,有时叉开手指,向那一小群听他布道的信众伸开。至于他讲的是什么,茨维索斯比尔斯基就听不明白了;他的讲话声音太轻了。

神甫抬起胳膊,看看自己纤细的杏仁色小手指,深吸一口气,他要赋予他现在要说的话必要的力度。这时,他发现了士兵。他忘了放下胳膊,好像他的胳膊被一根无形的线吊在了空中,指着上面。

---

1 波兰语,意为:来吧!

投敌者

士兵一只手拿着刀，一只手拿着钥匙，瘸着腿走过一排排木凳，走向布道坛。女人们和那个强壮的小伙子扭头看他，他们的脑袋整齐划一地转动，仿佛有一块磁铁吸引着似的。没有人站起来，没有人说一句话。一个身穿黑衣的老年妇女悄悄地划了个十字，她那身黑色衣服看起来好像已经穿了十多年，就像某些老年妇女老是穿着同一件黑衣，让人觉得她们在提前为自己戴孝致哀。有一片刻，茨维索斯避开了他们的目光，因为登上了通向布道坛的干干净净的小梯子。他们听见他带有钉子的鞋发出的脚步声，注意到神甫背转过身，向下看着走上来的男子。然后，他的头出现在栏杆上，接着是他的脖子，他的胸脯。

"Rub, zo sgingest[1]。"他突然说。神甫立刻从布道坛上消失了。

这时，士兵大笑起来，尖声咒骂。他把刀捅进面前的栏杆里，钥匙放到旁边。他的脸抽搐了一下。神甫出现在他下面，走向第一排凳子，坐下。

茨维索斯高声喊道："耶稣是一条大梭子鱼。——谁用钓鱼线逮住他，谁就得小心——否则线就要扯断——看我要跟你们说什么！没有人能把梭子鱼拉上岸——我们大家都太弱了。——有的人有足够的力气，但不够聪明——有的人聪明，但力气不够——那我们该怎么办呢，真见鬼！"他抽出刀——空中闪过一道光——又把刀更深地插进木头里。

"耶稣有牙齿，"接着他又喊叫起来，"他会咬——所有人在他

---

1 波兰语，意为：快下去，否则就让你死。

面前必定都发抖。——拿一个不会咬的耶稣，我们能干什么，嗨！我们拿他干什么？——我的耶稣有牙齿，又尖又锋利——他必须得有！这是对的——世界是坏的、腐朽的——世界就像火车头：黄铜亮闪闪，锅炉脏兮兮——耶稣一定得会咬——如果他只给予大爱，那么一切都是给猫的——给很小的猫——谁没有被咬，谁就不知道疼——谁在一生中从来没有疼痛过，谁就不知道，什么是大爱。——我的耶稣是大梭子鱼，有牙齿，嗨！——哈哈哈！只用假牙不能宣讲爱——爱不干净！爱如同水。——所有人都在里面游泳——哈哈哈！你们恐怕不知道，什么叫游泳：在爱情之水里，恐惧、痛苦、希望、甜蜜一起游泳，还有其他的一切，哈哈哈！还有更多的东西，你们这些老梭子鱼！在那里游泳的还有死亡，嗨，死亡是大爱——耶稣也是死亡，真见鬼。一只眼睛里流露的是生，甜蜜又美妙——另一只眼睛里流露的是死，轻声且好心。你们等着！我现在给你们演示一次伟大的布道。我可以给你们唱歌，你们走近些，听听我怎么唱歌。就这样，好，就这样。"

他张开嘴，鼓足胸膛，撕心裂肺地唱起来。同时，他朝四周挥舞着刀。茨维索斯比尔斯基的声音猛烈地冲向四周，撞击像冻僵似的坐着的人的耳朵。

那强壮的小伙子看看神甫，神甫看看小伙子，小伙子从刷成灰色的凳子上站起来。他在士兵那震耳欲聋的歌声中走向布道坛，登上梯子。歌声中断了，碎裂了，就像干枯的硬树枝碎裂一样。

茨维索斯比尔斯基眼睛充满敌意，打量着向他走近的小伙子，

投敌者

那小伙子神情平静而坚定。茨维索斯刀子的锋刃渴望他的脖子。

"来，"士兵说，"来好了。不要害怕。我在上面，你在下面。Chotsch lo, moi Schwintulezki[1]，我是国王，ja jestem Krul[2]。"

女人们看见壮小伙的头发出现在栏杆上，正奇怪士兵没有对他采取什么行动时，高个子士兵向后倒退一步，抬起腿，朝想把他挤下去的年轻人踢来，他那钉子靴正好踢中他的心窝，一次，两次。被踢中的人扭歪了脸，张开嘴喘着气，他的手指从栏杆上松开。他倒下，从梯子上滑下来，但没有怎么受伤。下面一阵哀嚎，哭喊，惊恐的呼喊，呼救的祈祷，大腿冲着这片乱糟糟的声音吼道：

"耶稣必须咬人！阿门！耶稣必须有牙齿！阿门。阿门，阿门，阿门！"

他拿起刀和钥匙，离开布道坛。他昂首挺胸、镇定自若、表情欢快地走过一排排木凳时，担惊受怕的信众们纷纷后退，躲开他。有什么东西从他身上掉下了，他轻松自在了，他的血液上面的泡沫撇走了。

他坦然地打开门。他不再想搞清楚，那些男人是否还在门外等着他。他对一切都无所谓了。他离开教堂，看到他们手里拿着木棍，在街上迎接他时，似乎也毫不惊讶。这时，他做出了不久前他还根本不可能做的事情：他露出微笑，那么满不在乎，信任他人，无忧无虑。他朝沉默的男人们微笑，他们当中有几个回敬他微笑。

---

1 波兰语，意为：来吧，我的 Schwintuletzki 奶奶，我的天。
2 波兰语，意为：我是国王。

没有木棍冲他伸过来。

茨维索斯走过去，就像一个人走过一尊尊雕像。但是，等他已经走出好长一段路后，他们聚拢到一起，跟着他，他们显然不打算缩小和他之间的距离。在晚上的乡村道路上，他的脚步坚定有力，充满自信。一个人孤零零地穿行村子，向来都是令人十分震撼。

他走着来时的同一条路。从火车站小站房里冲出一个人，问他："去哪儿？发生了什么事？"

高个子微微一笑，作为回答。

"火车——没有火车了。"车站看守员结结巴巴地说。

"Schwistko jedno[1]。"士兵说。

他一到铁路上，就开始笨拙地跑起来。他在两条轨道之间跑，铁道尽头，在眼睛看不到的地方，轨道连接着天空。追踪他的那些人站在路堤上，看着他的背影。他们在他后面朝他这边看，就像人们目送远去的一个奇迹，既无奈又悲伤。他的身影越来越小，他离他们越远，他的身子就缩得越小；西沉的太阳照到他的背上，他硬硬的手指握着的刀闪亮了片刻。就像一个问候。

---

1 波兰语，意为：无所谓了。

投敌者

8. Kapitel

第八章

"一会儿天就要黑了，瓦尔特。我得快点读。你还想听吗？"

"想听。"普罗斯卡说。他拍了一下脑门，捏死一个蚊子。

小面包单调地轻声念道：

"你始终可以这样安慰自己：死亡不是别的，无非就是最后一种、大概也是最神秘的睡眠形式。老百姓的睡眠——在这里，这种睡眠自然不同于死亡——是一段有期限的度假时间，是一项目标明确的功能。千万不要说，死神因此就是随意地跟在我们身旁走动。它大概知道，它为什么一直是我们的邻居。我们当然不知道这个，以后，我们当中也没有人会知道。死神不会屈尊和我们对话，它有权利傲慢。所以，即使有些人为了解开它的秘密，跟它为伍，后来也看得很清楚，他所获得的认识又包含一个新的秘密。你不要以为，它比通常情况下更长时间地盯着我看时，我是怀着恐惧仰视它，觉得痛苦。因为我总是对自己说，它的目光同样也可以是对着站在我旁边的人；而在我身旁站着很多人。假如我们试图蒙骗它，就是说要躲开它的目光，那丝毫没有用，而且近乎愚蠢。死神必定是个男子汉，骄傲，强壮。它只要用一点点力，这点力不比我推倒一个两岁孩子的力更大，就会把力气肯定很大的父亲推倒在地。尽管这听起来很奇特，我还是很愿意让一个像死神这样的男人征服。这必定是一个壮美的、男子汉气概的失败。你反抗，你被抓住，你感到，你与之搏斗的人比你强大千百倍。这时，谁会想到用阴招，用阴险狡诈的防卫手法，使博弈的最后结果推迟可笑的几秒钟？不，我告诉你，谁要当个真正的男子汉，谁就要站着灭亡。没有这种能力的人，不可能挺直腰杆。

"死神，母亲，是男子汉。你让它虚荣，让它不公，让它小气：你却不得不承认，它孤独中十分骄傲、强硬、健壮、可靠、勇敢。你好好看看，它多么艰难，换作我们会多么容易绝望：在它面前的是，这异常丰富的、坚定的生活，这鲜血凝成的地堡，这肉和呼吸堆成的山丘——而它呢？孤单单一人，顺从而阳刚。在我们每个人因为缺少坚持的勇气而气馁时，它依然不气馁。母亲，我相信，没有什么东西比坚持生活更难。谁仍然和它抗衡，请不要以为，它就屈服了。因为抗衡和屈服是两码事。"

"我说过，死亡是睡眠的最神秘的方式。我想说的是，它也是最和善的方式。父亲大概知道这个，虽然他不能向你证实。睡眠不是休息本身，死亡才是最终的、毫无意图的休息。事—物—本—身，"——小面包要辨认自己的语句很费劲——"是和善的，——但是……用这……说这个没有意义了，瓦尔特，天已经太黑了。我说的意思，你听明白了吗？"

"就算明白吧，"普罗斯卡说，"蚊子把我折磨得太厉害了。我几乎无法听。你母亲要多少天才能读到你的信？"

"十二天，你的信呢？"

"有时四天，有时十五天。"

"这是什么原因？"

"不知道。"

"我希望，这封信能以同样的时间寄到家里。后天我得去一趟塔马施格罗德。我把信带上。我能为你……"

"我想这事成不了。"

"怎么？"

"塔马施格罗德你不能去。"

"为什么不能？我要把这封信送到部队机关。"

"你恐怕得找很长时间。机关撤了，走了。"

"你跟威利说了吗？"

"没有。他还不知道。如果他知道了，他会温和一点。"

"是谁告诉你的？"

"一只小松鼠。"

"你这是跟我闹着玩儿的吧？"

"不，沃尔夫冈。汪达告诉我的。你也认识她。她前不久曾经路过这儿，就在这个地方。你当时还想开枪，你还记得不？要是你开了枪，我们现在就不知道这件事了。"

"你遇见她，跟她说话了？"

"是。"

"她说，部队机关转移了？"

"他们溜了。没有任何损失。在塔马施格罗德没有一个兵了。"

"那我们完蛋了，瓦尔特。这么说我可以把这封信……"

"别撕，"普罗斯卡打断小面包的话，"把它给我。我会把它保管好。——我们早就完蛋了，沃尔夫冈。只要我们在这沼泽地里混着，我们就完蛋了。"

"我等着那最后一幕呢。"

"你不需要这样，小伙子。他们会把你撂倒，你就躺在这里，再也站不起来。最后一幕是世界上最简单的一幕。"

"不管怎么说，我还有这支枪。"

"那又怎样？你想拿这个说什么？给我信，走。"

沃尔夫冈递给他信，听着普罗斯卡的手指把信折叠好，放进一个口袋。

"我不能那么便宜就让他们把我干掉，瓦尔特。我的父亲头上挨了一枪。这是他的事。我宁可后背中一枪。"

"你想逃走吗？"

"是，而且越快越好。"

"可这没有用。"

"话虽如此，你不试怎么知道？"

"相信我，沃尔夫冈。逃走完全是瞎闹。你想逃到哪里？前面是河流，两边是沼泽，后面是他们。你走不了多远。"

"我不管这些了。不过，他们中有几个人得先尝尝我的子弹。"

普罗斯卡把大手放到他的肩上，轻轻压到他的锁骨上。他们听见河水拍打着桥梁的水泥墩，伸长脖子，仔细倾听从对岸传过来的芦苇疲惫的沙沙声。

小面包想站起来。

"坐着，"普罗斯卡说，"你不过是激动罢了，否则，你肯定知

投敌者

道，你说的是一通蠢话。"

"你有烟吗，瓦尔特？"

"我以为你是不抽烟的？"

"想试试。"

他们点燃香烟。

普罗斯卡说："这么糟糕恐怕不至于。我相信，会有人帮我们。"

"帮谁？"

"你和我。"

"谁会帮我们？"

"汪达。"

"你遇见的姑娘？"

"是。我知道，她有靠得住的关系。"

"跟死神？"沃尔夫冈嘲弄地问。

"这就够了，"普罗斯卡说，"你知道吗，我们曾经一起在芦苇里，她和我。她没有说一个字，就脱掉了衣服。"

"原来是这样。可是，她这么做时，你要她说点什么呢。"

"香烟味道怎样？"

"呸，不好，讨厌。我还是把它灭了吧。你抽它有什么好？给你，你以后还可以抽完它。这玩意儿呛得厉害。它不让你难受？"

"一点都不。"

"也许你的气管是铁片做的。"

"装甲钢做的。"

"子弹不入？"

"子弹不入。"

"你到底拿我的信怎么弄，瓦尔特？为什么不让我撕掉？现在还要把它保留起来，毫无意义了。我们恐怕再也不会经过一个邮筒了。"

"你能知道得这么精确？"

"相当精确。"

"我要好好跟你说说，沃尔夫冈：现在我还在这儿。不管在哪方面，你都可以信任我。这我跟你说过。你尽管放心好了，我们能从这里出去。这事让我来管。"

"你有个计划？"

"还没有。我们到现在为止并不知道，以后会是什么情况。"

"如果战争结束，瓦尔特，那时……"

"战争现在还没有结束。对我们个人来说，战争也许很快就结束，对你，对我。"

"你想到了战俘营？"

"这是可能之一。"

"另一种可能是：死亡。"

"但还有一种。"

"什么？"

"安静。"普罗斯卡突然用命令的口气说。他往地上一压，蹲坐着。

投敌者

"你没有听见什么？"

"没有。桥边有人？要我过去看看？"

"坐着别动。——那儿，那儿又有什么了。显然有人在轨道之间跑过来。"

"我来教他翻跟斗。"沃尔夫冈含糊地说，摸着他的枪的扳机。

"你到底怎么了？你以前可不是这样的。你害怕了？——看，你看那儿！那是一个人。他正在斜坡上往下跳。"

"我现在帮帮他。"沃尔夫冈嘟囔道，举枪瞄准。

"你别开枪，你疯了吗？如果你……"

"啪—啪—啪"，小面包的枪响了三声。那个男子，射击的对象，翻了个跟斗，滚下斜坡，再没有出现。

"少了一个。"沃尔夫冈说，这时，普罗斯卡有力的大手打了他一巴掌。他丢下枪，呜呜哭起来，摸着下巴。

助理员弯着腰，蹑手蹑脚地走向铁路路堤，手指按在扳机上。他看见一个身材长长的、穿着军服的男子，肚子朝下趴在那里，一动不动。

"是大腿，"普罗斯卡心慌意乱地喊起来，"啊，天哪……"

高个子收回一条腿，起身，笑笑，一边用手按摩他的右胳膊，一边说："你好，普罗斯卡！"

"你受伤了吗？"

"刚才我弯了弯关节。你们为什么一定要向战友开枪？"

"他打中你了？"

"他妈的，我要是被打坏了，我倒要高兴呢。——是你开的枪？"

"不。——我的天哪，你好运气。"

"什么叫运气？是因为我聪明，这就是事实。要是我不一直躺着，你就会开第二枪。"

"我没有开枪，大腿。"

"那是谁开的？梭子鱼不会使用复杂的武器。"

普罗斯卡说："小面包开的枪。这小子脑子乱了套。"

"哈，事情没有这么糟。他要是打中了，那才糟呢。"

他们慢慢走回河边。

"你从什么地方来？"普罗斯卡问。

"从塔马施格罗德来。"大腿说。

"你在那儿干了什么？"

"我干了什么？喏，我演了一回神甫。我进了教堂，做了宣讲。"

"宣讲？讲什么？"

"这个那个的，我都讲了。——小面包在哪儿？"

"我们一会儿就到他那里了。你说说，你在塔马施格罗德看见士兵了吗？"

"士兵？没有。只见到灰尘，还有女人，棍子。"

"其他的就没有了？部队机关呢？"

"他妈的，我是因私去塔马施格罗德的，不是公事。你们埋伏在这儿等谁？"

投敌者

"等月亮。"

"月亮洗澡了？你们多半想看，它怎样脱掉背心和裤子？"

普罗斯卡说："你没听见，他在哭？"

"月亮？"

"小面包。他咬到了我的拳头。[1]"

"你打了他？"

"是。他可以告诉你，为什么。——嗨，沃尔夫冈，你知道，你朝谁开的枪？"

没有回答。

普罗斯卡抓住高个子的衣袖，轻声在他耳边说："他可能生气了。——在他这个年纪，我能理解。"

高个子停下脚步，思考着。然后，他的嘴唇靠近助理员的耳朵，他说："我现在赶紧悄悄走开。不要让沃尔夫冈迎接我。要是他看到，他开枪打的是谁，他一定很伤心，还可能感到绝望。你明白吗？他会责备自己。"

"要是他问我呢？"

"那就告诉他，他打死了一只大沼泽熊。"

"你现在要去哪里，大腿？"

"去堡垒！还能去哪儿？下士会发火。喏，无所谓了。"

"你没带枪？"

"枪？啊哈，真糟糕，还有这个。我肯定把它放哪儿了，也许

---

1 指普罗斯卡打了小面包一巴掌。

这儿，河边。明天早上会有一场大戏了。我也许会找到枪。明天早上找。太阳会帮忙。"

他离开普罗斯卡，一瘸一瘸走回桥梁，消失在深沉的影子里。

沃尔夫冈坐在地上，普罗斯卡的两个手指撩起他耳朵后面的头发，撩到他脸上时，他头也没抬。

他结结巴巴地问："瓦尔特——我把他——打死——了？"

"是。"

"一个老头？"

"是。"

"他死了？还是……"

"他已经在天上的草地上吃草了。你安下心好了，他不怪你。"

"瓦尔特，你打了我，我不生气。你别那么想。你知道，我有时自己对自己感到惊讶。"

"我有时也这样。"

"你不想坐下？到早上我们还有时间。"

"但愿如此。"

"他躺在铁路路堤上？我想过去一下。可是要过去太难了。太可怕了。瓦尔特，扣扳机很容易，人们不指望你做很多；至少我从来不相信，我一扣扳机，就有一个人倒下。扳机会欺骗我们，它装得比它实际的更单纯诚实。这扳机是撒旦，是诱骗者。只要猎物还遥不可及，还活着，我们就有一种愚蠢的好胜心，一定要让他匍匐在自己脚下。一旦他躺在你面前，动弹不得，你就会生气发火。这

投敌者

时，我可以踢他一脚，让猎物复活。——路堤那儿，我可不去，瓦尔特。你呢？”

普罗斯卡叹口气，坐下，说：“你不用去，没有人要求你这么做。你一时控制不了神经。不过，这种事不允许在你身上再发生了。如果他们有二十人在附近，我们现在就躺在沙发上陪死神了。你运气好。在轨道中间跑的是一只熊。”

“这儿有熊？”

“一般来说好像没有。”

“在路堤上躺着一只？”

“没有。”

“那你怎么知道，我打中了一只熊？”

“那里有熊害怕时发出的汗味。”

普罗斯卡暗自好笑，几乎就要告诉沃尔夫冈真相。但是他控制住了，因为他觉得大腿的担心有道理。

小面包想道：“我射偏了，谢天谢地。换作父亲，也会打我。他跟瓦尔特有某些相似的地方。正义不是住在拳头里，而是在头脑里。正义感不取决于个别人的精神。精神是永恒不朽的。——因此，对一个过了一辈子精神生活的人而言，死又意味着什么呢。最多也就什么都不是。不管怎样，这是从这个世界的世俗愁苦中解脱。——人应该更多地思考道德的东西，还是对我们有用的东西？道德的东西不是到处有用。有用的东西不总是符合道德。例如：国家理论。恶毒，虚伪，残酷，这些东西在毫无顾忌地应用着。对此，正是这样行事的某些国家总有现成的令人惊诧的答案等着你，所谓'袖口一抖，解释就有'。他们这样回答：如果所有人都是天使，国家就能放弃使用这些手段。阴险的嘲弄。暴君的辩术。能把热情关进理智的牢笼吗？到底什么是法律？有序的、有控制的残暴。——我为什么坐在这里？我为什么来到这里，而没有任何反抗？为什么这样？因为不然的话，他们就打死我了？面对国家的义务是一种干瘪的热情。铁罐头里的狂热，可保存，可寄送，能无限存放。只要轻轻地击打两下，无足轻重地击打，就漏了。一个国家应该像自然那样有道德、讲道义。在这里只能有道德的臣仆，或者良心的臣仆。谦卑该成为宪法宗旨；第一条：慈悲。风当议员，还有土地。——到底谁躺在路堤上？我看见他倒下。我现在知道了，我以后要朝谁开枪。"

普罗斯卡想："谁知道，她扮演什么角色。——她有可靠的关系。胸脯也很好。——我当时没有小心行事。如果她怀上孩子呢？——我可以跟她一起过日子。罗加尔斯基也许会惊奇！那玛丽亚呢！要是有一天，我带着小松鼠到她那里，她会说什么呢。我的好姐夫罗加尔斯基！——这个马祖里犟驴。他知道，他要什么，这只能由着他。希巴所有其他农民不得不给五头或六头马时，他当然只给两头。他的莱尼 [1] 死了，这不是他的错。奇妙的牝马；这匹马确实有点野性。那个雇工，叫什么施利姆卡特或者类似这样的名字，是他害死了它。鬼知道，这个粗鄙的家伙朝它的头抽了多少马

---

1 莱尼，一匹马的名字。

投敌者

鞭。我的上帝，这家伙是怎样凶残地折磨马匹。尤其在耙子前。当时罗加尔斯基怒不可遏，我为此很高兴。——在塔塔伦湖边，他看到了施利姆卡特怎样抽打马，用靴子踢马的头。我的姐夫很是正派。他走过去，夺下那家伙手里的鞭子，把他打了个半死。但是，莱尼病得太厉害了。它咬了施利姆卡特两次。它本该咬掉他这么凶狠抽它的手指。莱尼有过多次这样的机会。可惜动物不懂得怎样利用机会。我们懂得多得多。——比如这里，假如我们有那么一次机会逃跑。——谁把战争当作职业而进行战争，谁就是罪犯。那些高高在上的人就是这样做的。于是我们就困在这沼泽地里。我们该杀了他们，那样，我们就安宁了。那样，我们大家就能回家了。可是，我们近不了这帮家伙的身。他们躲在各种岗哨后面。这些岗哨是同伴，是战友，好。我们要接近这帮人，就得经过这些岗哨，但是他们遣送回每个人。这帮人必须被废掉！即使有几个岗哨要为此翘辫子。要是这落到我头上，我愿意承受。甚至问心无愧。——谁跟自由共眠，谁就得尽一切手段保卫自由。他什么手段都可以用。倒要看看，这儿如何结局。——真讨厌，膝盖窝怎么老这么痒痒。"

突然沃尔夫冈问："你睡了？"

"没有，还没有睡着。"

"我想……"

"搞错了。"

"我是不是打中他了，瓦尔特？他肯定躺在铁路路堤上。"

"你去看看，自己证实一下。那儿没有人躺着。"

"你把他弄走了，是不是？藏起来了！"

"你去看看吧，小伙子。"

"我马上回来，瓦尔特，五分钟后。"

小面包沿着河流，顺着冷嘲似的汩汩流淌的老河水，蹑手蹑脚地往前走，睁大眼睛，看着桥下：漆黑一片；朝芦苇看过去：漆黑一片；看着丛林，看看西边，看看东边：漆黑一片。到处是黑夜及其无声的盟友：漆黑一片。沼泽的上空，高高的天上，星星不停地闪着忧伤的光。沃尔夫冈仰视星星。

"孩子们。"他喃喃地说。

他弯下腰，两个手指伸进河水。水很温暖。远处，塔马施格罗德后面，一道流星划过天空，不久，第二道流星带着闪耀的随从紧随而过。佯装的财富。灰烬。蚊子大军或上或下飞舞，发出沉闷、单调的音乐。紧贴耳朵，蚊子的嗡嗡声显得很凶恶、阴险，像一个小小的、发怒的警报器的声音。

普罗斯卡睡着了。他在灌木丛中直挺挺地躺下，这是一个失误。如果他继续坐着，这样的事就不会在他身上发生；他昏昏沉沉、懵懵懂懂地穿行于睡眠的沟沟壑壑之间，没有注意到五分钟早已过去，他的怀表显示已经过了四个钟头，而小面包始终没有回到他身边。但是，当河流开始呼吸，凉爽的晨雾在沼泽上空升起时，他就会察觉到这件事。普罗斯卡感到双手和后背发凉。他无忧无虑地眨巴眼睛，凝视黎明之光，在膝盖窝里挠了痒痒，打了个哈欠，然后去拿钢盔和冲锋枪——这才想起，他们是两个人出来巡逻的。

投敌者

他立刻跳起来，向四周观看。

小面包连影子也没有。他不在桥下，也不在路堤上。

"这小子又到哪儿去了！简直不能合一会儿眼，只要一合眼，就总要发生点什么事。他不是只想到路堤上去一下的吗……他躲哪儿去了！"

普罗斯卡轻声喊道："沃尔夫冈？"

他没有回答。

"沃尔夫冈，你到底跑哪儿去了？嗨，你为什么不说话？醒来，快，快！"

一只野鸭扑棱着翅膀在他头上飞过。

"我们得走了！"普罗斯卡喊道，"你没有听见吗，你？"

他不安起来，找了他附近的所有灌木丛，也去了路堤和桥梁的桥墩，找了又找，轻声地喊着，但是小面包，一点踪迹也没有。

助理员把枪夹在膝盖之间，掏出沃尔夫冈抽了个头的香烟，点燃。他打起哈欠，诅咒着。

"也许他跑回堡垒了？可是，他到那儿干吗？威利会再次把他赶出来。这他知道。"

"沃尔夫冈！嗨！沃尔——夫冈！"

这事把你搞乱了，普罗斯卡，是不是？慌乱把你变成了一个陀螺，它把你旋转得这么快，致使你不知道该做什么了。呼喊没有用，这你已经看到了。你喊小面包的名字时，他没有回应。沼泽把年轻人当成第一顿早餐，吞吃掉了。世界上有多少种可能，让人变成鸟有？沼泽可以有几种方式让人消失，而此时，它像鸡一样，并没有尖牙利齿。自然多么虚假，多么沉着冷静。你尽管转过身来！小面包是在这儿丢掉的，而沼泽却沉默不语，就像它面对一切沉默不语一样，像它面对无数次的生，如同面对千万次的死——这里，每时每刻都在死——而沉默不语一样。我们是多么渺小，我们都来不及认清，沼泽是生我们的气呢，还是我们的存在对它无关痛痒。小面包消失不见了。

当普罗斯卡认清寻找和呼喊无济于事时，他就慢慢向堡垒走回去，心中希望小伙子没有发生什么不测。他不时地停下脚步——凹进去的混合林弯前，黑莓丛之间，最后在水沟前——他始终希望，沃尔夫冈还会现身。普罗斯卡的希望落空了。

他冷得瑟瑟发抖，平衡着身体，走过桤木桥，拖着疲惫的脚步走上堡垒所在的山包。在门口，他和高个子茨维索斯比尔斯基撞了个满怀，后者眨眨眼睛暗示他，他想在外面跟他说话。

"你要干什么，大腿？我累死了。再说，我得马上跟斯特奥夫说话。"

"他刚刚又钻进热被窝了。"高个子说。

"发生什么事了？"

"他要打我的报告。"

"为什么？"

"因为我离开了这么长时间。"

"那又怎样？"

投敌者

"如果他知道我丢了枪，他会打双重报告。他们会把我：啪一枪。"大腿把食指放到前额上，"我知道，他这次会打电话。房子不止属于人，也属于臭虫。而茨维索斯比尔斯基的生命不完全属于他自己一人，而且还属于下士。我出租了我的生命，我多么愚蠢。我会得到什么下场？"

"这是瞎扯，"普罗斯卡打断他的话，"你干吗说这些稀奇古怪的东西。谁看守堡垒？"

"波佩克。"

"他在哪儿？"

"我哪儿知道，他在哪里。可能就在附近吧。也许在厕所。"

"你把枪忘什么地方了？"

"忘了或者丢了。到底怎么回事儿，我不知道。"

"你不知道。"

"可不，我不知道。"

"你不想去找找？要是找到了，就没有事了。"

"我正要问你，你能不能帮我去找枪。或者小面包。你跟他讲了他朝谁开枪了吗？"

"没有。"

大腿伸长脖子，仔细察看森林边缘。普罗斯卡此时看着高个子的喉头和嘴巴，他的喉头一上一下滑动了两次，他抿紧的嘴巴不太匀称，边缘仿佛像织物散线一样。他的耳郭很薄，可隐隐地看见血管。

"小面包在哪儿？"茨维索斯比尔斯基问。

"不见了。"

"死了？给崩了？"

"他消失了。我不知道他猫哪儿去了。"

"噢，我的耶稣。他们开枪把他打死了？"

"没有。要是开枪，我会听见。如果我告诉他，他朝谁开的枪，他现在就在这儿了。他认为他打死了什么人，于是去铁路路堤看看。我跟他说了，他不会找到什么人，但是，这件事总让他心里不安。他再也没有从铁路那边回来。"

"是我的责任吗，瓦尔特？"大腿转过头，忧愁而疲惫的眼睛看着普罗斯卡。他瘦削的手指交叉搓着。然后他说："他藏起来了。也可能只是去散步了。他也许很快就回来。你觉得呢，这可能吗？"

"不可能。沃尔夫冈不会这么久留在外面。他肯定遭遇什么事了。"

"出事故了？"

"可能。我现在叫醒斯特奥夫，把这事告诉他。"

"哟，那我的枪呢？我怎么办，瓦尔特？让下士接着睡吧，好不好？他要是醒来，火就更大了，他会马上拿起电话，跟塔马施格罗德通话。"

"好吧，大腿。"

"你帮我找那支倒霉的枪吗？"

"行，不过，我们得快点。你能记起在什么地方还带着枪吗？"

"应该在河边。我记得，我还背着枪，因为那枪压迫我的肩……"

"那现在就走。"

"太谢谢你了，瓦尔特，moi Schwintuletzka[1]。你为茨维索斯比尔斯基做的事，我不会忘记。那一天会来的，如果我……"

"别说了，安静。否则，下士该吵醒了。"

高个子抱住普罗斯卡的头，把它拉到自己的肩膀边，下巴压到他蓬乱成一缕缕的头发上。

"哎，哎，"普罗斯卡抗拒着，"我可不是女孩子。"

"那是，这能看出来。但是，你是个好人。"

他们从两棵桦树之间走过去，默默地，眼睛低垂，然后，穿过密密麻麻的黑莓丛，走向河流，经过躺着死去的炸药神甫的地方。

"我的鼻子闻到了臭味。"茨维索斯比尔斯基说。

普罗斯卡点点头，说："我的鼻子也是。看来有什么人溶解了。"

"人变成泥土时，是不是一定发臭？"高个子问。

"肯定，大腿。"

"连下士也是？"

"是，下士也是。少校以上才不发臭。"

"那是怎么回事儿？"

"那些先生们放出气味。你能区分发臭和放出气味的不同吗？"

"我们现在该拐弯了。我当时在这儿走向右边。那儿，穿过这

---

1 波兰语，意为：我的天！我的奶奶！

些灌木丛，后来我——不，我不知道区别。"

"那你也不用知道。知道多了让人头晕。"

太阳叉开两条腿，登上地平线。它带来温暖的光，万物的生命苏醒了。白天的各种声响开始在沼泽上空回响，此起彼伏：咕噜咕噜，唧唧啾啾，叽叽喳喳，呼呼飒飒，沙沙瑟瑟，呱呱嘎嘎，嘎嘎吱吱，汩汩哗哗——厚腻的水洼打着嗝，发出咯咯的声音，龙纹蝰蛇晒着太阳，公琴鸡充满野性的眼睛看着自己心爱的羽毛，鱼儿从水底游上来，眼睛盯着天空。它们的天空朝它们的嘴巴投下苍蝇和精疲力竭的甲虫，有时是一只吱吱叫的蜻蜓——鱼儿只是朝上直愣愣瞪着，因为它们等着什么送上门来，而且也真的总能得到点什么。

大腿和普罗斯卡穿过露水很重的草地，盯着下面。他们靴子的皮面湿了，软了，靴头靴跟的铁皮微微发白了。高个子走到河边，解开裤子的扣子，撒尿。他得意得叫起来："瓦尔特！你看这儿！我尿满了它的住宅。嗨，它背鳍上突然一阵热，它恐怕会觉得奇怪呢。早餐时的一个惊喜，对吧。"

"你病了吗？"普罗斯卡不高兴地问。"你说谁呢？"

高个子重又扣好裤子，说："说的是梭子鱼先生。撒旦！每次都能挣脱。真是比我们聪明、强大。"

"你还是帮我找你的枪吧！"

他们找遍了河岸，找遍了茨维索斯比尔斯基说他到过的所有地方，但是没有找到枪。天越来越热，普罗斯卡越加烦躁不安、越加没有耐心。他不再寻找，而是交替着看看堡垒所在的方向和他的

投敌者

表。当他们远远地看见桥梁，看见这铁路的钢铁后脖子时，普罗斯卡停了下来，用坚定的语气说："结束了，我们不找那玩意儿了。现在我们回去。"

"O moi bosä[1]，"大腿带着哭声说，"下士马上就会打电话，那……"

"他不会打电话，你相信我好了。"

"可是，电话机就在箱子上摆着呢，瓦尔特。"

"我告诉你，斯特奥夫不会打电话。因为线路坏了。"

"这新鲜事你在哪儿听说的？是你自己：咔嚓，咔嚓？"

他做出剪刀剪东西的动作，朝普罗斯卡眨眨眼。

"一起走吧，小伙子。如果斯特奥夫敢动真格的，有他好果子吃。"

两个男人抄最近的路，朝堡垒往回走。太阳撒下热辣辣的光，它现在斜挂在他们头上，灼热地向他们挑战。风在柳树枝间舒展腰身；对风而言，已经到了紧要时刻，因为在地平线上，已经出现第一波云彩。风要展翅飞翔，它的工作开始了。

普罗斯卡和茨维索斯比尔斯基离开杂树林，绕开斯坦尼的墓，正当他们想从侧面接近堡垒时，他们突然停住了，好像被钉进了地里一样。普罗斯卡一下扔掉他的枪，举起双手，高个子一下子蒙了，感到他的后脑勺嗡嗡作响。他的两条腿发软，嘴里满是口水。他的双手也抖抖索索地举了起来。他连一声诅咒也发不出来。普罗斯卡的下巴有规律地颤动着，好像有什么东西同样有规律地击打着他的脖颈。他感到他的舌头肿胀起来，仿佛他的心要离他而去，就

---

1 波兰语，意为：噢，我的上帝！

像一匹骟马脱离他的姐夫罗加尔斯基远去一样。这两个男子既没有勇气，也没有随机应变的能力做出什么行动，不能如他们有时也许会打算做的那样，至少在某些没有危险的时刻打算做的那样，应对这突如其来的局面。堡垒后面，在这悄无声息的闷热时刻，突然——像一只表突然悄无声息地停摆——出现十几个平民，多数是年纪较大的男子，他们中有几个人的脸像安第斯山脉的地图，长长的一条，这些人默默不语，晒得黑黑的大手握着俄国冲锋枪，枪口对着这两个士兵。他们就这样一动不动地对峙了一会儿，然后，最年长的那个人离开那一队平民，走近普罗斯卡。

"过来，"他简短地命令道，又对大腿说，"还有你。"

他捡起普罗斯卡的枪，扔给一个人，那人接住枪，把它靠到堡垒的木墙上。凳子前站着威利和杂耍演员，同样举着手。

"那儿！"

士兵们列成一队，十个枪口对准他们，让他们一动不动站着。老者叫过一个人，跟他耳语了几句，吐了好多次痰。他一张刚毅的四方脸，左耳上耳郭缺了一块。他的头发又黑又密，下巴和脖子至少一星期没有刮胡子了。老者一边低声交谈着，一边多次用拇指指着普罗斯卡，等跟他谈话的男子进了杂树林，他终于点了点头，转向士兵们。

"你到这儿来，"他命令普罗斯卡，"还有你，"——他指的是大腿——"也到这儿来。下士和那个胖子——Kto……[1]，"他中断了自

---

1 波兰语，意为：谁……

投敌者

己的话，一双小眼睛盯着大腿，刚才大腿和普罗斯卡往边上走时，对普罗斯卡低声说了句什么。

老者示意一个身材魁伟、手里像拿玩具一样拿着冲锋枪的平民，指指高个子，轻声说："Dai!¹"

那个身材高大、只穿着无领衬衣和裤子的平民拿起他的手枪，平静地走近茨维索斯比尔斯基，出其不意地给他重重的一拳，高个子喘着粗气倒到地上。普罗斯卡动了一下，但是，他注意到老者看着他，那个壮汉停在那里，好像等着再一次的"Dai"声，普罗斯卡就安静地不动了。

"谁说波兰语？"老者严厉地问，"或者俄语？"

"那个，"威利说，指着艰难地重又站起来的茨维索斯比尔斯基。高个子口吐鲜血和口水，剧烈地摇着头，好像要摔掉疼痛似的。

"Ti rosumngäs Popolski?²"老者问。

大腿点点头。

这时响起一声高亢的咯咯声。阿尔玛收起爪子，从两棵桦树中的一棵上飞下来，飞到人群中间，顺利着陆，跑了几步，停下，迷惑地环视四周。它展开翅膀，头一伸一缩；所有人盯着这只训练有素的母鸡看时，它在草地上东抓西抓，开始啄食。巴菲撮起嘴唇。他呼唤它："嘁，嘁，嘁，阿尔玛！——噗，噗。"

阿尔玛抬起头，听了听，继续啄食。

---

1 波兰语，意为：给他一家伙！揍他！
2 波兰语，意为：你懂波兰语吗？

"喔，喔。"胖胖的杂耍演员抬起手，吹笛似地呼唤着。

但是母鸡不听它的吞火主人的呼唤。老者给那个高大的平民一个短促而不耐烦的信号，命令他："Dawai! Chiepko![1]"

巨人把冲锋枪放到地上，张开两只手，走近母鸡。

"扑哧，扑哧，扑哧。"他冲着母鸡说。他每叫一次"扑哧"，巴菲就感到屁股上挨了一针似的。母鸡抬起头，让大家十分惊讶的是，它飞到了那个平民的手上，跳到他的肩上，再跳到头上，然后又跳到另一个肩上。它停在这里，身体猛地动了一下，一堆淡绿色鸡屎掉到巨人的背上。

所有平民都大笑起来。

老者声音嘶哑，嚷道："Chiepko![2]"

巨人立刻去抓母鸡，可是，就在此刻，母鸡一跃而起，飞到它原本不受注意地打坐的桦树上，而那个巨人则感觉到了爪子带给他的疼痛。

那些平民大笑起来，他们的枪也跟着晃动。

茨维索斯比尔斯基用手绢擦去下巴上的血。他把食指和拇指伸进嘴巴，检查哪几颗牙齿松动了。下士斯特奥夫既胆怯又害怕，微笑着。那巨人怒气冲冲地抓起冲锋枪，走到桦树下，阿尔玛蹲在上面，好奇地朝下看。

巨人举枪瞄准——母鸡用一种好似来自远方的眼神，朝他看。

---

1 波兰语，意为：抓住它！快！
2 波兰语，意为：快！

投敌者

"Chiepko!"老者又喊道。

身材高大的平民扣动了扳机，随着枪声，阿尔玛像一块石头一样从树上掉下来，"啪"的一声掉进草里。它的翅膀扑腾了一下，又一下，然后它就躺着不动了。巴菲闭上眼睛。阿尔玛这一死，他的希望看来也坠落到了地上。他的身体轻轻摇晃着，脸一会儿青，一会儿白。

威利惊讶地观察着他。他突然发出一阵嘶哑的笑声，跟着马上一阵咳嗽，迫使他放下手。

"嗨！"老者喊道。

斯特奥夫乖乖地听话，又举起手。

老者大声地数这四个兵："Iedn, dwä, trschi, stiri。[1]"

下士眼里还留着咳嗽发作时流出的眼泪，说："还缺两个。"

"哼。Zo un chzä[2]?"老者转身问大腿。

"他说——还缺——两个。"大腿好像挤出来一样地说。

"这用不着他告诉我们，我们知道！每个人都闭上嘴巴，明白？谁说话，谁动一动，就打死谁。你们一个个单独带走。——普罗斯卡？"

"这儿。"助理员说。

"你留在这儿到最后。"

三个平民带走下士，过了一会儿三个人带走巴菲，他们走了以后，茨维索斯比尔斯基被带进杂树林。普罗斯卡专注地倾听着，因

---

1 波兰语，意为：一,二,三,四。
2 波兰语，意为：他要干什么？

为他以为，这时会响起枪声，但是温暖的上午没有被枪声撕裂。

只有老者和普罗斯卡留在原地。那个高大的平民走过去时，弯腰捡起母鸡。母鸡刚才躺的地方，草都是深红色的。

让普罗斯卡惊奇的是，还站在他旁边的最后一个平民——那位老者，也转过身，把冲锋枪挂到肩上，走开了。助理员看着他的背影，好像看一个喜怒无常的鬼，但是，他不敢放下手。他明确地感到，有人在什么地方窥视着他，他也有足够的直觉，告诉自己说，放下手可能就意味着死亡。很可能他们就等着他这么做呢。

他脸朝桤木桥、背对堡垒站着。他正准备给自己一个期限，他还能这样站多久时，后面有人喊他的名字。一个女人的声音喊着："瓦尔特！"虽然恐惧像一团火焰射进他的脑子，他还是听出了这是女声。

他闪电一般转过身。

在那所谓堡垒的门口站着汪达，叉着腿，极其严肃，嘴巴坚定刚毅。她举着一支冲锋枪，枪管对着普罗斯卡。

"小松鼠。"他迷惑地结结巴巴地说，两只手从身上滑落下来。

"举起手！"她依然一脸严肃，命令道。

男子迷惑地听从她的命令。

"过来，"她说，"过来，到我跟前来。我要从近处看看你的眼睛。这你大概不会见怪吧。"她说话时，几乎没有张开嘴唇。她穿一条深蓝色布做的裤子，一件没有染色的、绷得紧紧的羊毛衫，对于她的身体，这羊毛衫与其说遮蔽得多，还不如说裸露得更多。她

投敌者

的头发包在帽子里，帽子的帽檐已经磨破，高高翘起。裤子有点短，和鞋之间露出一截光腿。

普罗斯卡站到她面前时，她把枪口对着他的胸口，说："冲锋枪的保险已经打开。你要放下手，我就扣扳机。"

普罗斯卡被她这张变得完全不同的脸惊呆了，哪敢违背她的命令。他确切地感到，只要他不服从她的话，她就会朝他开枪。

"你。"她轻声说。

普罗斯卡盯着她看。

"脱掉你的上衣。"她命令道。

他迟疑地照着做。

"衬衣也脱掉。——现在走近些。"

她把黑黑的枪口顶住他光光的肉，他摇晃着后退了两步。他胳膊发抖，腋窝出汗，流到了腰上。前额上粗大的血管暴起，两只脚火辣辣地发热，他一生中脚还从来没有这样热过。他后脖颈上感觉到太阳的力道。

"你就开枪吧。"他嘟哝道。

"干吗这么快。"她说。

"你到底要对我怎样？为什么我必须留在这里？你把别人支走，就为了可以痛痛快快地折磨我？"

"我要教你点什么。"她说。

"教我恨你。"

"恨和爱是同一个母亲。——我要教你一种感情。要让你感觉到，枪向你伸出它的手指，那是什么滋味。你看，我的枪对着你。这枪同样可以对着你的战友中的任何一个，但是，它似乎不想这么做。我看，它打算跟你做点特别的事情。"

"这都是什么意思！你扣扳机，结束这套把戏吧。谢天谢地，沃尔夫冈……"

"他挺好，"她打断他的话，"虽然他没有机会向你问候，但是……"

"他活着？"

"他活着，而且，正像我跟你说过的那样，他挺好。"

"你到底要对我怎样，汪达？"

"你打死了我的弟弟；就在我们分别后不久。我在远处听到了枪声。他中了 20 多发子弹。我们在一座小山包上找到了他，在一丛黑莓树丛后面。——肯定是你干的。"

"你的弟弟？"他问。

"是的，我的弟弟。"她把枪更有力地顶着他的胸脯。

普罗斯卡结巴了："我打死了——一个——不错。那是——我们见面的——同一天——不错。我记得很清楚——我当时很生气——很生他的气。"

"为什么？"汪达简短地问。

"他那么走着——很不小心——好像不是——在打仗——他看着——黑莓丛——戴着一朵花——一朵黄花——你的弟弟。那是你的弟弟吗？"

投敌者

"是的。"

"我的天——这我不知道——我哪里能——知道这个呢？你——没有跟我——说过。我当时一直希望——他停下来，你的弟弟——我心想——你倒是往回走啊。当时我就这么想。可是，他朝我——走过来。我只能开枪，汪达，否则，他就向我——我的天——要是我知道——他是你弟弟——"

"住嘴，"她命令道，"穿上衣服。"

他穿上衣服，她看着沼泽。然后，他又举着双手，站到她前面。

"我不会开枪打死你。"她说。

"你打算怎么对我？扣扳机吧，你没有看到，我等着子弹？"

她朝地上看，看见一只蜘蛛绝望地想爬过去，她抬起脚，等着蜘蛛爬进堡垒。

"你走吧，"她说，"走得远远的，走到我再也看不见你的地方。让我一个人待着，快，快走！到沼泽地去，或者你愿意去的什么地方。只要你离开我。"

普罗斯卡走下堡垒所在的山包，姑娘转过脸，抽泣起来。在桤木桥前，他回头看她，发现她摘下了帽子，前额靠在木头墙上，这时，他动摇了一会儿。

"我该回去吗？她在等我回去？不。我必须离开，我不能留在这儿。"

他继续往前走，身影变得越来越小。当他绕过杂树林的绿色凸出地带时，一个平民朝他走过来，命令他举起手。

9. Kapitel

第九章

普罗斯卡照着平民的命令举起手。他在前面走，没有试图转过身来，他执行每个命令，沉着，冷静。平民命令向右，他就拐向右边，没有一点暗中盘算，没有审视是否有逃跑的机会。他其实知道很多招数，能让看守他的人，一个闷闷不乐、动作笨拙的小伙子中招，但是，他知道这样做没有意义。

就这样，他们默默地行走在软软的土地上。那平民似乎要把普罗斯卡赶到河里去，因为他指挥着他正对着朝他们飘来那种纯净的、沁人心脾的气息，即河流气息的方向走去。这个行动笨拙的人散发出一股劣质烧酒的气味。他的左眼是瞎的，他在瞄准时用不着闭眼睛。冲锋枪蹭着他的短大衣。

到了河流跟前，普罗斯卡停住了，看看河水。他在河水里看到自己的脸和天空。这时，在他的肩上冒出游击队员的脑袋，他窥视一般看着他的倒影。

"你。"他说。

普罗斯卡把头转向一侧。

"什么事？"普罗斯卡问。

"继续走，一直顺着河走。"

"你想把我怎样？"

那动作笨拙的人笑笑，不说话。他像牧羊狗围着羊群那样，围着普罗斯卡转，一刻也不让他离开自己那只还健康的眼睛。

"我渴了。"助理员说。

游击队员指指河流。

"那里，"他说，"喝吧，水，那里水很多。"

普罗斯卡蹲下，挺直上身，喝水。他两只胳膊发抖，闭上眼睛，一口一口喝着凉凉的水，期间急促地一呼一吸。河水几乎没有什么味儿。

突然，他感到一只靴子踩到他的脖子上，把他往下压。他倒向一边，一侧肩膀湿了。平民站在他上面，示意他站起来。

"你！喝够了。继续走。"

普罗斯卡站起来，游击队员不由自主地后退了几步。他这样做完全出于本能，以便万一有什么突发情况，他有足够的距离既能观察全局，又有时间采取行动。杂树林里响起枪声。这小小的、连续的爆炸声终于把沼泽敲醒。惊吓的鸟从它们的窝里扑扑飞起。它们像黑色火星一样，从树梢间飞溅出来。河流是绿的，静静的。河水没有拍击河岸。

"继续走。"那动作笨拙的人说，虽然普罗斯卡压根儿没有停步。他这是预防性的命令，普罗斯卡在他前面走着，脑袋沉沉的，手背在后面，身体微微前倾。远处出现了铁路桥。桥拱的支柱发出微弱的光。他们走向桥梁。他们登上路堤。在他们脚下，几颗铺路石子动了一下，发出嘎嘎的声响。一个信号灯——一个安全架，提示可以通行。没有火车要过来。

普罗斯卡放慢脚步，看守他的人说："继续走。"普罗斯卡饿了。要是他现在抽烟，肯定会头晕。即使他不抽烟，他也会头晕。不过，现在还没有到那个地步。他现在还暂时只感到腿有点发软。

投敌者

普罗斯卡没有问，这平民今天是否吃过东西，他以为这恐怕是不言而喻的事。所有被看守的人都有这个毛病，总以为看守他们的人自然而然比他们过得好。

"站住！"游击队员命令道。他们来到了塔马施格罗德火车站的站房前。小房子很久没有粉刷了。房子只有一层。一扇窗户后面露出一张圆圆的、看着很顺眼的脸，这样一张脸给那些跟在他后面跑的孩子们带来快乐，因为它看起来滑稽可笑。这张脸的嘴唇上下翕动着，虽然没有声音传到外面，但普罗斯卡的看守人似乎明白了他说什么。他推了一把他的俘虏。

"往前走。"

门从里面开了，门缝里升起一张脸，像突然出现的月亮。脸依然还是圆鼓鼓的，但不再顺眼舒适了。普罗斯卡的脑袋嗡的一声悬到了酒精的云雾里。

"来。"月亮脸说。

"你，继续走。"另一个说。

普罗斯卡被带进一间空荡荡的办公室里。房间里放着四把椅子，每个房角一把。椅子面让铁路看管员和他的手下伙计的屁股打磨得光光亮亮的。一把椅子上坐着那个打了茨维索斯比尔斯基、打死阿尔玛的巨人。巨人在咀嚼什么，咽下嚼碎的东西，发出咯咯的声音。冲锋枪静静地放在椅子下。

他捏下一大块面包，扔进嘴里，就像钢铁工人把煤块扔进炉子的火口里一样。像这样的大家伙，普罗斯卡一生中还从未见过。月亮脸坐下，把普罗斯卡带进来的那个人也坐下。还空着一把椅子，但普罗斯卡没有勇气坐在上面。他继续站着。

他大约站在房间的中央，不知道这几个人中谁会第一个说话。要是那个巨人先说，他会觉得最合适。他给普罗斯卡的印象是，他是在真理之光中出生的，他相信这个巨人不歪曲，不说谎，不冷嘲热讽。诚实和二头肌的混合体，正派的幼稚简单和熊一样大力的混合体。

普罗斯卡等着，他的脚底板灼热。不耐烦帮不了他。不耐烦从来没有帮过他。普罗斯卡敬畏时间，还是孩子的时候，他就有一个特点，面对这个元素有一种下意识的谦恭。出于正当防卫的耐心。他的颈动脉急促地跳动。他伸出脖子，颈部肌肉拉长了，抽动停止。

月亮脸舔一张香烟纸，巨人把冲锋枪放到膝上，普罗斯卡的看守把他那只唯一的眼睛转到窗户上的十字桄架上。普罗斯卡觉得，房间里除了烧酒味，他还闻到了马的气味。也许是这个巨人发出的？普罗斯卡非常仔细地打量他。他审视这个庞然大物，一次独一无二的生育造成的非凡结果。可不，这个人完全可以散发出一匹马的气味。

月亮脸点燃香烟，对着普罗斯卡吐出烟，突然说："明天。今天不行。明天一早，雾气升上路堤时。明白？"

"不。"普罗斯卡说。他把手插进口袋，一句话出口，他马上变得有点随和起来。他一下子敢于这么做了，敢于把拳头插进口袋

投敌者

里。他在敌人面前隐藏起拳头，他很清楚为什么。普罗斯卡重复了一遍："不，不明白。"

"那好。"月亮脸说。他把肚子猛烈地撞向普罗斯卡，好像他要把他撞出个伤口似的。

"好。再说一遍：明天一早，一大早，你要脸朝铁路站好。其他人也脸朝铁路站好。一个人不要看自己怎么死。——明白？"

"是。"普罗斯卡说。他这个"是"说得干巴巴的，很随意，那语调如同有人问他是否收到一封信时回答的语调一样。

月亮脸抽的烟很差。那气味进入普罗斯卡的肺里，让他感到恶心。

"我们走了。Iutro[1]。"两个男人离开了房间。

一个角落里还坐着那个巨人，另一个角落里站着普罗斯卡。

"你，椅子。"巨人友好地说。

助理员坐下，伸出两条腿。他远远地靠到后面，闭上眼睛，突然又跳起来。

"你，椅子。"他的观察者天真而鼓励地说。

普罗斯卡迟疑地重又坐下，两只手紧紧抓住椅子的坐板。

巨人在他的角落里来回滑动。他向普罗斯卡扔过一声短促的、绝望的笑声。助理员接住他的笑声，回敬他一声笑。他们就这样拿笑当球玩着传球游戏。

"你们要拿我做什么？"普罗斯卡问。

---

1 波兰语，意为：明天。

"做？做向来都好。我做了很多。"

"我是说拿我！"普罗斯卡说，"你懂我的话？我想知道，你们想拿我做什么。"

"知道。"巨人重复了一遍，大笑起来，震得整个房间嗡嗡响。门被打开，一个赤脚男孩走进来，看看四周，在普罗斯卡的椅子前放下一个面包。接着他跑出去，拿着一罐牛奶又回来，同样放到普罗斯卡的脚前。

"吃，"巨人说，"吃，做，知道。"

普罗斯卡弯下腰，拿起面包。他匆匆地吃，匆匆地喝。他感到又有了力气。等他吃完，喝完，他问："你有香烟吗？"

"这儿。"巨人说。他伸手到口袋里拿，然后朝普罗斯卡伸出攥紧的拳头。普罗斯卡张开手，放到他的拳头下。巨人张开拳头，露出的是一颗子弹，一颗冲锋枪子弹。

"做。"巨人大笑起来，过一会儿说，"我，我叫波古米尔。"

两个男人再也没有可说的了。他们一点不知道彼此的情况，或者几乎一点也不知道。他们互相封闭自己。谁也没有因由，要向对方敞开心扉。也许他们做不到这一点，或者出于下述理由放弃这样做：他们要顾及一个原则。

"睡觉，"普罗斯卡想，"躺下，睡觉。谁也挡不住那个时刻。谁忍受不了它，最好就把它睡过头。这很便宜。这是战略懦弱。但是，有时它有用！"

他朝窗外看，太阳已经过了正中午，大大的，看那样子，仿佛

　　　　　投敌者

它无所不能。他想抽烟，一股静静的怒火传遍他的全身。他真想把那个巨人打倒。他紧紧攥着冲锋枪子弹，他的手心热了，潮湿了。"在铁路上。他们要枪杀我。当然，否则，他们还能拿我怎么办。明天早上，他们会把我带到铁路上。有一个人会举枪瞄准。我看不到谁瞄准我。"

普罗斯卡跳起来，巨人从迷迷糊糊的思考中惊醒，说："你！椅子！"

普罗斯卡不理他的话。他走向窗户，顺着铁轨看。两只强壮的大拳头一把抓住他，往回拽。他踉跄了一下，倒到地上。他心想："你，你让我安静，你。你让我安静，我也让你安静。我究竟对你做了什么？"——他大声嚷道："你要我怎么样？我究竟对你做了什么，你这条狗。你等着。"

他站起来，拍掉裤子上的灰，又转向巨人。"你别以为自己了不起。别觉得你是最强大的。比你还强大的人有的是。"

"椅子，坐。"巨人命令。

助理员顺从了。他顺从，因为顺从是他唯一的、最后的机会。他要是不顺从，他就不是现在这样了，巨人早就不费吹灰之力把他灭了。

下午晚一些的时候，普罗斯卡被一阵歌声吵醒。他把头转向窗户，仔细倾听。他刚才坐在椅子上睡着了，随后，歌声传进他的耳朵，把他从短暂的、恢复身心的昏睡状态中唤醒。他的脖颈发僵。他小心地揉揉脖子，眼睛始终盯着窗户，等着在外面唱歌的男人们。他们唱着一首没有终止的、显然欢快的歌，一首只有一个副歌的歌，因为普罗斯卡总是只听到那几个同样的词。虽然歌声逐渐远去，越来越轻，最后听不见了，但是普罗斯卡依然凝视着窗外，一直希望，他还会看见唱歌的人。他没有看到他们。一个女人手里提着一只新的锌桶，横穿过铁路。她头戴一块浅蓝色头巾。她也唱着歌，但是听不清。

暮色透过窗户流进空荡荡的站房。天凉快了。普罗斯卡又一次转过身，巨人慈父般朝他点点头。他点着头，心里想"这下你看到了吧"，或者"你终于看到，外面的世界不是给你的"。

接着，他站起来，伸展身体，打个哈欠。不声不响的静坐让他很疲乏。他跺跺脚，地板嘎吱嘎吱响。他抓住冲锋枪短短的、淡蓝色枪管，把它快速转动起来，房间里产生了一股气流。他突然在普罗斯卡面前停下。他朝下冲他微微一笑，一只手插进口袋。

"椅子。"他说，像孩子那样高兴，然后一下从口袋里拿出一个啤酒瓶，打开盖子，把它放到地上。瓶子散发出一股微酸的烧酒气味，充溢着整个房间。普罗斯卡不知道他该做什么。

巨人指指酒瓶，说："喝，喝。"

普罗斯卡摇摇头。他不能喝酒，此刻，光是酒味就已经让他感到恶心。他用脚尖把啤酒瓶往前推，小心翼翼地，免得酒瓶翻倒。酒瓶在地上的沙上推过时，他背上起了一层鸡皮疙瘩。

巨人弯下腰，拿起啤酒瓶，把它放到原先的位置上。普罗斯卡看着他的衬衣领口，那胸毛浓密的胸膛快速起伏着。他也看到脖子

投敌者

上那许多头发根部的小黑点，当他看见巨人的脸这么紧挨着他的靴子，不禁闪过一个念头：要是他朝着他的看守人的下巴狠狠踢上一脚，会发生什么事。不管怎样，他有了一支冲锋枪，一支冲锋枪加两匣子弹，怎么说也能跑出好长一段路吧。

波古米尔大概预感到，普罗斯卡在想什么，因为他突然使劲往后一跳，用怀疑和不自信的目光看着普罗斯卡。他依然保持蹲着的姿态，又一次指指啤酒瓶，不容拒绝地说："喝！"

普罗斯卡摇摇头拒绝，巨人一把打开冲锋枪的枪栓。普罗斯卡等了一会儿，什么也没有发生。他把头朝向窗户，看见太阳正在地平线上落下。什么事也没有发生。这时，波古米尔把冲锋枪放到椅子上，走近他的俘虏，把啤酒瓶塞到他的手里。现在普罗斯卡喝了。他咕咕咕地灌下热辣辣的白汤，放下瓶子，打个嗝，咂咂嘴，惬意地舒口气，接着继续灌。他的脸变了形。他头往后一扬，接着喝。他翻了翻眼，接着喝。他觉得，仿佛滚热的铅水流进他的喉咙，他不断哼出"哈""哎""噗"的声音。另一方面，喝酒似乎给他带来从未有过的舒服体验，他仿佛觉得，这次喝酒弥补了以往欠下的什么孽债。他每喝了一大口酒，就看看他的看守者，查看他脸上的表情。波古米尔高兴得不得了，任何怀疑和气恼都一扫而光。他的眼睛高兴得发光。他半张着嘴巴站在那里，下巴松弛，随时可以闭合，像等着干活的核桃夹子小人。

他胜利了。

他拍拍普罗斯卡的肩膀，一把拉过他，把他扔到椅子上，椅子腿发出吱吱的响声。普罗斯卡迷迷糊糊地笑起来，劣质烧酒把他弄得感觉不到疼痛。

"Ti，"巨人喊起来，"ti, jidschis, zo ia mam[1]。看我这儿有什么。看，我会什么。我这儿有什么。刀，闪亮的小刀。小刀能杀死大人。这不好。还有这儿，我这是什么？肌肉！我现在拿刀和肌肉做什么？看好了，我都能干什么。Ti paetsch lo[2]，看这儿，你这个软里吧唧的鸭毛，看看。"

波古米尔露出一只手臂，一只炉管粗的手臂，绷紧二头肌。他拧起眉毛，确信普罗斯卡真的在看他时，他举起小刀。小刀悬在他的粗壮的二头肌上，在上面几乎一米。

巨人最后一次审视小刀要落下的方向——他交替着看看锋利的刀尖和肌肉——然后，他露出满满的、慷慨激昂的微笑，松开夹着小刀的手指，放出等候多时的小刀。小刀飞快地掉下来，像一个成功的惊叹号，猛地掉到二头肌上，向上弹起一点，掉到地上。巨人挺起身子，开心地笑起来，普罗斯卡口齿不清地说：

"太棒了，好家伙。波古米尔，你是个投掷艺术家。太好了！我现在给你鼓掌。你听到了吗？你也能吞火吗？我认识一个，他能吞火。这个世界上有一大群艺术家，对吧？到处都有这类人，我们那儿也好，你们这儿也好。有香烟吗？你放到鼻子上吸一支，伙计。表演给我看看，你还会什么。要是我下个钟头得不到烟抽，那

---

1 波兰语，意为：你看，我有什么。
2 波兰语，意为：看这儿。

投敌者

我就死得太清心寡欲了。唷！你大概不理解我，对吧？你说说，波古米尔，你是真傻，还是装得这么傻。明天早上，他们多半要把我接走。——你该认识一下巴菲，他懂吞火什么的。我说什么呢！过来，兄弟，我要拥抱你。"

普罗斯卡微微摇晃着站起来，朝上伸出两只手，做出一个毫无希望的抓握动作，好像他要把天空抓下来，抓到站房里，把它留作他现在打算做的事情的证人。他伸着胳膊，跌跌撞撞地走向巨人，试图抱住他。但是，普罗斯卡一次也没有达到目的，那大块头总是避开，每次普罗斯卡接近他时，总是胸前挨一拳，被打得摔回去。

"波古米尔，"普罗斯卡结结巴巴地说，"过来，伙计，我只想拥抱你一次。我们是兄弟，你和我。我们可是互相依赖的。你在这儿，是因为我在这儿，我在这儿，是因为你在这儿。你送给我你的烧酒，我们彼此不会再对对方做什么手脚了！我不会开枪打你，你不会开枪打我。戏已经演完了，你为什么总把我推回去，啊？这叫怎么回事？我已经说过，我们是兄弟，波古米尔。我叫瓦尔特，兄弟。我要送给你我领子的防汗带。一切都白搭了。——斯坦尼，扎哈里亚斯，还有基里安上尉。过来！——噢！你这好斗的狗，对这一切，你都认为没有什么，是吗？你不想做我的兄弟？"

巨人用力把他推回去。普罗斯卡撞到墙上，一下蹲了下去，忧伤地朝上看。波古米尔开口说话，慢慢地，严肃地，冷冷地：

"你们一旦被打败，就要跟我们称兄道弟。这我们知道。你们需要别人饶恕了，你们要为肮脏的生命付出代价了，你们害怕了，这时你们讲兄弟情谊了。只要你们还是主子，哼……你们就不讲谦卑和怜悯。噢，这我们知道。你认为，我傻。你觉得，我理解不了你的话。这一切的一切，每一句话，每一个思想，我都非常清楚。但是，你的思想如此卑鄙，如此肮脏。我该拧断你的脖子，兄弟，所有被打败的人总是这么说。世界上没有比这更无耻、更拙劣的忏悔方式了。只要一说'兄弟'，就忘掉一切，怎么样？如果你手里拿着枪，也会跟我说兄弟？要是你受命看管我，会怎样？你肯定不会这样说。那样，你永远不会想起这两个字。如果你昨天对我说兄弟，想拥抱我，我会很高兴迎上来，但是今天我做不到。虽然我在这里，是因为你在这里，你在这里，因为我在这里。但是，如果我愿意，我可以把你带到铁路上，一枪打死你。你依靠着我，这不错，但是，我永远不会依靠你。你坐在你那个角落里别动，因为只要你一动，怒火就会一把攥住我，那你就完蛋了。你待在那儿，静静的，就好像你不存在一样，对你来说，这是目前最聪明的做法。"

巨人吐了一口痰，走到窗边。普罗斯卡一下子清醒了。他听到的这番话，不是在做梦。酒精想说服他，不要把波古米尔说的一切当真，把听到的话反弹回去，让它失去刻骨铭心的效用。但是，酒精产生的镇静之电流太弱了。普罗斯卡依旧躺在墙边，羞愧得脑袋发晕，双手防卫似的挡在脸前，仿佛他这样就能消除另一个人的存在。他对巨人的转变、跟他说话的方式，深感惊诧。他被弄糊涂了。

站房里只听得见两个男人的呼吸声。天黑了。黑暗来到他们中

投敌者

间，阻挡着他们，不让他们看见彼此的眼睛。这很好。黑暗围绕着、抚摸着他们的前额。黑暗挡住了白天的最后一块云彩。外面，土地翻倒了，向后倒到静谧之中。树木凝固成黑黑的一片，天空抹去了它的痕迹。没有哪只眼睛里还能看出模棱两可的神色。远成了近，远来到每个人身边。跟往常一样，月亮拴在链条上，像一只黄毛看门狗。

轨道之间的铺路石上响起脚步声。不一会儿，脚步声到了墙后，然后到了门口，门开了，一个男子往里张望。

"Dobrä noz[1]，"他轻声说，"Bogu, zo ti tem petschis? Bogu, hei。[2]"

波古米尔慢慢转向门口。他走了出去。

普罗斯卡抬起头，确认天已经黑了。那几个人在过道里谈话，声音从门口传进来。普罗斯卡无法区别他们的声音，但是他感到，他们是在谈他。他不想离开躺着的角落。这儿，他想，在一定程度上可以避开波古米尔的目光。

突然，有人碰到了他，一条腿擦到了他的耳朵，一只靴尖踢到了他的大腿，他像一条毛虫一样蜷缩起来。那个几乎被他绊倒的男子站住了，仔细倾听着，普罗斯卡一动不动。

"谁在这儿？"陌生人问。普罗斯卡吃了一惊，他熟悉这声音。他轻轻站起来，说："是，有人在这儿。"

---

1 波兰语，意为：晚安。
2 波兰语，意为：你看什么呢？波古，嗨！

"瓦尔特，是你？"

"是，沃尔夫冈。"

"我的天，你怎么……"

"轻一点，不要这么大声。——小面包，小伙子，过来，来，坐下。这儿，我站在墙边，给我手，小心！这里有一把椅子。安静，否则那个人马上就过来。"

"他不会再进来了。"

"你怎么知道？"

"他已经走了。"

"你亲眼所见？"

"是的。他走了，带我来的人现在坐在门口。门锁上了。"

"你这阵子到底在哪里，沃尔夫冈？我到处找你。我生你的气，因为我以为你自作主张跑了。后来我以为，他们把你干掉了。"

"你喝醉了，瓦尔特？"

"醉过！这儿是不是有股烧酒味？这我能想象。波古米尔给了我酒，这个……我不得不喝。"

"你知道，我们在哪儿吗？"

"当然，"普罗斯卡说，"这我自然知道。"

"那么，"沃尔夫冈严肃地问，"你知道，他们打算怎样对我们？"

"从哪儿知道？"普罗斯卡说，"他们对我没有说过这个。你知道点什么？"

投敌者

"不知道，但是，我能设想出来。"

"那你怎么想？——铁路？脸朝铁路？"

"也许。"

"你有烟吗？一个烟头就够，沃尔夫冈。我烟瘾犯了，我几乎挺不住了。如果我现在能有一支烟，他们怎么弄我都行。血会变稠，会到处堵。你有烟么？几个碎头就够。"

"我没有烟，"沃尔夫冈说，"即使我有，我也不会给你。你必须慢慢适应，变成一个不抽烟的人。而在这里，你有最好的机会——人们什么也不要求你做——"

"你就闭嘴吧，你，这样的回答，我自己也清楚。"

沃尔夫冈坐到普罗斯卡旁边的地上，下巴抵在膝盖上。

"你。"过了一会儿，普罗斯卡说。

小面包默不作声。

"现在一切都过去了，沃尔夫冈，一切都完了。我们回堡垒时，人家已经在等我们了。阿尔玛死了，其他人不知怎么样了——巴菲，茨维索斯比尔斯基，斯特奥夫，波佩克——我不知道。他们可能都不在世了。——我们两个还活着，但是，我不明白为什么。是偶然？是幸运？你为什么不回答我一个字？你，你聋了？我在跟你说话。"

"我认真听着呢。"沃尔夫冈说。

"你这样叫听，那树也在听。"

"这还不够？"

"你别这样装样子。你还是跟我说说，你怎么到这儿来的吧。"

"好，"沃尔夫冈说，"我给你讲讲。你什么都能听到，我一点不落下。你听了后，还觉得你一定得打死我，那就可以打死我。我也许不会试图反抗。"

普罗斯卡笑起来。他捅了沃尔夫冈一下，笑了。但是，他心里并不觉得很舒服。

沃尔夫冈开始讲述："我逃走了，因为我在你们那儿再也受不了啦。你们作为一个个单个的人，我还能忍受，但是你们作为组织起来的、有义务意识的德国人，我忍受不了。我知道，你们几乎所有人都不情愿待在堡垒里，我也知道，你们想家，你们恨那些派你们到这里来的人，以及先于你们到这里的人。从一方面看，人们可以正当地恨，但是，如果一个人被迫向两个方向恨，那么，他就得承认，他陷入了一个自作自受的困境中。德国人把自我否定推到极致，以致他们把一个深渊只看作是针对别人的危险。"

"你讲讲，你都到哪儿待着了？"普罗斯卡不耐烦地打断他的话。

"我到哪儿去了？我跑了，快速地跑了，不让你看见我，不让你们中任何人能阻挡我。我直接跑到他们那边去了。"

"谁是他们？"

"你清楚得很，我指的是谁，你还问什么？"

"你跑到平民那里，跑到游击队员那里。"

"是。游击队员把我带到一个军官那里。显然，他很长时间以来在指导他们的行动。他穿着制服，说德语。他知道我们所有人的名字，我觉得他好像对我有点同情。当然，这一点我不想断定。我马上问他，他对你是否知道点什么，他说，他不认识你个人。另外，出乎我的意料，他对我很友好。"

"因此，他把你关到这里？"

"他明天也许让人把我接走。他提到过这一点。——他们是跟我们一样的人，鞋匠、农民、木匠。他们中同样也有穷鬼，跟我们这里一样。而且我也看到，跟我们一样，他们有时也发抖，同样怀揣一堆愿望。——你为什么一句话不说，普罗斯卡？你现在沉默不语，也许让你高兴，是不是？你想拿你的沉默勒索我，对吧？我是个投敌者，是猪猡，是叛徒，你是不是不想说这个？——沉默的虐待是最残酷的虐待。"

"你接着讲。"普罗斯卡说。

"没有太多可讲的了。我大概会……"

沃尔夫冈中断了讲述。窗前出现一个脑袋的侧影。那脑袋移动得出奇的平稳，从左向右，好像有人把它放在杆子上庄严地抬过似的。

"第二个岗哨。"普罗斯卡低声说，"我猜想，我们对他们来说并不是无所谓。门外有另一个人。"

那脑袋又出现了，悄无声息地、有规律地运行在它的轨道上。

"我们会习惯的。——你刚才想说什么，沃尔夫冈？"

"他能听见我说话。"

"你害怕这个脑袋？"

"不。"

"那好，讲吧。"

"我是自愿给他们送上门的。也许他们会用到我。"沃尔夫冈咽了一口口水，"不作为的、被动的和平主义是没有生殖能力的幽灵。谁如果总是只说，我反对战争，而说完就完，什么也不做，不去消除战争，谁就只能进和平主义博物馆。我们必须采取一种积极和平主义的方式，即恰恰在这种情况下有采取严肃而断然行动的意愿。仅仅致力于思考等于什么也没有做。假如我们想过喜庆的生活，我们就必须承受一种积极的生活。谁在检验世界的价值？是你，只有你自己。只有在每个个体人的意识中，事物才获得并保持它们的价值。道德动机始终是个体人的事情。我们终究应该把我们的力量用来准备建立一个我们在其中能得到安全的未来。"

普罗斯卡说："你这是转变方向。你掉头了。你知道，这叫什么？"

"我一直走在更大苦难的道路上。"

"你现在也还在折磨自己？"

窗外的脑袋又像在一条滑轨上一样滑过去，沃尔夫冈看着那脑袋，回答："痛苦从不会停止，它将永远陪伴着我。但是，当有一天我们被问及，我们，你和我以及所有的人，为了那伟大的向往的目的做了什么时，我无须在角落里罚站。"

"你说的向往的目的指什么？一个没有消化道不适的生活？"

投敌者

"你的嘲讽很蹩脚，瓦尔特，但是没有传染性。有传染性的是民族主义的怨恨。这种怨恨是德国傲慢之根，那该诅咒的天之骄子优越感之源。"

"原来如此，原来如此。"

"你对此怀疑？"

"你原来掉转枪口了。你问也不问一声，就背弃了你的战友。"

"战友？让我告诉你，没有同情就没有友情。关于这一点，我们不必再费口舌。"

"你听着，小面包。我知道，你脑子里有墨水，但是你听我说下面这句话：一个人如果跟同伴约定了什么，他就得遵守。你把我一个人晾在桥边，自己跑了。你想过没有，我们曾经有过什么约定？你是犹大。"

"是，"沃尔夫冈说，"我是一个犹大。我是因为你变成犹大的。我跑了，因为我不想影响你。——即使可能给人这样一个假象，我以我的背叛给别人造成损害，那么以后总会有一天表明，我终究是为了他们好这么做的。你可是了解我的，瓦尔特，你应该清楚，我这么做带来的好处大于坏处。因为我同情他们，所以我背叛了他们。而你——你有权利，向我吐唾沫。"

"要是我向你吐唾沫，你肯定会像一块烧红的石头那样嗞嗞发响。你会痛苦得烧起来，伙计。到时候你的脸颊上恐怕可以热罐头了。"

"要是你有什么罐头，你就这么做好了。"沃尔夫冈的回话里既有忧伤，也有苦涩。他希望，这黑夜永无止境，永远这么黑暗。

他们的沉默在房间里互相交错，沉默把他们引向一个看不见的交叉点。

"瓦尔特，"沃尔夫冈突然说，"你跟我说老实话：如果我们出生在这沼泽地，我们今天也是游击队员，你说是不是？——但是，难道我们不一直是游击队员吗？难道我们大家不都有一个倾向，把不合法看作合法？难道我们不一直认为，在某些情况下有两种不同的法律？人们可以通过两种不同道路获得赦罪？"

"他们明天要把我们带到铁路上。"普罗斯卡说。

"他们不会枪杀我们。"

一种有节奏的、令人不安的恐惧突然笼罩在他们身上。两个男人坐着，等着。他们彼此看不见，但是他们知道，他们挨得很近，在巨大的夜空下挨得很近，而且两人都有一种安全感。谁也不想睡觉。他们累死了，两个人都累死了，但是谁也没有想到睡觉，把肉体和可怜的、带来痛苦的思想一并舒展一番，谁也没有想到要这样做，因为即使试着睡觉，也只能是毫无希望的尝试。两个士兵，两团活生生的生命，默默地挨着蹲在一起，像钟塔指针上的鸽子。指针虽然走得很慢，让人察觉不到，但是指针在走，这两个有阅历的男人正在做准备，准备好跳下去，翻下去，跳到种种决定的深谷里。他们在准备决定，准备所有活动的开端。他们互相之间很近。这要是搁到以前，他们会觉得无所谓，以前，他们从未有过与此相同的感觉，而现在，哪怕那肮脏的灰色衬衣也分不开他们。他们是

投敌者

如此的近，以致他们可以把另一人当成自己。好战友。

到了夜深时，普罗斯卡说起话来。他说得不多。他摸索着靠近沃尔夫冈，温柔地抚摸了一下他窄窄的、下垂的肩膀，可以说，他这样抚摸时带着一种不可言说的温柔，然后他说：

"沃尔夫冈，我们始终在一起。你可以信赖我。我能经受得住。如果你明天跟军官谈话——这是可能的，是不是？——那你就跟他说，我会帮助他们，消灭那帮家伙。他该给我任务，你告诉那军官，沃尔夫冈，好吗？"

10. Kapitel

第十章

下午下起雨来。雨水打到他们的防水篷布上，每走一步，他们都使劲向前甩一下脚，把粘在鞋底边上的泥块甩掉。他们只能弯着腰缓慢前进，呼吸很吃力。他们默默地磕磕碰碰地走过一片田野，经过一个个积着薄薄一层泥水的水坑。普罗斯卡在后，军官在前。军官年纪轻轻的，胡子刮得光光的。战争还没有兑现它的所有希望，这在他身上可以看出。普罗斯卡在执行他的第一个任务。他改换了战线。

忍受着饥饿的折磨，他们在一个山谷盆地的边缘停下。身后响起暴风雨沉闷的声音，他们互相看了一眼。雨水打到脸上，他们不得不闭上眼睛。地平线几乎推进到他们身边。山谷盆地上长着幼小的桦树，密密麻麻地紧挨在一起，这些树因空气潮湿，泛出微弱的光。

"来。"军官说。

他们全神贯注地走近一幢芦苇盖顶的房子——那房子的芦苇帽远远地挂下来，好像它与世界毫无关系似的——军官从挂在腰带上的袋里抽出一支小小的手枪。

院子的一面是正房，另一面是破败的厩房，院子里放着两辆停在一起的手推车，一张犁，一个生锈的耙子，一个低矮的劈柴墩，上头插着一把斧头。厩房的顶已经损坏，雨水漏进屋里。正房的窗户斜嵌在墙里，里面刷了石灰。军官指指斧头，说："去把那玩意儿拿来。"

普罗斯卡试图拔出斧头，但是没有拔出来。在一旁看着的军官亲自走过去，穿着靴子的脚从上往下朝着斧头把，猛地一下踹下去，同时跳向一边，免得让掉下的斧头砸了自己的脚。

"拿着斧头，来。我看，这儿我们能找到火腿。老壁炉从来都不会空无一物。"

军官一把推开只是虚掩着的门，门撞到墙上，铰链嘎嘎地响。蜘蛛网断了，过道前扬起灰尘，那过道不过两副棺材的底那么大。一个钉子上挂着一件破旧的深蓝色短上衣，衣兜向外翻着。衣服下面，踩得结结实实的泥地上散落着树叶、面包渣、烟丝末，这些东西看来原本是放在衣服口袋里的。一面墙上靠着一个破破烂烂的担架。

"我闻到点什么。"军官说。

他打开从过道通往房间的两道门中的一道。一股浓烈的臭气冲他们飘过来。普罗斯卡从军官的肩膀上朝前看，除了刷了石灰的窗户，他暂时什么也看不见。

"来。"军官轻轻地说。

普罗斯卡检查房间，突然发出一声轻轻的惊叫。他扔下斧头，抬起双手挡住脸。军官捂住鼻子，拿出一块手绢，一边把帽子往后推到脖梗上，一边用手绢擦着湿乎乎的前额。

他们现在待的房间肯定不久前曾用作临时手术室。墙边放着两张桌子，桌子边挂着带子。伤员必须马上手术时，会被这些带子紧紧捆绑住。痛苦的喊叫声和呻吟声仿佛还悬浮在房梁下。

普罗斯卡喊道："看这儿，看这个角落！这儿有一条锯下的腿，还有两只手，啊，还有不少脚，在一只……"

"……脚上还穿着靴子。"军官接着普罗斯卡的话说。他突然显得很苍老。

雨水仿佛一支疲惫的冲锋枪，击打着窗玻璃。

晚上，他们用肉填饱了肚子。雨停了。雾气从草地、田野、荒凉的弹坑和水沟升起，残酷的夜晚之雾。他们坐在公路的排水沟里，瑟瑟发抖。他们吃饱了。军官在一辆炸坏的坦克里找到了罐头和烤面包片。他们默默地吃了饭，然后抽了烟。抽完烟，他们继续前行，他们很默契地从坐着吃饭的一棵断裂的树干上同时站起来，往前走。

雷暴没有停止肆虐。它让西边的地平线微微发红。两个士兵不时朝那边转过头，仔细倾听着。

时间一分一秒朝他们滴落下来。在那后面，在那雷暴肆虐的地方，炮弹飞过来钻进土里，于是一片树木炸成碎片，于是钢铁像刮胡子一样把生命从地上刮掉。于是各种碎片飞向空中，于是高高溅起的土块啪啪地掉进小水坑，于是躯体倏忽变成乌有，于是死神站在流水线旁。就在那后面，雷暴下面。

普罗斯卡想："沃尔夫冈现在也许睡觉了；我明天中午会见到他，打饭时。他比这个军官还年轻，还年轻，更年轻。更年轻？这儿没有年轻人了。他们都有一个职业，所有人都有一个职业，杀人和死亡。——他还没有跟我说过，我们今晚要干什么。现在也还有时间。——裹脚布湿透了。——茨维索斯比尔斯基会在什么地方？

暂时我还不用开枪，暂时。如果我不得不自卫，我会自卫。说了一，就必定得说二。我已经说了一啦……"

军官一下跳起来。两道探照灯光柱扫过公路交叉路口。光柱忽而抬起，忽而下降，有时扫过公路两旁间距不规则的树木。

军官爬出水沟，叉开两条腿，站到公路上，看着快速开过来的汽车。

他慢慢抬起手。探照灯变暗，完全熄灭。刹车被拉动，汽车停下。普罗斯卡好像听见一扇门轻轻打开，军官和司机说话。

"来，上车。"军官喊道。

助理员站起来，拿着他的枪，从后面挤进车里，把枪放到膝盖上。发动机隆隆响起，汽车开近光灯继续行驶。

普罗斯卡发现，他的胸前有一个钢铁做的箱子。他认为那是无线电收发机。他朝前看，看见两个脑袋的侧影；军官和司机互不说话。汽车往前开，雷暴越来越强烈。汽车松动的玻璃窗因空气的压力而震响。司机关掉前灯，减慢速度。刚刚钻出云层的月亮从一侧照进车里，在普罗斯卡右脸上蒙上一层微弱的光。

突然，汽车停住。一扇前车门从外面打开，一个脑袋和一个宽宽的肩膀伸进车里。

军官对来人耳语了几句，他应答一声"好"。两人又轻轻地交谈了几句。然后军官命令道："接着走。"

人影影影绰绰掠过公路，然后又消失。他们有的从公路排水沟里冒出，有的从树干后跳出。一队影子般来来去去的人流，幽灵一

投敌者

般，好像来自另一个世界。

"开慢点。"军官命令。

普罗斯卡听见了司机换挡的声音；发动机"嗡嗡"叫了一声，然后汽车开始低速行驶。

普罗斯卡旁边的座位上放着一只箱子，近似正方形，是一只唱片箱。

附近发生一起爆炸，汽车失去控制，摇晃起来。一扇门开了，军官几乎被甩出去，他又关上车门。普罗斯卡浑身发抖。他紧紧抓住枪，虽然他知道用不着枪，拿枪也不会让他感觉轻松些。公路两旁的田野上，火光越来越频繁。被释放的钢铁在寻找生命，寻找最后的呼吸。士兵们把自由交还钢铁。他们喘息着，呼喊着，拖拽着，把新的钢铁填塞进大炮的喉咙。士兵们扑倒到地上——怀着对钢铁的恐惧，对钢铁的希望。

在一个农家庄园前，军官命令停车。每次炮响，车里就非常明亮，普罗斯卡能看清他的武器瞄准器上的数字。他只盯着他的瞄准器，他不看外面。他们头上是隆隆隆的死亡问候声，沉甸甸的问候，面对这样的问候，人们无法置之不理，无法随便接受。

钢铁拳头把地平线变成了一个旋转木马。

"十一点。"军官看了一眼手表说。枪炮声现在变得稀少了一些，这里或那里升起一颗照明弹。周围变得一片寂静，反常得像在地狱。钢铁炮管沉寂后，炮弹的呼啸声还在空中回响，然后也慢慢停止了。农庄后面很远的地方，不时响起冲锋枪的射击声，但是间隔很大，而且听起来也跟知了的鸣唱一样，没有危险。

"到院子里去。"军官说。

司机把车开向院子，避开最后一刻才看到的一个水泵，经过一个长长的农家空库房，在一道板条篱笆边停下。

"好了。"军官说。

他转过身，打开普罗斯卡以为是无线电收发机的铁盒子。一根杆"咔嚓"一声卡进去，支住盖子。军官操作一个个电钮和按键，忽而"吱吱"，忽而"嘎嘎"地发出声响，然后，这几个男人头上的车顶响起均匀而高强的嗡嗡声。

"打开箱子，"军官轻声说，"给我一张唱片，随便哪一张都行。座位下面有一个小灯泡，你摸到了吗？"

"摸到了。"

"把那东西往右拧，你看看那唱片叫什么名字。"

"到——我的——爱情——之亭来。"普罗斯卡把唱片靠近放到电灯泡下，一个字母一个字母地拼读着。

"给我。"

军官把唱片放进铁盒子，把唱针摇臂转到唱片上。他从一个支架上取下一个话筒，用手拍了好几次，又对着它吹了几次气，扩大好多倍的声音从车顶朝他们传下来，这时，他把话筒对着自己的嘴巴，说道："晚上好！"

普罗斯卡听见被电放大了十倍的声音，大吃一惊。

军官继续说："现在请大家安静，听我向你们问候。第 6 团的

投敌者

士兵们：一个兄弟在跟你们说话。快结束战争，到我们这边来——或者回家去！你们之前从事什么职业？钳工、裁缝、木工、职员！你们知道，你们在向谁开枪？你们在向钳工、裁缝、职员开枪。军服改变不了内心。从你们的壕沟里爬出来，扔掉枪支。好好看看天空，这宁静的夜空。你们有没有想起什么？你们在挨冻，没有烟抽，没有饭吃。但是，你们的团长施拉赫特茨，想吃多少就有多少，想喝多少就有多少。他在慕尼黑的妻子上个星期收到九个包裹——装着你们的香烟。——现在我已经说得太多了——我们要送给你们一场小小的夜间音乐会。你们听着音乐，肯定能更好地回忆起家乡故里。子弹让人腿软，音乐让人心软。现在听第一张唱片：到我的爱情之亭来。祝你们晚上好，收听愉快。"

军官把话筒放回支架上，把唱针放到唱片边上。唱片开始转动，留声机把一首流行歌曲送进这伺伏的、胀得满满的宁静中，送进这成熟的、满得要胀破的秋夜宁静中。第6团的士兵们从烂泥里伸出脑袋，倾听着。他们用手背擦擦肮脏的胡子茬，利用这点间歇时间撒尿，或者藏在爬满虱子的大衣后贪婪地抽个烟头。那边的男人们熟悉这一套。

军官冲着话筒说话时，普罗斯卡抽出一张新的唱片。军官这次简短了一些，他只说："为了不至于走神，弟兄们，我不得不建议你们，掐灭你们的香烟。下一张唱片的时间要长一些。这是出自上帝自己的制作室的一部纪录片：15分钟剧烈的大炮轰鸣。愿你们好好接收。"

司机从开着的车窗里射出一颗照明弹。闪着绿光的子弹斜飞向高空，无声地在空中悬了片刻，然后向大地倾泻下一抹微弱的光，在下降时熄灭了。过不多久，满载负荷的宁静爆炸了；隆隆的炮声，剧烈、沉重的爆炸声，对这宁静而言，仿佛意味着放血。炮弹密集地一个接一个沿着弹道线飞过，打到地上，深深地钻进土里，把弹坑周边的一切：草、树枝、污泥、垃圾、秸秆、石头、树根、水、士兵，统统抛到空中，炸得四分五裂。如果不是整个士兵被炸弹毫不费力地旋转着抛到空中，那么就是他们的某部分躯体被抛向空中：被爆裂的钢铁轻易地从他们躯体上扯下来的四肢或其他某一部分。水柱从炸得千疮百孔的地里升腾起，发出沉闷的声音。贴着地面，弹片快速而阴险地掠过。在这儿或那儿不时有人喊叫，有人喉咙里发出临死时的呼噜声，有人呻吟。有人突然手没了，有人鲜血涌到嘴里，有人断了一根血管，有人还没来得及看清什么，他的脸突然就没了。

"下一张唱片。"军官说。普罗斯卡递给他要的唱片。

"你们抱成一团，弟兄们，到我们这边来！你们现在可以考虑一下。我们给上一张唱片的幸存者放送一张新片，名字叫《老战友》。一会儿再见，祝你们收听愉快。"

唱针吱吱地划过细细的沟纹，唤醒刻在塑料里的旋律。扩音器放大声音，送进寂静的空气中。突然刮起一阵风，把乐声带走。

普罗斯卡后脑勺开始疼痛，而且辐射到了左前额，他现在无暇他顾。他用手压住额头，疼痛一点没有消减。他感觉到那一下一下折磨人的敲击扩散到了鼻根，让他轻微眩晕起来。普罗斯卡想：
"这张唱片放完后，我要问问他，我能不能离开汽车一会儿……我
坚持不下去了……玛丽亚有时也头疼得很厉害……这大概是我们家
族的原因……他为什么用这么嘲讽的口气跟那些人说话？……他们
现在终究还是我们的战友……用嘲讽不能说服任何人……而我们
要做的除了说服，还是说服……在我身上，药片还从未有过什么效
果……"

普罗斯卡想到这里，把手从额头上放下，头疼突然忘掉了。

他挺起上身，倾听着。

一堵墙，一道充满各种喊叫声的地平线向他们涌过来，快速、
持续。枪口、炮口在千百个地方发射出闪亮的火舌，此起彼伏。扩
音器太弱了，无法压过武器发出的轰隆隆的震响。

"撤，"军官吼道，"快走！"

发动机发动了。紧挨着他们身边响起一挺冲锋枪的哒哒声。子
弹吱吱响着，射进汽车的金属车身，两块玻璃碎裂了。篱笆附近爆
炸了一颗手榴弹，汽车里可以感到爆炸的气流。"他们到跟前了。"
军官呻吟道。普罗斯卡把冲锋枪伸到窗外，打光了一匣子弹。他
马上得到回敬！他现在拿拳头打了一下司机的后背，吼道："快走，
伙计！这该死的汽车怎么了？"他把头往前倾，好像要通过这个姿
势提高汽车的速度似的。附近有人喊。普罗斯卡听得很清楚。"继
续向前！""不要停留！""到这儿来！"还有"那些猪猡肯定在院
子里"。

"快开车！"普罗斯卡绝望地喊。

汽车跳动了一下，震动因弹簧而减弱，司机喘着粗气，强行绕过水泵，冲下狭窄的上坡车道。

"再快点，"普罗斯卡喊道，"他们会截断我们的路，那时可就……"

"嘟嘟嘟"，枪声打断了他的话，子弹射进汽车里。

汽车来到宽阔的公路上，加快了速度。公路两旁的田野上，处处迸发出火光，这是封锁火网。

喊叫声和卡宾枪刺痛神经的哒哒声渐渐减弱，最后听不见了，汽车又行驶了几分钟，普罗斯卡又只听见远处低沉的隆隆声和呼啸声。司机像个机器人那样坐在驾驶盘前，不说话，也不回头。普罗斯卡精疲力竭地向后靠到椅背上。他又头痛起来，感到脑门后一阵阵钻心的疼痛。夜晚凉爽的空气从破裂的车窗吹进来，也未能减轻他的疼痛。军官瘫坐在他的座位上。唱片还一直在吱吱呀呀空转，他也不管了。

在一幢农舍前，司机停下了车。他和普罗斯卡下车。军官一动不动，仍旧坐着。普罗斯卡离开汽车，走出去几步，看着司机怎样试图强行打开军官坐的那一排的车窗。车子遭到射击时，门锁肯定损坏了。

普罗斯卡感到奇怪，军官为什么不从另一侧下车，要是他，早就那样做了。

这时，司机砸开了锁，开了门。在门开的一刹那，军官从车

投敌者

里翻滚出来，头朝下重重摔倒在地上，就那样扭曲着躯体，躺在地上。

"你！"司机喊道。

普罗斯卡走过去，朝躺着的人弯下腰，发现他的脖子和脑袋中了好多枪。

"抓住这儿。"司机说。

他们一起把军官拖进农舍，在过道里放下。

"你有火柴吗？"

"有。"普罗斯卡说。

他在黑暗中感觉到司机的手从他的手指间拿过火柴。一根火柴擦亮了。火柴立刻从司机手里掉下，落到已死军官的胸口上。

11. Kapitel

第十一章

仓库里很静，虽然有时一个士兵在睡眠中翻身，草堆里弄出一点簌簌的声响，但这是仓库里唯一的声音了。普罗斯卡躺在紧挨门口的地方。他执行第一次任务后在休整。他躺的地方草是湿的，于是他把本想用来当被子盖的防水篷布铺在下面当垫子。斜对着他的头上面有一条缝，潮湿的雾气从缝里吹进仓库。他只要抬头，就能清清楚楚看见那条缝；即使不抬头，他也能感觉到它的存在，因为他伸出手，就能感觉到一股凉风。仓库里并不比外面田野里温暖多少。但是，在这里多少能挡点雨。

这就是现在的生活，另一边的人必须忍受的生活。和以前一样灰色，一点儿不比以前好。当然比以往好一点，这一点普罗斯卡也注意到了。比如他遇到的伤员，他们虽然忍受着痛苦，却因胜利而高兴。他们知道，他们看见了，战事在继续，在向前推进。后援部队的战友冲他们说着俏皮话。地平线是灰色的，脸是灰色的，毁灭是灰色的，地是灰色的，但是，情绪的标杆显示向上。

还挺立在那里的树木落叶了。光秃秃的树枝伸向天空，裸露着，奇特得像被舔噬过一样。秋天。思想和良心的秋天[1]。

仓库后面有一辆被打坏的坦克，车顶窗口挂着一只手：进入秋天的信号[2]。

大门轻轻开了，一支手电筒亮了起来。光线从普罗斯卡身上晃

---

1 思想和良心的秋天，春天和夏天意味着出生、发育和生长，秋天则喻示冬天就要来临，是败落、死亡。在这肃杀的秋天，思想和良心在经受煎熬，秋天是结算的时候。
2 进入秋天的信号，坦克车顶窗口挂着阵亡士兵的手，是一个信号，喻示德国正走向失败和毁灭。

过后停留在他的附近，接着照在他身上熄灭了。然后，普罗斯卡听见有脚步声向他走过来。一个士兵朝他弯下腰，是那个哨兵，普罗斯卡从他的施瓦本[1]方言听出是他。

"你可是普罗斯卡吧，嗯？"他问。

"是。发生了什么事？"

"有人让我跟你说点什么。能出来一下吗？"

普罗斯卡起身，跟着哨兵走出仓库。

风呼呼地吹到他身上；那男子把领子高高卷起，两手插进裤兜，在原地踏了几步。

"好，我这就说。"哨兵说，嘴巴凑近普罗斯卡的耳朵。他劝说了很长，声音轻轻的；他跟普罗斯卡说得越久，就越觉得他在仓库外面的时间不再是度日如年。在岗哨上，即使哑巴也渴望和人交谈。哨兵说得越久，普罗斯卡就越不耐烦。他常常朝孤寂的疗养公园看，只有半只耳朵听着哨兵说话。然后他就走开了。他让哨兵一个人留在那里，自己沿着田野走过去。普罗斯卡身体前倾，他的脑袋始终比两条腿超前一小段，两条腿努力紧跟脑袋。一条田间小路引他走上一条公路，他顺着公路直奔疗养公园。疗养公园的树木放下了它们骄傲的身姿。这些大炮特别关照过的树木给人这样的印象：它们恐怕再也无法从这创伤中康复了。被削掉一半的树冠像巨大的枝条扫帚，悬挂在荒芜的道路上，原先喜欢在这儿筑巢落户的野鸽再也不敢回到这里。——疗养院的残垣断壁还散发着烟味。楼

---

[1] 施瓦本，在德国西南部，在巴登 - 符腾堡州和巴伐利亚州境内。

投敌者

顶和两面侧墙倒塌了，把宽大的舞厅地面以及它上面的一切埋到了下面。只有一个小阳台上还跟以前那样放着一些折叠椅，椅子的白色油漆都已经剥落。可不是吗，已经很长时间没有人到这儿来坐坐了。

普罗斯卡绕了一圈疗养院废墟，瞥了一眼小阳台。他兴奋得前额上青筋暴起：一把折叠椅上坐着一个人，背对着他。

他坚定地走上阳台，说："嗨！"

那人站起身，朝他走来，好像他用话语当诱饵，把他引诱过来似的。

"瓦尔特！"

这几个字听起来像轻轻的、不确定的、温柔的召唤。普罗斯卡不禁倒退了一步。

"汪达！"他惊讶地喊道，"我的上帝，真的是你吗？"

他迎着她走过去，一把拉过她，紧紧贴到自己身上，一双大手抱住她的后脑，把它凑到脖子上。他一次又一次地热吻她被空气弄湿的头发。

风好像要到疗养院废墟里寻找什么东西，在一堆石头上掀起一个罐头盒，把它抛到空中。风不间断地透过裂缝刮进来。它一再登上还耸立在那里的侧墙，发出失望的嚎叫。

普罗斯卡的胳膊抱住姑娘的腰，把粗重的大衣布料压得紧贴着她的身体。

"来，"他说，"太冷了，我们坐到这堵墙后面去，你冻得慌吧？"

"不。"她说，让他拉着走过去。

他们在墙后避风处的两块干燥的石板上坐下。汪达收起两条腿，把膝盖紧贴着胸脯，把大衣下摆的贴边夹到脚尖下面。

"现在，我可以坚持到明天早晨了。"她说。

"你是怎么找到我的？"他问。

"找到你很不容易。"

"你是怎么来到这儿的？"

"你会回来吗？"她问。

"回哪儿？"

"回到我这儿。到塔马施格罗德。我跟那里的人讲了很多你的事。他们都是好人。那都是穷苦人。你当时说过，我们……你还记得这事吗？"

"记得，汪达，而且会做到的。可现在我还不能回去。"

"为什么？"

"我向他们做了承诺，小松鼠，我在文件上签了字。沃尔夫冈也这样做了。我现在站在你们一边。战争还没有结束。每个钟头都有几个人死去，都是穷苦的老实小伙子。相信我的话，按自己的意愿，他们一个个都更想活下去。但是，他们却不能活下去，因为有一个可恶的团伙，他们……"

"什么是'团伙'？"汪达打断他的话。

"如果一个坏人力量太弱，他就寻找别的坏人。世界上最好的默契存在于坏人之间，因为恶不容误解。——关于真理，大家可以

投敌者

争论，汪达，还有关于死亡，就像沃尔夫冈说的那样，也可以争论，但是恶就是恶，恶不可能是别的什么。因此，这伙人互相非常默契，因此，他们对那些不得不为他们去死的人毫无怜悯之心。"

"你到底什么时候回到塔马施格罗德？"

"等坏人都入了土。"

"这要到什么时候？"

"这无法预料。但是，我们越强大，他们就越早消失。"

"如果坏人比你们这些男人更强呢？"

"坏人只是表面强大。我们要杀死他们，就得击中他们内心。"

"这我不懂。"

"你很快就会明白。"

他们不说话了，他扔掉烟头，握住她的手，用自己的手把她的手搓热。月亮从云层里冒出片刻，闷闷不乐地朝下看一眼他们两人。只有当黑压压、低空快速飞过天空的云彩给它提供一点机会时，它才能展露一下面容。

过了一会儿，普罗斯卡说："你忘记了吗？"

"忘记什么？"

"你弟弟的不幸？——我离开堡垒时，我看见你哭了。"

她没有回答。

"你知道，"他问，"波佩克和下士在哪儿吗？"

汪达摇摇头。

"我不想折磨你，小松鼠。我问你这个，你可不要生我的气。"

她闭上眼睛，用手捋了一下他一缕一缕的头发。她的嘴角微微颤动。

"你。"她说。

"你没有哭吧，汪达？"

"没有。"

"你会等我吗？我总有一天回来。"

"我等你。我会等，我能等。我每天都会想你。"

"我的小松鼠。"

"你。"

"我回来时，你也许在睡觉。那时，我不会马上唤醒你，而是站在你床边，看着你的脸，你会突然觉得有人在看你，然后你睁开眼睛，先是惊奇地看着我。然后，你露出笑容，从被窝里伸出暖暖的手臂，拥抱我。"

"会有这一天吗？"

"会，"他说，"会这样。如果我回来时，你不是在睡觉，你也许到普罗乌斯克火车站等我。你会很高兴，朝我招手，而我则会问：我能跟你一起乘车走吗？我只想到沼泽。如果你愿意，我可以付钱给你。——这时，你会怎么说，小松鼠？"

"我会威胁你。"

"你听着，我可以现在就起来，跟你乘车到塔马施格罗德。"

"或者走着去。"她说。

"走这么长的路，对我来说不算什么。"

242

"路被泡软了……"

"那又怎样？我们正好可以滑回家。"

他们紧紧地手拉着手，好像再也没有东西能把他们分开了，对他们来说，再也没有离别了。

"你？"她怯怯地问。

"什么？"

"我给你带了一些香烟，不算多，瓦尔特。但是，这是我在塔马施格罗德能弄到的全部了。我们那里的人都穷，大部分人都抽烟斗。我想，给你带几支香烟，你会高兴的，尤其是当你没有烟时。"

"小松鼠。"他说，把她的手贴到自己的胸前。

"给你，"她说，"我把香烟缝到了一块帆布里。开始时，我想把它交给哨兵。"

他把头放到她的怀里，眼睛凝视着黑暗。

"小松鼠？"过了一会儿他问。

"什么？"

"我们以后还要有一个孩子，或者两个？"

"不对。我们很快就会有孩子，瓦尔特。"

他说："肯定用不了很长时间，我就能回来。"

她的手依然放在他的头上，说："我们会提前有孩子。我到这儿来，就是要告诉你这件事。我向很多人打听你，找到你真不容易。冬天一过，孩子就要出生。塔马施格罗德的人会比你更早知道孩子出生。——我们这么早就有孩子，你是不是有点忧伤？你为什么不说话？”

她的手指摸摸她的脸。

普罗斯卡从她怀里直起腰，磕巴地说："我知道这事，我一直等着你告诉我呢。我恨不得现在就跟你回家去。我要是能这么做该多好啊！——不过，现在你不会等得那么苦了。我一定会跟你在一起，哪怕我离你远远的。你要知道，我现在多高兴啊！我们明天会再见面，好吗，汪达？也许我们在仓库里待它整整一个星期。——你跟以前不一样了，我都几乎认不出你了。这是什么原因？"

"原因在你，"她说，"你不觉得冷吗？你没有穿大衣。"

"我不冷。"他说。

"你会感冒的。"

"不会。我不那么容易感冒，我经过磨炼。你会留在这里吗，汪达？如果可能，一天也行。"

"好，瓦尔特。"

"明天我们还见面？"

"是。"

"在这疗养院？"

"你愿意在哪儿都行，瓦尔特。你说在这儿，我就到这儿来，你愿意在别的什么地方见面，我就到那儿去。"

"旅行很累吧？"

"不累。好多兵帮了我。"

"以后，"普罗斯卡说，"我们一起做一次长途旅行，但不是步行。"

投敌者

"到哪儿？"

"到希巴。你肯定不知道这个村子在什么地方。希巴不大，在一个湖和一座老松林之间。这湖叫吕克湖，树林叫希巴林。我们要到那里去，汪达，去找我的姐夫罗加尔斯基。他是个农民，有些财产。我的姐姐玛丽亚是他的妻子。你会喜欢她的。我们从希巴乘火车去马格德堡[1]。那里有我一个叔叔，我父亲的弟弟。他在一家储蓄所工作。你知道储蓄所是什么吗？"

他们紧紧挨着坐在一起，互相温暖身体，默默不语，沉默着就满足了。只要对方在身边，所有愿望就都满足了；瓦尔特和汪达感到一种深深的、简单的愉悦，这种满足感，这种工作之余的、很难获得的占有感，在他们心中深深扎下了根。远处响起一架飞机的嗡嗡声，均匀的，单调的，如一首现代催眠曲。

"我不能再待了。"普罗斯卡说。

她伸出一条腿，想站起来。

"你别动，"他说，"一支烟的时间还有。"

他把烟抽完，然后他们起身，他拉住她的手，领着她穿过疗养院废墟，越过遗留着椅子的阳台，穿过孤零零的园子。

"你明天会来吗，汪达？"

"来。"

"八点怎么样？"

"好，如果你愿意八点。"

---

1 马格德堡，德国萨克森 - 安哈特州的首府，位于易北河的中游。

"你能找到可以睡觉的地方吗？"

"我已经找到一个地方。"

"那就好。"

他拥抱她，吻她，向她挥挥手，走了。

他走后，她回到疗养院废墟，在他们两人不久前坐过的地方坐下，把大衣下摆的边夹到脚尖下，蜷起膝盖，顶着下巴。

普罗斯卡默默地走过哨兵，轻轻打开门，躺到篷布上。他很快就入睡了。两个钟头后，他被叫醒。一辆启动了的卡车等着他。

12. Kapitel

第十二章

狙击手紧张不安。他们不看那瞄准望远镜，而是把胸脯支在壕沟边上，活动活动戴着手套的手指和靴子里的脚趾，他们中有几个闭上左眼，试图透过树丛凝滞的枝叶间发现十字线。狙击手的意义一天一天减弱，他们不再像以前那么重要，没有人像往常那样问他们击毙的人数。他们的枪托虽然刻了一道道凹线，但是这些凹线都是旧的，没有了光泽[1]。狙击手中，没有人不渴望回到那富于变化的、比较愉快的往昔时光，有些人利用两次进攻之间的间歇，津津有味地谈论过去——他们互相提醒"有趣的目标"。西伯利亚的狙击手很好。普罗斯卡了解他们，他曾经和他们面对面在战壕里对峙过。可是现在，他来到了他们中间；他作为他们司令员的特别顾问，有机会每天从近处观察他们，他对他们易于满足和显得有些异样天真的脸感到奇怪。他时不时觉得他们暗中瞄准着他，他有时转过身，心中想，会有一支枪口和瞄准望远镜对着他，但是，他每次看到的都只是善意的微笑或深不可测的眼神。如果没有这每天的进攻，一再向西边推进的进攻，就没有任何一点东西，会让普罗斯卡从中获得新的力量和信心。但是战线在向前推进，这一事实仿佛以非常直观的方式，对他的决定给予事后的赞许，此外，这也证实，他现在站在正义的人一边，因为——普罗斯卡想——正义的人总会赢得最后的成功。他脑子里盘算着，"那个团体"还能坚持多久，最坏情况下还要延续几个月，他就可以解脱了。普罗斯卡在忍受他的决定的后果。但是，

---

1 凹线，狙击手每击毙一个敌人，在枪托上刻一道线。

他从未把他的自动武器对准过他以前的战友。

那边的人毫无预感。

四十分钟。

他们对时针——时间的瘦削、死板的职员——做出了承诺。他们的表都互相核对过。

四十分钟。

等待，有耐心，听从。从旁观看，指针仿佛在通读每一秒钟、认证每一秒钟，为每一秒钟盖章、签字。一秒钟生命，由指针"嗒"的一声走动所证明。每一滴时间都不偏不倚，流进备好的度量器，没有一点丢失。时间从不会上当受骗。

21——22——23——

这个时间是什么？是栖息在教堂老钟里的寒鸦？是红眍眼睛露出怒火的公鸡？

是一条宽容的、忧伤的河流？

普罗斯卡掏出他的怀表。

他思考着："那边一被打中，就跳起。快跑三十步到溪边，跳过去，趴下。子弹响过后，他们会伸出头，把武器推到壕沟边上，这时再打一梭子，持续火力，起立，接着跑。保持镇静。在山包上又趴下。没有掩护。装死。如果不能前进，就像死人一样躺着，不要动。"

"还有多久？"沃尔夫冈问。

"二十五分钟。"

这二十多分钟每个人都得独自承受，这段时间男人们都可怕地孤独；他们只能自己琢磨，此时他们被赶出了集体的潮湿发霉的地窖。突然，他们每个人都想有一只表，在行动时窥视指针，跟着指针一起数，看指针是否欺骗他。指针耗损神经；快点，再快点。你是不可收买的，我可以给你我想给的一切。你没有神经。既不会慢一点，也不会快一点。——地狱般的沉着镇定。

"沃尔夫冈？"

"什么事？"

"要是不能继续往前去，我就卧倒装死。白天，我们不可能活着穿过这山谷回去。"

"是。"

"你冷吗？"

"冷。"

"你看见那后面的半岛吗？我们叫它维特柯岛。"

"你为什么跟我讲起这个？"

"维特柯后面是希巴，我的姐姐玛丽亚和姐夫就住在希巴。"

"是吗。"

十六分钟。

雪闪着淡青色的光。太阳在地平线上慢慢移动，对即将发生的事毫无预感。

对面有时打来几枪，零零星星，没有规律，仿佛为了消磨时间。普罗斯卡把他的怀表放到壕沟边上。

"你想把表留在这里？"沃尔夫冈问。

"是，但是只放十五分钟。"

"然后呢？"

"我再把它放进口袋里。"

……

五分钟。

男人们默默地等着那解脱的信号，等着那第一枪，第一声爆炸。然后，他们将从地上跃起，冲下山坡，践踏那半个脚印都没有的雪被。他们闭上眼睛，牙齿咬得咯咯响，他们感到没有人能帮助他们，他们孤立无援。普罗斯卡看着，他呼出的口气对着的一小块地方的雪怎样开始融化。闪着星光的冻雪变松，变碎，他朝那里又呼几口气，那里的雪越加下陷，最后终于塌了。

男人们被长时间热切期望的，然而还是让人感到意外的突然袭击裹挟着，从战壕里一跃而起，朝另一条壕沟看过去，那里，白雪、冻土、树枝被卷到空中，翻腾飞舞，他们张开嘴巴，一声紧一声的爆炸声中夹杂着他们的喊声。

普罗斯卡跳过一道封冻的溪流。他新装满一盒子弹匣，对着一道沟堤啪啪啪打完整匣子弹。然后，他从袋里取出两个蛋形手榴弹，提起一条腿，想继续向前跑。他像发高烧一样，迷迷糊糊看见一个人，那人第一个登上山头，拿着冲锋枪疯狂地朝各个方向扫射。突然，他扔掉枪，两只手捂住胸前，倒下，滚下山坡，一直滚到普罗斯卡脚前。助理员在他身上绊了一脚，朝前倒下。

投敌者

"向前，向前，别在原地停留，停在这儿会被遗忘，继续向前，向前。为什么眼睛在前面，普罗斯卡，两个蛋形手榴弹，把食指放到引信圈里，转动，拉开。一次快，一次慢，秒针不受影响。统一时间。我身旁躺着一个，他跌倒的地方一摊红雪，一条红点组成的线，循迹追猎，玛丽亚，他的脸还是热的，沃尔夫冈的信。"

普罗斯卡听见，他绊了一脚的那个男子呻吟着。他爬到他身边，挨着他躺下。他感觉到那人身体的热度。

"出什么事了？"

伤员不说话。

普罗斯卡捅了一下那人的大腿，重复问一遍："你怎么了，伙计？我送你到后面去。"

他站起身，环视四周。

他前面积雪高高扬起，普罗斯卡立刻重又卧倒。他无法数清它们，那些褐色团块，他们像鼹鼠打洞形成的巨大土堆那样躺在雪地上。他不再听见喊声，他知道，他们迸发出的力气，他们的神经在等待时给他们带来的折磨，毫无意义，毫无用处。目的没有达到。否则，他就能站起来，而不是在他身边倒下。

普罗斯卡又试了第二次。他想跳起来，不停歇地往回跑。但是，当他的背部在伤者身上抬起时，他有一秒钟时间感到，他被一个锋利的罐头刮了一下似的。

伤员喉咙里发出呼噜声。

"我帮不了你，我该怎样把你带出去？只要我一动——你没有看到，只要一动，他们就射击？装死，躺着。如果他们反攻，装死也没有用，我们会冻死，你和我。你别老这么呻吟——他们会听见，他们听见声音，就会射击，你懂我的话？我们必须装死。我现在无法帮你，我的天哪，你又呻吟了。你，我跟你说，别出声。别这么无所谓，把痛苦咽到肚子里，安静，否则……"

浓厚的灰色云团推进到太阳前。看样子很快就会下起雪来。普罗斯卡小心地把两只衣袖拢到一起，搓着手指。他把头转向一侧，希望能看到自己一方的战壕。但是视角太小了。

伤员仰躺着，口齿不清地自言自语。

"安静点。"普罗斯卡恳求他。

"你——是——谁？"

"你为什么要知道我是谁？"

"告诉——我——你叫——什么——名字。"

"普罗斯卡。你以为，我的名字能让你摆脱痛苦？"

"我——要——死了。"

"等天黑了，我送你回去。"

"等到天黑，我——就——死了。你能——现在——就——背我——回去吗？"

"不行。"

"我——会——记住——你的——名字。"

"我一站起来，他们就朝我……"

254　　　　　投敌者

"为什么——这么——冷？"

伤员艰难地挤出一个个字。

"我不能给你我的大衣，"普罗斯卡说，"只要我一动，他们马上就会开枪。"

"谁——会——开枪？"

"别问这么多。说话小声一点。"

"我——一定——得——知道——这个，普罗斯卡，等到——天黑，我就——死了。"

"说话耗费你力气。你必须安静，以便保持精力。"

"你——熟悉——这一带——地方吗？"

"是的。我的家就在这儿。"

"他们——打中我——两次。"伤员呻吟起来，"你呢？"

"你要说什么？"

"现在——几点了？"

"大概十点半吧。我有一只表，可是我没有办法取出来。"

"为——什么？"

"因为那样我就得动。"

"你——不用——担心——普罗斯卡。你——尽管——安心地——活动好了，你——躺在——我后面。他们——如果——开枪——，他们会——击中——我。我——难道——不是——一块——很好的——子弹挡板？——你？"

"安静，"普罗斯卡命令他，"你要是不安静下来，我就要让你安静下来。"

伤员呜噜呜噜地说了点什么，普罗斯卡听不明白。

过了一会儿，伤员请求他："你——你——可得——把我——送回去？——是吧？——你——不会——把我——放这儿——不管吧？——你——可不能——这样做。——我来自——施米德贝格，——你知道——施米德——贝格吗？"

"不知道。"普罗斯卡说。

"我的——妻子——还住在——那里，还有——克里斯特。她——到圣诞节——就四岁了。12月24日——得给她——送双份礼物——一份——生日礼物——一份——"

普罗斯卡身边溅起雪块。

"闭嘴！"

"发生——什么事了？"伤员呜呜咽咽哭泣着说。他痛苦不堪。

"他们朝我们射击。"普罗斯卡说。

伤员又呜咽起来，重新乞求他。

"你——能不能——把你的表——拿出来？"

"为什么要我拿表？现在是十点半。你没有听明白我的话？"

"我——要知道——精确的——时间。"

"以上帝的名义，到底为什么？"

"以便我——能计算——到天黑——还有——多长——时间。到天黑时——我就——死了。"

投敌者

快到中午时下起雪来。鹅毛大雪纷纷扬扬飘下来，覆盖了那些奇妙的鼹鼠土堆。伤员喃喃自语。普罗斯卡觉得，他在哼一支曲子。他终于沉寂了，舒适地被保存在大雪下面。普罗斯卡感到，他先是脚冰凉，然后慢慢往上冻到腿上，而他的脸却很热，越来越热。他仿佛觉得，面对寒冷，体温正在后撤，现在集中到了他的脸上。他的嘴唇肿了，前额的血管里，血跳动得更快了。他很疲惫，要不是饥饿折磨他，他就睡着了，虽然睡着意味着危险。这时射击停止了。

　　普罗斯卡感觉到，他背上的雪被越来越厚，越来越沉，但是还没有沉到会妨碍他站起来。他想起沃尔夫冈，想起装在他口袋里的信，想起那个伤员，开始下雪时，他都没来得及翻过身，让肚子朝下。他也想起高个子茨维索斯比尔斯基。在他模模糊糊的记忆中也出现了汪达，穿着绿色裙子，腰带紧紧系在细腰上。他觉得她就坐在他附近的一堵墙上，有一瞬间，他仿佛觉得他握着她的手。普罗斯卡突然感到奇怪，他怎么还没有尝试过给她写信，或者至少打听一下，处于这种关系，都有哪些规定和可能性，他打算一有机会就要做这件事。他责备自己，为什么不早点做，为什么这么粗心大意，让汪达长时间心里不踏实。

　　夜幕降临时，普罗斯卡听到有脚步声渐渐走近。

　　两个男人互相交谈。

　　一个人轻声说："那里肯定躺着两个。"

　　另一人说："有时他们只是装死，让雪盖住自己。这是他们从蒙古人那里学来的。蒙古人能一动不动地在雪里躺上 24 小时，而毫发无损。"

"我的膀胱可不想跟我一起这么干。"

普罗斯卡屏住呼吸。他听见声音就在他上面。脚步声停了。

他想："要是他们现在抓住我——蛋形手榴弹——要是他们碰我——搜出引信——也许他们接着往前走了。"

他感到后背上那两个男人的目光，觉得一股热流回到了腿上。

一个男人拨掉伤员身上的雪，伤员这时呜咽起来。

普罗斯卡真想跳起来，但是，他控制住了自己，一动不动地躺着。

"这人还活着。"一个男人惊讶地说。

"现 在——是——黄 昏——了，"伤 员 口 齿 不 清 地 说，"黄昏——到了……"

"他发着烧呢，"另一人说，"我们把他带回去。"

"他？"

"我们必须把每个人带回去。"

"解除他的痛苦吧。"

"你疯了！你可不能开枪打死他。放下手枪！走！我们把他背到后面去。这人还活着。"

"普罗——斯卡。"伤员呻吟。

"你听明白，他说的什么吗？"一人问。

"不明白，"另一人说，"听起来像个名字。也许他叫这个名字。"

投敌者

“这是个投敌者。”

“我们把他带回去。”

两个人朝伤员弯下腰，一人抓住他的两只脚，另一人抓住他的肩膀，然后，他们摇摇晃晃地抬着他，走过深深的积雪，离开了。

普罗斯卡慢慢抬起头。

他收起一条腿，两只手放到胸下。然后，他爬过冰冻的溪流，绕过一个山丘，那山丘下显然埋着好几个男人，因为山丘高得不自然，当他爬上自己一方的山包半山腰时，停下喘口气，歇了一会儿。他的脚趾头很痒，他得了冻疮。他想：“我回去后，要用雪搓脚趾头。”

13. Kapitel

第十三章

一束机关枪子弹在他们头上扫过，他们赶紧趴下，嘴唇碰到了雪。一根被子弹打断的柳条掉到普罗斯卡的后脖子上，他像挨了一鞭那样吓了一跳，身体紧绷了一下。现在，连泥土也和他们作对：夜里多了四个重伤员；不是被子弹或弹片炸伤，而是被冻成块的土块砸伤。每次爆炸都掀起一根雪柱，弹片已经飞过去了，而这些土块却还在空中。漏斗状弹坑变小了，变精确了，弹坑四周边上的土堤变得更平了。

　　"现在！"普罗斯卡喊道。他跳起来，起跑，穿过一片柳树丛，喘着气越过一片开阔地，扑进一条沟里。他后面响了重重的一声"砰"：沃尔夫冈跟着跳下来。他们身后，响起子弹击中地面的声响，无情的，威胁的。

　　"安静，"普罗斯卡说，"我们一会儿就能到，再跑两次。"

　　哒哒哒，机关枪声又响起。现在已经射顺手了，子弹打到冻得硬邦邦的壕沟的斜坡上，发出短促而尖利的啪啪声。

　　"我要是能看见他……瓦尔特……我现在就射击……你能看见他吗？他肯定在我们斜后方。"沃尔夫冈的声音被就在他们身边的强烈爆炸声淹没。几个土块掉到他们背上——这是垂直下落的土块，没有危险。第二次爆炸后，他们立刻从地上跳起来，向前冲，机关枪打响前，普罗斯卡扭头看沃尔夫冈。他匆匆回头，想看看小面包是否也同样一跃而起往前跑。可是，恰好在这一刻，普罗斯卡摔倒了，自动冲锋枪甩出去好几米，掉进雪里，手指抠进白色雪被里。他的胸口一阵剧痛。他感觉舌头上有雪，眼前突然冒出火花，耳朵里血流涌动，嗡嗡发响，好像涌向一个突然发现的出口。他呻吟，弯着腰，缩着脖子，身子滚向一边。疼痛还一直在他胸中闹腾，就在心脏附近。他抖抖索索地去摸扣子，解开一个扣子，一只手插进衣缝。然后他抽出手，担心地察看着。手上没有血，也许那红色液体还没有渗透过上衣。他一直呻吟着，吃力地解开上衣，手指尖放到温热的胸口上，去摸是否有血。但是没有摸到。他能精确地确定疼痛的地方，但是他的检查没有什么结果。

沃尔夫冈爬到他身边。

"瓦尔特！"他喊道。

"你赶紧离开，"普罗斯卡吃力地说，"我不能跑了。你会找到回去的路的。路一点不远。一点不远，也就跑那么两三次的事儿。"

"你怎么了？我还有一个急救包。"

"没有用了。"普罗斯卡说。

"别说话。翻过身来，快！我剪开你的大衣，那样就好了。再跑两三次就到了。"

机关枪又响了，但是子弹都从他们头上嗖嗖飞过，离他们的头还很远呢。

沃尔夫冈剪开普罗斯卡的大衣，剪开上衣、衬衣。皮肤毫无损伤，既没有射入口，也没有射出口。但是，普罗斯卡肯定被什么击中了。金属到底走的什么路进入了体内？

"哪里痛？"

"你现在得赶紧跑了，"普罗斯卡说，"快，他们现在只需给我最后一枪。可他们要是抓住你……"

"这儿吗？"

三架飞机呼啸着飞到村子上空，开火，低空飞旋，机翼几乎触碰到地面，然后飞走。机关枪哑了。

"我们现在可以继续跑了。"沃尔夫冈说。

普罗斯卡出其不意地站了起来，拿起武器。他只是胸口朝下，摔到一块尖利的、冻得坚硬的土块上。他很快就不觉得痛了。

他们忽左忽右地跑着跳着，到达了村子。

他们来到罗加尔斯基家的仓库棚后面，停下，商量他们现在该怎么做。他们不知道，普罗斯卡的姐夫是跑了呢，还是留在这里，姐夫的农舍看起来很荒凉。他们在这儿也不能逗留很久，因为他们有一个重要的命令要执行，如果这个命令不是正巧允许他们经过罗加尔斯基的房子，他们多半也不会到这儿来。普罗斯卡得到这项任务，是因为他熟悉这一带的每条道路、每块石头，他把小面包带上，因为四只眼睛总比两只眼睛看得更多，两条枪总比一条枪更好对付各种情况，简而言之，两个人执行一项活动总比一个人干，成功的希望更大。

一阵刺骨的寒风吹到脸上，他们的脸颊灼痛，手指发僵。说话时，嘴唇几乎动弹不得。地平线上一片白，似雪似云，湖上的冰不时开裂，每次都发出雷暴一样的震响。普罗斯卡等着狗叫起来，但是狗没有叫，看来它是蜷着身体，在狗窝里睡着了，头搭在前爪上，链条压在身下。也许罗加尔斯基把它也带走了；在仓库棚后，别人看不见他们，但他们也是什么都看不见。

"现在怎么办？你想在这儿停下？"沃尔夫冈说。

"我们从后面走到院子里去。"

他们围着仓库棚绕了一圈。普罗斯卡打开院门时，门嘎嘎响了起来。沃尔夫冈紧跟在他身后。

这时"啪"的一声枪响，院子里传来一阵回响。他们不知道枪声来自哪里。普罗斯卡喊道："快趴下！"两个人同时卧倒在雪地上。他们观察窗户和屋顶的天窗。他们想，子弹肯定从那边射过来。

"我们得靠近草料房，沃尔夫冈。你先跑。你到那里后，我跟着过来。"

沃尔夫冈跳起，大步跑向草料房时，普罗斯卡盯着屋顶天窗。第二发子弹射出，射到草料房上，弹向木板棚，又从木板棚弹到住房上。普罗斯卡的耳朵"嗡嗡"地响，尖锐，持久，他张开嘴，好让嗡嗡声消失。

沃尔夫冈在跑动跃起时中了弹；子弹给了他短促而猛烈的一击，把他往后掀倒。他的胳膊匆匆画了个圈，两条脚就软翻了。

普罗斯卡简直惊呆了。他从沃尔夫冈身上移开视线，朝房子看，这时，他发现房门慢慢打开，紧挨着冰凉的水泥地板伸出一支猎枪枪管，枪口对着他。普罗斯卡绝望地、本能地顶住枪托，瞄准房门，扣动了扳机；他以前可是不知多少次进出过这扇门啊。

他的眼睛一时发黑了。

子弹的强大威力把门推到了一边，刚刚炸裂的木头碎片在清冽的空气中闪光。

过了一会儿普罗斯卡抬起头，朝房子看去。在过道的水泥地面上躺着一个男人，子弹穿过木门打中了他。

普罗斯卡跳起来，跑向沃尔夫冈，抱起他，把他背到草料房边。他把他放下，让他背靠着木板墙坐着。他在伤者身边跪下。

"沃尔夫冈，我的上帝，发生什么事了，伙计，你怎么了，你？你听不见我说话吗？你倒是说句话呀。"他一边说着，一边用他发红的大手摸沃尔夫冈的胸脯，试图不让他的头不断下垂。普罗斯卡的脑袋里一阵发热。"你，"他叫起来，"为什么不回答我？"

普罗斯卡把两只手压到他的额前，突然，沃尔夫冈向一边倒下。普罗斯卡感到喉咙紧紧被掐住，仿佛全部口水一下子都集中到了嘴里。他把沃尔夫冈的身体重新扶起。"说句话，沃尔夫冈，给我一个回答，睁开眼睛。"他轻轻抚摸他的脸颊，忽略了他的大衣胸前那一块已经变暗了。助理员摇动沃尔夫冈的肩膀，一前一后地晃着他的头，叫起来："你为什么不回答我？你为什么装成这个样子？告诉我，发生了什么事。"

沃尔夫冈眼睛闭着，他的脸紧绷着，扭曲了，仿佛在忍受剧烈的疼痛。两只胳膊软绵绵地垂挂下来，他的嘴不再有气进出。普罗斯卡一下子扑倒在他身边的雪地上，双手抱住沃尔夫冈的腿。他后背颤抖，啜泣起来。

过了一会儿，他镇静下来；他站起身，把沃尔夫冈拖到覆盖着雪的田野上。他拖出去好远，来到一块农田里，把他仔细放好，好像担心还有什么会弄坏似的。接着，他笨拙地在他旁边跪下。

"再见了，沃尔夫冈。再见，你。"

普罗斯卡用手指慢慢地抚摸沃尔夫冈的前额，然后离开他，不安地走回院子。

他心里七上八下的，迟疑地推开住宅的大门，这时，他看见，门后被他的子弹打倒的男子是他的姐夫罗加尔斯基。

普罗斯卡一下呆住了，仿佛有一根燃烧的木梁就在他眼前几厘米的地方掉到地上。他感到一股灼热的火冲上他的脸，脑袋一阵发昏。他摸摸索索地伸手去抓墙壁。墙壁给了他支撑。墙壁没有遗弃他，他可以靠到它的身上，墙壁接触到他时没有倒塌；即使倒塌，他也不会感到奇怪。

这也是良心的意想不到的苦果，普罗斯卡。

我们打中最近的目标，远优于那些遥远的目标。我们为远而生，我们要达致远，必须克服近，我们罹患枭的昼盲症，对近视而不见。你现在该怎么办？

普罗斯卡呆呆地看着躺在地上的男子，然后用力向后一顶，离开墙壁，摇摇晃晃地走进房子。

"玛丽亚！"他喊道，声音沙哑，"玛丽亚？你在哪儿？玛丽亚！"

他没有得到回答，他走出去，在过道上用靴子把罗加尔斯基的猎枪踢到一边。

他转身走向草料房，打开门，倾听。

"玛丽亚！"他喊道，"你在这儿吗？你藏起来了？是我，瓦尔特。"

他正想走出去时，草堆里沙沙响了。

"玛丽亚？"

投敌者

草堆上出现一个女人。她胆怯地朝下看着普罗斯卡。

"下来吧。"他轻轻地说。

她从草堆上滑下来，迟疑地走近他。

"你怕我？"他问，试图露出笑容。他们两人谁也没有向对方伸出手。

"为什么开枪？"她惊慌失措地问。

他说："你躲到草堆里太轻率了；要是草料房着火，你就烧死了。"

"我的上帝，你从哪儿来，瓦尔特，发生了什么事？院子里开枪了，开了好几枪。我听得很清楚。——你开枪了？"

"我们没有多少时间了。"他说。

"你跟库尔特说过话了？"

"是的。"

"他在哪儿？"

"走了。"

"走了？"

"他在安全地方。"

"不带我？"

"他在等你。"

"我要到屋里去一趟。"

"你留在这里。你没有多少时间。我会告诉你，你怎么到安全地方去。我们必须到巴勒纳湾去。"

"那库尔特呢？"

"他也在那里。你会见到他，来。"

"可是我的东西呢，瓦尔特？我已经把所有东西都打好包了。你知道，事情来得多么突然。地窖里还放着好几罐腌好的鹅肉呢。"

"快，"普罗斯卡严厉地命令，"我们哪怕多停留一分钟，可能就太晚了。"

他抓住玛丽亚的手腕，拉着她走。

他默默地拉着她走过积雪的农田，穿过一座松树林，脸上的表情一点没有变。她的手腕被抓得很紧，她发出呻吟声，但是他丝毫不放松。女人不再提问，她放弃了。她害怕她果断的弟弟。他们来到一条公路上，沿着公路走。

听到发动机的哒哒声，普罗斯卡拉着玛丽亚来到一棵树干后面。在离他们不远的地方，有一辆货车。这辆车显然陷在一条岔路的雪里，现在试图爬上比岔路高一点的公路，普罗斯卡和玛丽亚就站在这公路的边沿。普罗斯卡仔细地打量那些士兵，他们正拿树枝和厚纸板塞到空转的后轮下。他说："好了，现在你到他们那里去。他们会带你走。我们后会有期。快去。"

"那你呢？"玛丽亚问。

"我随后来。"

她惊讶地看看他，离他而去。他换了个站的地方，等着。不一会儿，货车上了公路，开走了。玛丽亚站在后面的车厢里，吃力地朝普罗斯卡刚才站的方向看。

等货车远去，在视线中消失，普罗斯卡崩溃了。他渐渐回过神

投敌者

来，明白这期间都发生了些什么事。一阵剧烈的头疼袭来，他的前额后面钻心地疼。

"离开这里……离开这个国家……离开这个世界……离开，自己一个人，不能再这样下去了……为什么这个世界不阻挡住空气？……为什么乌鸦飞过田野？……为什么没有一个人理解发生了什么事？……为什么没有片刻时间，生活可以中断？……出于敬畏？为什么你们如此漠然，如此耐得住，如此玩世不恭？你们难道在这期间什么也没有感觉到？……你们对我的痛苦这么麻木不仁？……难道我的痛苦不能让你们停止喧哗？……难道我是乌有，一文不值？……难道一切都只能湮没，无人注意？……为什么你们不拦住心脏，让它停止跳动？……难道我的痛苦就比不上你们的痛苦？"

普罗斯卡摇摇晃晃地往回走。浓黑的乌云在他头上飘动，下起雪来。轻轻的雪片落到他的手上，融化了。

他行走的公路没有分岔。他顺着路信步而行，路也带着他同行。新踩出的兔子足迹渐渐模糊消失。普罗斯卡匆匆看了看天。天空一片灰蒙蒙的铅色，它积聚了大量的雪。

普罗斯卡不再回头看。他的眼睛盯着前方。他的前面是钢铁地平线，他要去助阵，帮助扩大这地平线，向西推进，朝着晚霞。这钢铁之墙总会在什么时候崩塌，像浓雾在风的大手挥动下消散一样，消失得无踪无影——总有这个时候。

而现在，这钢铁之墙还被男人们支撑着，被他们坚定地推动着前行。难道永无完结之时？

14. Kapitel

第十四章

"Nasterowje[1]，祝你好运，一切顺利！"普罗斯卡说。他摇晃着走向两个士兵，给他们一人一杯水，然后他们三人喝水。喝过水后，两个蒙古兵[2]坐到床上，普罗斯卡坐到一把椅子上。他把椅子拉到床边，他们的膝盖几乎碰到一起。窗外，送普罗斯卡到这儿来的载重卡车没有歇火，发动机呜呜响着。房间很大，墙壁刚裱糊过，放在角落里的床看起来有点落寞，地板光光的，椅子是新的，但坐起来不舒服，人得挺直身子。

普罗斯卡从木箱里翻找出香烟，递给他们。一个士兵谢绝，一个士兵接受。他们喝着，抽着，突然，两个士兵从床上站起来，不打一声招呼就走了出去。普罗斯卡冲到窗边，看着他们两人爬上汽车，开走了。

他在窗边待了很久，希望看见他们回来。后来，他终于转过身，又累又失望地走到他的床边，躺下。他感觉到两个蒙古人在床单上留下的温热。窗户开着。乐观的春天气息飘进来。一个灌木丛里响起柔和的歌声，那只勇敢的鸟土褐色，很小。

这是普罗斯卡后来一直盼望的结局。"那个团伙"消失了，在正义之火上融化了；如同在格鲁吉亚说的那样，他们逃之夭夭了。在这战争的贫瘠、干旱的土地上，细长的烟柱升到空中，这是曾经着火的信号，现在来临的平静生活的信号。铁与火构筑的墙坍塌了；幸存者中蔓延着一种罕见的疾病：负罪感。

---

1 波兰语，意为：干杯，祝你好运，祝你顺利。
2 蒙古兵，原文如此。此处指第二次世界大战期间苏联参加红军作战的少数民族鞑靼人。

田野上停着炸坏的坦克。壕沟里，铁道旁，躺卧着肚子大开的巨大火车头。许多街道两侧不再有房屋护卫，原先用它们紧密相连的腰身给街道提供保护的房子，在炮弹的无情打击下坍塌了。

普罗斯卡试着睡觉。他侧卧着，右臂几乎完全伸出。他的呼吸有力、均匀，他把气呼到新裱糊的墙上，气扩散开来，弥漫到整个房间里。右臂渐渐感到沉重起来，血在某个地方堵住了。他的太阳穴枕在上臂上，于是产生了一个堵点，一道拦住红色液体的微小的拦河坝。普罗斯卡转身仰卧，大声地呼了一口气。外面已经是大白天。普罗斯卡解开衬衣，他一只手放到领口处胸脯上，发现那里是湿的。他的前额也是湿的，后背和屁股也是。

"我现在必须睡觉，"普罗斯卡想，"我等这一刻已经等了好几年。睡觉，潜入无意识，从知觉之船中翻身进入无觉之境。——现在，一切都过去了。再过两个星期，汪达就会答复我了。她，她！当时在疗养公园，她变化多大啊！——为什么那两个蒙古人那么快就离开？他们可是认识我呀。——汪达会来找我，会到这儿来。汪达。"

他翻身到左侧，因为他已经习惯始终侧卧睡觉。他感到，心脏生气地对着胳膊肘跳动，它对被挤压感到很不爽。

"这不行。"他低声对自己说，他仿佛看见他的话像小小的浮标飘浮在房间里。他呻吟着翻身仰卧，大声喘气，绷紧大腿的肌肉，对着墙放下拳头，动动眼皮。他的绝望毫无用处。他半支起上身，

投敌者

徒劳地环视四周，然后又"砰"的一声躺到床上，搞得弹簧吱吱响。他抬起手臂，在空中胡乱抓摸。然后，他小心地把一只手放到前额上。他的指尖感觉到左侧太阳穴的跳动。"这没有用。这样睡觉我都荒疏了。我现在得重新适应。"

普罗斯卡叉开两腿，站到敞开的窗前。过堂风降低了他燥热的身体的体温。下午时光让前院和街道空寂无人。

他感到孤单，他仿佛觉得自己是世界上唯一的一个人；普罗斯卡，良心的助理员，感到自己怜悯自己。他七拐八绕地计算出，这一天是星期天。明天，他要第一次前往他的办公室，去履行不是他自己谋求，而是他们交给他的职务。他想起复员前的最后一次谈话。斯维尔德洛夫，一个年纪轻轻、很睿智的上校，把他叫了去。他两条腿细细的，小步向他迎过来，很友好地欢迎他，挽着他的手，把他领到一张沙发上，然后给他敬了烟。在办公桌后，他并不显得那么虚弱，他好像从抛光的桌子上长出来似的，桌子粗大的、雕刻着兽爪样图案的桌腿大概稍稍支撑着他。

"给我看看各种证件。"上校说。

普罗斯卡打开一个钱包，抽出几张纸。"给您。"他说，把他袋里装的所有东西都放到桌子上。

上校不碰证件；他也不看证件，而是不感兴趣地把证件推到一边，用一把尺子压住。

"这是所有证件？"

"是。"

上校说一口纯正的德语。他只是说得很轻，普罗斯卡为了听清他说的每个字，只好俯身到他跟前。上校说话时，神色没有丝毫改变。他没有用手势强调他的话。

"如果这就是所有证件，那就行了。"他说。

普罗斯卡站起来。对他而言，事情已经谈完。他向门口走去。

"停一停，普罗斯卡。我还要跟你说几句。你再坐下，好好听着。"上校掐灭香烟，说道，"地球上的各种势力都有一个倾向：保证自己的安全。自保的一种方式是，向危险的地方派出前哨。这些前哨具有防波堤、避雷针或隔离层的功能。他们价值如何，你自己清楚。在理智的年代，人们在没有派遣前哨的情况下就被派了出去。你明白我的话？"

"明白。"普罗斯卡说。

"这就好。——你站在我们这一边进行了战斗。"

"是。"

"战争现在结束了。"

"是。"

"但是，斗争的必要性——当然是稍有不同的斗争——还没有过去。在社会主义社会没有静止状态。静态只存在于资产阶级世界，所以，每个资产者都患缩肌痉挛症。你跟得上我的话吗？"

普罗斯卡点点头。

上校停顿了一会儿，优雅地挠挠长长的头颅，想把剪短的黑发压到头皮上，却没有做到。最后，他放弃了，不再试图压平头

投敌者

发，露出一丝笑容，说："你经受住了考验，普罗斯卡，你证明了，你不是一个多愁善感的传统主义者。一般说，一个革命国家无需感谢个体，因为，他因参与革命，已经得到了保障未来的支票。可是，针对你的特殊情况，我要跟你说，我们为你准备了某种认可。我们今天要让你复员。在我们的占领区里[1]需要很多像你这样的人。我们有很多事要做。你现在收拾好你的东西，带着东西回到我这儿。你要接管一个部门，住在我们已经为你准备好的一个房间里。你现在就走吧。过一会儿我给你必要的指令。——你都听明白了？"

"听明白了。"普罗斯卡说，站起身。

他得到必要的指令，也得到新的证件，而且出乎他的意料，还得到食堂用餐的物件。他向斯维尔德洛夫上校告别，两个蒙古士兵来到他身边，把他带到他未来的住宅。

静谧的星期天吸引他走出去——那两个士兵不会回来了，他干吗要等他们？

普罗斯卡关上窗户，简单整理了一下自己的衣服，走到院子里。他回过头，观察他们把他带进去的这幢房子。房子让他喜欢，可是他有一种感觉，仿佛房主随时都会出现在他面前，问他，他在这儿丢了什么东西，他有什么权利在别人的地盘这么随便走动。打听房主是谁肯定是多余的，可是，普罗斯卡无法这么快就适应这种情况，所以，他在经过每扇窗户时，都不由自主地低下头，尽力

---

1 占领区，此处指苏占区。

不让他们看见他。不过有一会儿，他有点随心所欲，他变得漫不经心，昂首挺胸地走到正对窗户中间的地方，然后，带着一丝不管不顾的神情，侧过头，甚至还透过玻璃往里看。他头一次从外面看他自己的房间：那张像一只扁平的灰色动物一样蹲在角落里的床，那几把直背椅子，床前存放着他的财产的木箱。他小心地微笑起来，继续进行他的侦察。除了他，还有谁住在这幢房子里，他不知道；他当然很愿意知道这一点，如果他在别的某扇窗户后发现点什么，他也愿意跟他人结识，但是，他没有发现任何迹象表明，在这幢房子里还住着别的人。这是他的侦察得出的唯一结果，但是这就足够了，这种确定性就已经让他满意了。如果他不确定，他大概就会让院子门开着；而现在，他几乎过分仔细地把小门关好，还不忘把没有用的门栓插好——其实，任何人都能毫不费力地推开门。

　　普罗斯卡来到街上。他看见远处有两个老年妇女，想斜着穿过街道。她们看起来只是很慢地往这边走着，因为普罗斯卡朝她们走了好长一段路时，两个女人只走了几步路。普罗斯卡加快步伐；因为他打算跟她们打个招呼，截住她们，然后好好打听一番。他感到有一种揪心的要跟人说话的需要，于是他越来越加快速度，以便在她们到达一所完好无损的房子前，截住她们，她们显然要到那幢房子里去。当他到了可以喊叫她们的距离时，她们加快了好几倍步速，而正当他要开口呼唤的瞬间，她们突然非常轻盈地闪进楼道入口，黑色的裙子在身后飘起。

　　普罗斯卡紧跟在她们身后，他不想就这样轻易放弃他的计划，可是，当他来到楼道入口时，发现那里空无一人。他决定藏到一个壁龛里等着。他怀疑，他现在盯着的房门后，两个女人正屏息听着呢。他几乎觉得听见她们的心跳声。

楼梯间只有一扇用硬纸板修补过的小窗透进一点光，发出浓重的煮羽衣甘蓝的气味。普罗斯卡准备好要问的话，在壁龛里等着，后脑勺靠到贴着瓷砖的墙壁上。什么动静也没有，门没有开。

"也许她们没有在里面偷听……为什么要听呢……我没有对她们做什么……可是，人不会没缘地逃跑……这儿可没有人认识我……她们避开我……我为什么跑到这幢房子里来呢？……"

有人在摆弄门。普罗斯卡吃了一惊，身体紧紧贴着墙壁。然后他看见一个孩子，一个小女孩，表情严肃，走到楼梯间过道里，看看四周，点点头，好像刚挨了一次教训似的，接着，他看见这姑娘抱着一个洋娃娃，走向壁龛，紧挨着他身旁跪下。

孩子还没有注意到普罗斯卡，一下子把洋娃娃伸到身前，在微弱的光线下把玩具转过来转过去，冲它说起话来。普罗斯卡斜眼朝下看着孩子，他不敢转过头，他怕女孩子发现他，会吓一跳。

"好好站着，"女孩子对洋娃娃说，"你现在不能倒。你要是倒下，就要挨揍。先是一条腿，然后——"

洋娃娃倒到水泥地上，头碰到一级楼梯的铁条上。

"你看，你不听话——现在再来一次。先是一条腿，然后——"

洋娃娃又倒了下去，女孩子生气地叫了一声，撩起洋娃娃带条纹的小裙子，吹了吹小裤衩，两个指头打了一下洋娃娃的屁股。

普罗斯卡看得高兴，微微笑着，呼吸也放松了些许，减少了一点疑虑。

"开始，"女孩子说，"最后一次。你再不听话，我就不要你了。我再找一个别的。我几乎要说，你一点不可爱。"

女孩子非常仔细地分开洋娃娃的两条腿，松手，结果——她心中气恼，站起来。洋娃娃再一次倒下。孩子轻蔑地朝下看着它，慢慢走近它，突然，她抬起脚，踩到洋娃娃的头上。洋娃娃"咔嚓"响了一下。普罗斯卡受不了这咔嚓的破裂声。他长叹一口气，轻轻推了一把女孩子，冲出壁龛，快步跑下那几级台阶，来到街上。到了一条岔路，他才放慢脚步。

他回头看了好多次，等到他确定没有人跟着，他才慢悠悠地继续往前走，估算着这些房子所受的损失有多大，时不时地扫一眼花园的篱笆，有时也在经过窗户时朝里头看一眼。因为阳光正好高高兴兴地照在他后背上，他也喜欢这样的街头漫步，于是他内心的伙伴变得快乐起来，渴望唱上一曲。就这样，普罗斯卡哼起一支曲调。啊，真不错。两条腿不那么沉重了，肩上也没有皮带压着，手里空空如也。空空如也。他哼着：Rohosemarie[1]。我的上帝，心情真好，是不是？肉工厂全部关门。接吻和爱抚多美。——这是什么样的一个日子啊。大腿挺直，小腿肚绷紧。啊！他哼着：回来，回来。——上帝最多三十岁，系着羊毛领带。——如果我来，如果我来；我当然来。

1Rohosemarie，即 Rosemarie，"罗斯玛丽"，第二次世界大战期间德国士兵歌曲。

投敌者

一支萨克斯管拽住他的袖子——拽住他的当然是一支萨克斯管吹奏的曲子。怎么样？你到底在哪儿？小洞和簧盖吹出的奇声妙音。普罗斯卡停下脚步。他没有注意到，他已经走了几个钟头。"我一会儿就到了"，黑暗说。

普罗斯卡走进酒馆，立刻走向舞厅。萨克斯管诱使他走到这里。舞池几乎正方形。乐队演奏一支慢狐步舞曲，大约八对舞伴在跳舞。舞池里散发出干草、烟草和汗的气味。一个服务员喊着"借光、借光"，平衡着啤酒杯，走向一张张桌子。"一块八。您，总共是，稍等，您付两个人的？三块六，谢谢。"

普罗斯卡等着。他手里没有东西，而他的手已经习惯拿着点什么。大约四公斤[1]。他把手插在口袋里。当乐队演奏完慢狐步舞曲时，他看到男子中有五人离开舞池，同样把手插进口袋里。他觉得他被他们吸引，也感到，他们也被他所吸引。看来他们互相认识——不知在什么地方。谁知道，他们在哪儿认识？

"请您从门边走开，"服务员对普罗斯卡说，"请您坐到桌子上去。椅子有的是。也有您的。您想喝点什么？"

"好的，来杯啤酒。一杯淡啤酒。"

普罗斯卡挤过坐着人的桌子，突然，他吓了一跳，盯着一个姑娘：她穿着一条浅绿色裙子，细腰上系一条窄窄的腰带。他晕乎乎地闭上眼睛，他发抖，他像晾衣桩那样，呆呆地站在桌子之间。

"汪达，"他想，"汪达，汪达。这儿？这不可能。汪达，现在，

---

1 大约4公斤，暗喻在战时，士兵手里总拿着一支枪。

跳舞，这里。"

他闭着眼睛走了两小步，大腿碰到了一张桌子的边沿上。

"嗨，你注意点，伙计，你又不瞎。你差点弄翻了啤酒杯。你有的是空地方！"

普罗斯卡从沉思中清醒过来，看着她。她不理睬他。她到底是谁？他根本不认识她。也许和汪达有那么一点像。有点像而已。乐队演奏一首狐步舞曲。那姑娘和一个独臂男子跳舞。他稳稳地挽着她，这一点不得不承认。她从未从他身上滑落过。

现在，普罗斯卡再也没有兴致坐到桌子边了。他慢慢走开，对服务员说："我不要啤酒了。"

服务员点点头。

普罗斯卡老远就看到，他住的那幢房子的上层亮着灯光。不是在他前面就已经有人住在这里，就是有人利用他不在的这段时间，匆匆地搬了进来。院子门的门栓没有推上。普罗斯卡记得，他是推好门栓的。他走进他的房间，黑着灯脱掉衣服，他等了好久，期待听见上面传来说话声或者脚步声，但是没有，他等着等着就睡着了。这一夜他没有做梦。

投敌者

15. Kapitel

第十五章

起初，普罗斯卡办公室的同事换得很快。那是一段走马灯似的时光，那些同事无声地来，无声地去，他们来了，做了一段时间的工作，然后，一道长长的影子从一侧进来，落到他们身上，他们一下子就不见了。只有他留着。普罗斯卡被允许留下。他晚上从双重门里出来时，总要走到每个人跟前，很认真地跟他们告别，因为他不知道，第二天早上是否还能看见他们。他没有权力改变这个，他甚至不知道，谁对这些变动负责，但是事情确确实实在发生，因此，肯定有一个人在发号施令。普罗斯卡慢慢地看出一点门道，预感到下一个该走的是谁了，那些相关的人把他们的命运像一个印记那样挂在脸上，清清楚楚，不容搞错。普罗斯卡搞错的情况很少。即使他搞错了，他也感到，不是他的预见错了，而是负责做出改变的机构在最后一刻，取消了原先的决定。至于什么原因，他当然不知道。这对他来说不是无所谓，但是，他看不到获取真相的可能性。有时他觉得，是上校在其中插手，但是没有证据。普罗斯卡坐在双重门后，思考着。他绞尽脑汁，进行各种非常奇特的组合，他思考得出的那些轻飘飘的结论什么结果也没有。这些结论没有得到印证，普罗斯卡的不安在增长。他越来越不安，虽然他自己并没有什么可抱怨。那双重门向每个要找他的人发出允许进入的信号，所以他永远无需担心，会遇到什么出其不意的事。当他听见第一道门把响起时，他就换一副表情，匆忙把与工作无关的东西保存好，他以这种方式随时武装好自己。

　　那些拿着什么文件来请他签字，或者请他对某个事件做出评定的人，从不做出任何套近乎的尝试，他们谦卑地站在他前面，直至他做出了决定，他们不会冒昧向他提出建议，不过，他也不期待他们这么做。他又一个人时，就开始冥思苦想，他绝望地想起汪达，他一再问自己，他给她写了那么多信，她为什么从不回信。他想起，也许世上活着他的一个孩子，他试图想象他长什么样。普罗斯卡仿佛置身于沼泽，心中升起一股对堡垒、对老河流的隐隐的思念。"沃尔夫冈，茨维索斯比尔斯基，玛丽亚……如果玛丽亚知道这……如果她听说，我把罗加尔斯基……总有一天她肯定会听说……往事没有这么宽容仁慈……它会重现……它会把我的秘密冲刷到光天化日之下……一切都被保存着……我们在雨中说的话，我们的动作，我们的目光，我们的思想，一切的一切……深渊并没有那么深，以致时间可以把过去的一切重又翻到上面……坐着，呼吸，等待……呼吸……等待……几乎所有人都更换了……他们也将更换我……但是，接着会发生什么呢？……然后，他们不能再让我走了……他们为什么优待这些人，让那些人消失？……星期四他们逮捕了莫斯普甫勒格，因为他在一家酒馆里为拒服兵役者组织做宣传……今天早上尤普不见了……我正式向他告过别了……也许他们截了我给汪达的信？……前哨，上校说过……"

普罗斯卡突然做出一个决定，打开抽屉，把桌子上的所有东西扔进抽屉里。

他把围巾围好，穿上大衣，打开双重门。外面屋子里的人都惊讶地抬起头，他们还从未看见过普罗斯卡这个样子；他阴沉的坚定

投敌者

神色让他们困惑，于是他们快速地胡乱翻动堆在他们面前的纸张文书。他在工作时间离开办公室，这是第一次。工作人员了解普罗斯卡最近一段时间的经历，因此很尊重他。但是，没有人真正知道他在双重门后面到底做什么，他们压根儿不知道他扮演什么角色，因为他既不参加政治教育，也从未在集会或游行中让人碰到过。不言而喻，他们有时不免感到奇怪，他为什么依然能留下。他们只能用他的以往经历解释。

"坤克尔，"普罗斯卡说，"你到电话机那儿。电话响时，你接听一下，就说我马上回来。"

"好的，"坤克尔说，"我这儿还有两份东西要签字……"

"以后再说，"普罗斯卡说，"这一切我们以后再做。"

他就这样离开了办公室。

在长长的铺着地砖的走廊里放着许多长条椅，上面坐着要去普罗斯卡部门办事的人，当他上身微微前倾、迈着咚咚响的步伐经过他们身边时，耳语声一下沉寂了，大家的眼睛都看着他。这些人的事都取决于他，他们似乎预感到什么。他飘动的大衣有时碰到了一个人的膝盖，有时让另一个人吐出一口长气。普罗斯卡不扭头看任何人。到现在为止，他的秘书室免了他所有直接的前期商谈。他此前从未在坐满人的走廊里从头到尾走过一遍，此刻，他自己给自己承诺，将来他要亲自和等着办事的人商谈。这样做虽然会妨碍他，让他没有时间像先前那样沉湎于他的思考，但另一方面，他也需要消遣。

普罗斯卡在楼梯上短暂停留，以便扣好大衣的扣子，这时，他听见走廊里的耳语声又嗡嗡响起——这是一条无名的溪流。那声音像远方的鼓声传到他的耳边。他连蹦带跳跑下楼梯，经过巨大的宣传画、横幅、警示牌，背过脸，匆匆经过门房的小玻璃隔间，来到街上。

　　外面下着雨，普罗斯卡把大衣领子高高翻起，穿过一个空寂无人的广场。

　　这是一个阴沉而寒冷的秋日下午。太阳已经几天没有露面。空气特别浑浊，看来肺只是很不情愿地把它吸进去。雾霾通常只短暂停留在工厂上空，然后被风吹走，但是此时却顽固地滞留在城市上空。这浑浊的空气钻入毛孔，进入鼻孔，人们在舌头上感觉到它的味道。

　　普罗斯卡穿过城市绿地。远近看不见一个人。他放慢脚步，不认识他的人看见，会以为他企图同时朝两个方向行走，因为他向前蹚了几步后，又回过头，回到向后延长的起点。他这样反复了多次，直到走出绿地，来到火车站。"我要是下班前去找上校，他肯定会非常友好……今天，我恐怕可以打扰他，哪怕他在干重要的工作……但愿他现在不是在拉多加湖[1]的什么地方度假……今天，他住在那儿……如果我一小时后到他那里，恐怕正合适……早了不行……早了绝对不行。"

---

1 拉多加湖，位于俄罗斯西北部列宁格勒州边境的卡累利阿共和国和列宁格勒州之间，靠近芬兰边境。为涅瓦河源头，最后流入芬兰湾。欧洲最大的淡水湖，湖区有岛屿 600 余个。

　　　　　　投敌者

令人注意的是，火车站大厅里站着许多妇女，有些女人手里拉着孩子。她们抬头看看钟，然后走到站台上。站台上有许多水坑，雨水让水坑渐渐变大。除了检票室里的铁路职工和拄着一根拐杖的老头，普罗斯卡是大厅里唯一的男人。他把一根香烟塞进嘴巴，点燃，这时所有人都看着他。他装出若无其事的样子，走到一块广告牌前，假装看那些黑色大字。他希望，以此让他们移开目光。他感觉到，他们的目光还像先前一样，直盯着他的大衣后背。于是他转过身，问离他最近的女人："你们为什么都在这儿等着？这是什么集会吗？你们为什么这个时间不在家里？男人们下班回家，不得吃晚饭呀。不管怎样，要是我，就希望我的妻子……"他的声音变得不踏实了，变虚了。他意识到，他这种笨拙的随和姿态不合时宜。现在该如何下台呢？那老头怀疑地朝他眨眼，检票员伸长脖子，其他女人们一点点地挤到他跟前，在他四周围了一个不闭合的圈。

这时，滑动栅栏门那里传来一个人的喊声："他来了！桑斯多夫已经报告他来了！"

女人们像触电一样竖起耳朵听着，然后她们带着孩子，熙熙攘攘地穿过栅栏门。那老头一瘸一拐地跟在她们后边，走向站台。

"这儿发生什么事了？"普罗斯卡问检票员。

"您出去，就会看到发生什么事了。"

"看样子，是那个他亲自来了。"

"您说的他是谁？"检票员问。

普罗斯卡已经从他身边走过，到了站台上。他把头朝向他们所有人凝视的方向。他现在到了这里了，其他人等待发生的事，现在也要临到他的头上了。他已经准备好了。女人们催眠似呆滞的神色也传染给了他。他的眼睛盯着一道斜坡的拐点，在那后面，铁路的两条闪着微光的钢带消失不见了。意外之事就要从那里迫近。它在迫近？——他靠到一块上了釉的广告牌上，那上面写着"看眼睛，找鲁柯"。这儿他能避雨。道口杆还没有放下。一辆马车咯吱咯吱响着，慢慢地，带着马车的耐心，开到铁轨上。两匹马有规律地甩着大脑袋，它们始终盯着路面，一次也没有抬起眼睛。马车刚刚到了铁路的另一面，警铃响起，随着每一声铃声，道口的栏杆就降下一点。普罗斯卡观察着，栏杆怎样落到支柱的岔口上，在上面左右晃动了一会儿，然后静静不动了。

这时火车来了。火车头在拐角的地方拐得如此突然，致使几个等的人发起抖来，发出几声可怕的惊呼。火车头呼哧呼哧地驶近，铁制额头像一只公牛那样低垂着。它拖着二十六节货车车厢，淡红色封闭箱子。女人们变得轻率起来，紧挨着走到铁轨边上，有几个非常冒失，差一点被火车头碰上。

"后退，大家从铁轨上后退。"铁路员工一边喊，一边沿着站台边沿走着，把女人们往后推。煤水车的边上站着司炉。一会儿就有什么事可看了。他很不耐烦，用靴跟踢了一块煤块。火车停下，马上被女人们围住。

货车车厢的推拉门推开了，每道门前都立刻挤满一堆人。孩子叫，女人喊，无数喊叫声在雨中交织在一起。从货车里爬下男

投敌者

人，一旦有人喊他们的名字，他们就稍显惊讶而又不太相信地转过头看。然后，他们默不作声地让人拥抱、亲吻、带走。他们脸颊凹陷，眼睛无神、深陷。有几个还站在车厢里、高高举起铁饭盒时就已经被发现。接他们的人一把把他们拽下车，重逢的欢乐让他们情不自禁，又抱又捶。好几个女人步履匆匆地顺着队伍从头走到尾，东看西看，绝望地寻找着该来，然而终究没有来的人。

普罗斯卡仔仔细细地观察、感受着发生的一切。"这就是他们……他们为那个团伙坚持到了最后……现在那个团伙没有了，而这些可怜人却还一直在受苦……他们中有些人如果当时有机会，也许会跟我一样做……强壮根本没有那么重要，重要的是机会……拄拐杖的老头子也许找到了儿子……千万拿好，紧紧拿住拐杖，那是你的朋友……没有它你就完了……拐杖不是用来当装饰的……你看，你差一点就葬身异乡了……现在这样不是更好吗……检票员弯着腰、叉着腿站在那里……他大概也想看到点什么……那人正高兴呢。"

普罗斯卡的思想到这里突然中断了。他的思想仿佛受到一个巨大的重压，猛地一下断了。他面前站着一个个子高高的男子，他穿一件棉布上衣，手里拿着一个纸箱。要是他不停下脚步站住，普罗斯卡不会注意到他。他头上戴一顶皮帽，这帽子经过风吹日晒，破旧不堪。他的脸饱经沧桑，憔悴瘦削，毫无表情的眼睛里飘浮着一片天空的碎片。风吹透他的衣服，把裤子的布料紧贴到干瘦的大腿和脚踝上，使两条腿分开。他稍稍后倾，仿佛要借助风力做个依靠，他的样子像一枚弯曲的钉子，他一直凝视着普罗斯卡。普罗斯卡看见他时，内心冻结了，他在衣袋里握住几枚硬币，互相揉搓着。他离开了上了釉质的广告牌。普罗斯卡脚底没了感觉。他觉得，他似乎意外地自己遇到了自己，好像他迄今为止，一生中从未见过自己。他偶然走向火车站，没有想到会有他这么个人，他感到非常惊奇，怎么会有他这么个人。他觉得，好像他，普罗斯卡，一直以来向他自己隐藏了自己，现在仿佛是他第一次走向他自己，准备说一声"你好，普罗斯卡"以及"你过得怎么样？"他也觉得，在已经流逝的时间里他不曾需要呼吸，现在才发现，他非常需要呼吸。

　　普罗斯卡跨前一步，向那一动不动看着他的瘦高个男子靠近。但是，普罗斯卡刚跨前一步，那人就后退一步，这样重复了四次。显然，普罗斯卡不能再走近那个男子了。他放弃了，因为他看清楚了，这样做没有用，因为对方一脸严峻地从他面前后退，而且在他那瘦削的脸上完全可以看出，如果需要，他准备退到世界的尽头。——许多重逢的人像潮流般纷纷离去，检票员赶紧松开挂在他的小屋和栏木之间的链条。最后，那些白白等了半天、希望落空的人也离开了站台；但是，他们没有彻底离开，而是站在车站旁的木杆篱笆后面，看着空空的火车。

　　普罗斯卡的手随时准备着，如果对方伸出手来，普罗斯卡的手大概会首先伸到他们之间的中间位置。但是对方没有这样做。他只是站在那里，微微后倾顶着风，以他的存在让普罗斯卡发呆。普罗

　　　　投敌者

斯卡受不了长时间这么僵持，他开始周密地想，他想着人们怎样用一句话打破这类僵局；现在如此折磨他、让他如此发木的，是体现在沉默中的不确定性，他要找到一条打破这沉默的通道；那样，他对自己说，他就能在对方面前更容易挺住。他朝细高个儿做了一个大事化小的手势，他动了动手，那意思是说：干吗要这么瞪着大眼，像鲨鱼眼？这可不是你的做派；就在同一时刻，普罗斯卡说："茨维索斯，老伙计！你从哪儿来呀？"

他真真切切地问：你从哪儿来？他也想不起问点别的。他的想象力在大腿的注视下萎缩了，在这毫不留情的目光中干枯了，这目光似乎早就看穿了他。被看穿的感觉非常非常妨碍他。但是现在，第一句话已经说出口了，他要观察一下效果如何。

"大腿，"普罗斯卡补充说，"你是怎么到这儿来的？你为什么这么看我？你倒是过来，伙计，我不会对你动一根指头。你难道怕我？"

他刚说完，茨维索斯比尔斯基就不声不响地从他身边走开，把他当作禁忌之物一样小心地绕过，头也不回，径直走进车站。普罗斯卡撅起嘴，在口袋里把硬币捏得叮当响。

检票员从后面走近他，说："您还想干什么？不再有火车来了。"

16. Kapitel

第十六章

"我已经等了你很久了，"上校说，"坦白说，我很奇怪，到我这儿来的路对你怎么就这么难。到我这边来，在桌子边坐。"

"您怎么知道，我有意到您这儿来？"普罗斯卡问。他奇怪，自己怎么就忘了坐下。"这不重要，"斯维尔德洛夫上校回答，"即使我告诉你，对你也没有用。"

"可是，您恐怕无法预感，我现在有什么打算。"

"我们不预感，这一点不错，但是我们知道。"

"那就是说，您知道我为什么到您这儿来。"

"我知道，但是，为了不让你以为，我们缺乏倾听的意愿，你就讲吧！"

上校用一把小折刀清除指甲里的污垢。办公桌上是空的。斯维尔德洛夫看来正想离开办公室。但是，他没有给人这样的印象，好像普罗斯卡的来访耽搁了他去做其他重要的事情。他看起来甚至很高兴，普罗斯卡终于来找他了。

"你还是坐下吧，普罗斯卡，给我讲讲，你有什么心事。你不想脱掉大衣？"

"不脱了。"

"可是为什么不脱呢？你在我这儿的这段时间里，你的大衣就会晾干了。也许它不能全干，但是至少看起来会是干的。再说，脱掉大衣，说话也能更自在些。"

"我还是穿着它吧。"普罗斯卡说。他坐下，把大衣边撩到膝盖上。

"你只有几句话要跟我说，对吧？"

"是的。"

"你到这儿来，是来提什么要求？"

"是，"普罗斯卡重复上校的话，"我到这来，是来要求解释。"小折刀抠着指甲里的污垢。

"这样，"上校过了一会儿说。他直起上身，合上小折刀，把它扔到桌子上，"这种事隔一段时间就得做一次。"他微笑着接着说："传统的东西会沉积在指甲下面，形成一道黑边，因为它迅速增加，我们又不想看着它觉得头疼，所以就得时不时地把它抠出来。——你知道，为什么猴子不能进步？因为它们还没有发现卫生的革命性意义。要是它们知道卫生的革命性意义，它们今天恐怕完全是另外的样子了。——不过，我不想用这类沉闷的笑话让你觉得无聊。看你这样子，好像你一辈子没有笑过似的。你想跟我讲点什么？"

"您不是知道了吗。"

"你看来是担心我知道你自以为就你一个人知道的事。相信我，唯一的可能在于，没有风险地进行革命。要是我们不知道，你们知道什么，要是我们对你们想要的东西毫无所知，那我们就该躺到炉子上，让祖母喂食了。我们为什么为了公众意识而提高个人意识的作用？我们为什么不辞辛苦，爬过你们的神经节？我们为什么像小虫子钻进地里那样，钻进你们的生活？我们为什么违背自己的意愿，跟你们盖一条被子睡觉、穿一条裤子流汗？因为我们认识到，革命只有在一个条件下才能成功。这个条件要求我们必须知道，你

投敌者

们知道什么，只有我们发现你们在脑子里都装着什么知识，我们的知识才有价值。谁不准备跟群众共眠，在睡着时不保持冷静、能察觉他们的反应，谁就毫无希望地完蛋了。"

普罗斯卡说："这我不感兴趣。"

"我知道，"上校说，"这些事你不感兴趣。你也没有必要管这些事。你是个不合群的人，普罗斯卡，而且你可以说，你不合群是你的福气。因为，如果你不是个不合群的人，我们肯定不会原谅你这么多次。但是，我们需要像你这样的人。——你也许感到奇怪，我这么坦率跟你说话？"

"不。"

"你不奇怪？"

"我感到奇怪，不过是对别的事。"普罗斯卡说。

他把手指紧紧压到桌子边上，手腕都变白了。

"你是奇怪，你办公室里的人怎么换得这么勤，是不是？"

"是，"普罗斯卡大声说，"你们让所有不合你们意的人都消失。他们忽然在某一天就不来上班，却没有人知道，他们到哪里去了。你们把那些跟你们不合的人都怎么了，嗯？"他想到茨维索斯比尔斯基，咬紧嘴唇，眼睛紧盯着斯维尔德洛夫的脸，"变动这么快，我们还怎么工作？——"

上校把小折刀一会儿打开，一会儿合上，舌头舔舔上下两排牙齿。

"你安静安静。变化正符合进步的动态原则。死水味道不好。

你更愿意喝一潭腐臭之水还是山泉之水？你看到了吧。"

普罗斯卡浑身颤抖，他猛地站起来，说："你们钻到我们身体里，这不错，但是，你们一旦到了里面，你们就毒化血管，从内部吞噬我们。我对你们观察了足够长的时间了。我看明白了，你们要把我们引向何方。你们什么也骗不了我。"

斯维尔德洛夫眯着眼睛打量他，平静地说："你别这么激动。我们还没有把你换掉，从这里你可以看到，我们信任你。虽然你不参加集会，不参加政治教育活动，但我们还信任你。而需要政治教育的，恰恰是你。就冲这点，你就会理解，发动机为什么必须不断清洁。"

"莫斯普甫勒格为什么被捕？"普罗斯卡冷冷地问。

"出于足够的理由。"

"什么理由？"

"这下你看清了，我们比你知道得多了吧？"

普罗斯卡沉默。

上校继续说："你这下终于看清了。在莫斯普甫勒格这件事上，我们也比你知道得多，这难道不可想象？呼吸还不能叫判断，普罗斯卡；呼吸虽然是判断的合乎逻辑的前提，但只是众多前提中的一个。我要是你，因为明显缺少其他前提，我就满足于呼吸，放弃以这种方式作出判断。"

"你们让他消失，只是因为他为一个反战组织做宣传。"

"每建立一个组织就是在国家这个肌体里放了一根刺。但是你现在别说了。你已经跟我说得够多的了。我得花好一阵子咀嚼呢。"

上校站起身，小步走向窗户，拉上遮光窗帘。然后他重新坐到桌子后面，解释道："我不想让人透过窗户看我。那样，我就觉得毫无自卫能力。你能想象吗？"

"有遮光窗帘，上帝也能看见。"普罗斯卡说。

"不错，你看，在他面前，我从未有过不能自卫的感觉。他犯了一个错误，即按他自己的模子创造了我们。这一点现在对他可不是好事了，因为我们一旦和他发生争斗，我们就用他借给我们的能力对付他自己。我不想处于他的境地。但是，我们不要一有机会就讨论上帝。——你想知道，你办公室里消失的人，我们都带到什么地方去了吗？"

"我不想再听你们的什么事了，"普罗斯卡说着就站起来，朝门口走去，"你们想怎么做，就怎么做好了。我始终打公开的牌，我可以说，我……"

"嘘，"上校打断他的话，"你现在安静一点。你过于兴奋、过于劳累了。你必须睡觉。你必须休息；你必须从世事中恢复，好好休息。回家去，普罗斯卡。谁知道什么事把你搞得这样心力交瘁。——晚安。"

普罗斯卡没有再说一个字，离开了上校的房间。他昏昏沉沉地在楼梯平台上停留了一会儿，他觉得仿佛听见一声短促的、清脆的咔嗒声。然后，他慢慢走下楼梯，没有受阻地通过检查，来到街上。雨还一直下着，细细的像发丝。普罗斯卡紧紧裹住大衣，随便朝一个方向走去，他只想尽快离开这幢房子的周围。但是，不管他朝向哪里，不管他走得多快，这幢房子总也不让他离开，他虽然可以朝任何一个方向走动，但是他无法超越某个距离——当他来到最外面那条线上时，他就不想继续前行，而是掉转头往回走，仿佛他是一个电磁铁磁场中的一个粒子，无法以自己的力量离开那严格的区域。他决定到他常去的酒馆，喝点什么。啤酒，或者土豆烧酒，什么都行。他是这个酒馆的熟客，连那些猫都认识他。他吃饭时，那些猫就蹲在他脚边，乞求他。它们眼巴巴地看着他怎样把勺子递到嘴边，它们毫无顾忌、毫无廉耻地缠着他，让他终于憋不住火，拿出一点吃的东西扔到地上。这时，它们才饶了他一会儿，闷头吃着。

普罗斯卡走进酒馆时，老板吃了一惊，带他的客人进了后面一个房间。房间很小，墙壁空空的，一个角落里放着一张桌子，桌上放着啤酒，桌前坐着坤克尔，普罗斯卡办公室的同事。

"晚上好。"坤克尔说。

普罗斯卡惊慌地点点头。老板关上门。

"你在这里干什么？"普罗斯卡问，"你经常到这儿来吗？"

"不。"

"你是因为我到这儿来的？"

"是。我碰到你很高兴。我们三个人在找你，等你。法布鲁恩在面包店前等你，离你的住地不远。克鲁格曼在火车站，我呢，你看见了，在这儿等你。"

　投敌者

"这是怎么回事儿？"普罗斯卡问，"你不想跟我说说，你们为什么这么等我？你们要我干什么？"

坤克尔轻声说："你得赶紧离开。"

"什么？"

"你必须尽快逃走。他们在你的住宅里等你。我看见他们进去。直到现在，他们一直没有出来。"

普罗斯卡问："你肯定他们在我的房间等我？在这座房子里还住着别的人呢。——你是怎么知道这个的？"

"我可以肯定，普罗斯卡，他们在等你。我不知道，除了你还能轮到谁？"

"你这话对我来说没有什么新鲜。我们所有人来到这儿时，早晚都会轮到。我刚从斯维尔德洛夫那儿来。"

"那你现在准备怎么办？"

"我只有一种选择。"

坤克尔推给他一个小包，抓起普罗斯卡的手，用力握了握，说："也许我们很快就会再见。保重！"

然后他淡然地离开房间。

午夜前雨突然停了，风也弱了。普罗斯卡一点也没有注意到。杉树育林区的树密密地一棵挨一棵，只要普罗斯卡碰到一根树枝，留在针叶上的雨水就立刻滴落下来，洒到他身上。他前进得很缓慢。

年幼的杉树比他高一头，它们不喜欢他来到它们中间。

尽管过了季节，树林里依然闷热得很。热气低低地笼罩着地面，每当普罗斯卡有规律地隔一段时间蹲下身子，仔细倾听，每当他坐下休息，竖起耳朵听黑暗中有什么动静，那热气就向他吹过来，仿佛土地在呼吸，把它的气吹到他的脸上，满满地，无所顾忌地。这股热气从四面八方朝他吹来，他无法逃避。衬衣和内裤紧紧地贴在他的身上。手指肿大了，太阳穴"咚咚咚"地敲打得很厉害。

走过这片杉树育林地，迎接他的是一块翻耕过的田地，肥沃的土地。他一头趴进第一条垄沟里。他听见自己的心脏敲打地面。他的手摸索着垄沟小小的沟堤，然后，他支起上身，朝前察看。意想不到的是月亮钻出云层，朝下看，又走了。一切都没有遮拦……20米没有哨兵。继续往前，一道沟接一道沟，一步接一步。每次跑跳之间等一会儿，等着，倾听。有些垄沟里有水，一指深。云彩，天空。普罗斯卡又跳了，跳起的那一刻，普罗斯卡发现，他要落地的地方已经躺着一个人。他扑向一边，在空中强扭身体，改变落地的方向，掉到已经躺着的那个人的腿上。普罗斯卡立刻看出，那不是哨兵。是一个女人。她轻轻叫了一声，普罗斯卡的靴子砸到了她的胫骨上。

"安静。"普罗斯卡压低声音说。女人不出声了，紧张地看着前方。她身边放着一个背包，背包湿透，粘着泥巴。

"那儿站着一个哨兵？"普罗斯卡轻轻问。

"两个。他们在草地前碰头，然后分开。每三分钟一次。"

"然后？"

"他们马上又到一起。他们分开时，就跑。"

投敌者

他们默默地并排躺在沟里，当哨兵走近检查点时，他们缩起头。他的脸枕在她的训练裤边。他感到比先前安全了一点。

月亮又从云层里跳出来。

"现在可不行。"女人轻声说。

他抬起头，看看云层需要多长时间把月亮遮住，这时月亮又不见了。

哨兵走到一起。他们互相交谈。他们把卡宾枪挎在腰上。普罗斯卡想："打开保险，随时准备射击。年轻人。"

他轻声说："我拿着您的背包，这样可以快点。"

她低声回答："不。我能背。这包没那么重。"

他感到她在骗他，他伸出一只手，抓住一根背包带。他小心地往自己这边拉："这包对您来说太重了。您背着它没有法跑。"

女人发现他的手在她的包上，赶紧把背包拉到自己身边。她紧紧地拽住它。

"我能背着它跑，"他轻声说，"否则我们过不去。"

"那就不过去，"她说，"您要是拿走我的背包，我就喊。那时，我什么都无所谓了。"

"我不想要您的包。"

"那您就松手给我。"

普罗斯卡明白了他无法消除她的怀疑。她宁可让哨兵抓住，也不肯把背包给他。

"再多说也无用了。即使我想在跑动时帮她，她也会喊……就让她自己背着吧……哨兵……"

两个哨兵分开。他们朝两个相反的方向走去，慢慢地。没走几步，他们就让黑暗吞没了。在黑暗那看不见的存在中，哨兵很大，两个哨兵突然变成四个、八个、十六个、三十二个。在大白天，两个哨兵就是两个哨兵，在黑暗中，他们分成无数个。

"现在跑吧。"女人说。

"再等一会儿。"普罗斯卡说。

她听从他的话。她依然躺在他旁边，随时准备跳起，她等着他的信号。

普罗斯卡拿起一块土，把它团到一起，下达命令："跑！"

说着，他们就跳起来，猫着腰跑过一道道垄沟，时刻准备着扑倒，"啪"的一声踩进水里，滑倒，重又站起；他在前，没有背包，强壮，坚定。她在后，绝望，摇摇晃晃，肩上背着沉重的背包。一旦他们之间的距离变得很大，他就不耐烦地站住，回过头，向她招手。他们来到草地：腐朽的柱子和三道铁丝。他爬上最高那道铁丝——两边的柱子朝他这边倾斜——跳下去。响起一声锈铁吱吱的声响。普罗斯卡用脚把最下面那道铁丝踩到地上，用手把中间那道铁丝拉到上面，说："钻过来，快，快。"

当她穿越铁丝时，他的头不断朝左右两侧扭转。他的眼睛穿透黑暗，寻找哨兵。他们肯定很快就会回来。也许他们已经在近旁？在看着他和她怎样绝望地折磨自己？普罗斯卡放开铁丝，抓住女人

投敌者

的手，把她拽到草地上。"现在哨兵肯定马上就要会合了……不能接着跑……卧倒，躺着……还有四步……现在。"

他扑倒在地上，把女人一把拉下。她半躺在他身上，她的身体发抖。她呼出的气钻进他的衣服。他数数，他要数到90，他期待上帝帮忙。哨兵会合的地方，他看不清，他的视角太小。他数到90时，支起身体，气喘吁吁地说："快，跑过草地。"

他们跑过了草地，来到一片庄重的、高高的树林里。他们越过树林，前面突然出现一道斜坡。地平线亮了一些，预示白天就要到来。远处，一个信号灯的红色眼睛透过晨雾闪着微光。他们的脚下延伸着一条公路。普罗斯卡说："现在一切都好了。这里是大路。我们运气不错。我数到90就跑，因为我觉得那时哨兵肯定离得够远的了。我没有错。您要上哪儿？"

女人回答："到最近的村子。找我的丈夫。已经不远了。也许他会来迎我。"

"您这么说，是因为您怕我？"

"不，"女人说，"我的丈夫会帮我背，我从那边取来了他的手稿和笔记。这是余下的部分。"

"您就为这个到那边去？"普罗斯卡问。

"他需要这些稿子。不久前有学校给他提供教授职位。"

她说得越来越轻，最后她的声音窒息了，她坐到背包上，哭起来。

普罗斯卡爬下斜坡，走向火车站。他在路上碰见一个男人，他挡住他的路，对他说："你的妻子坐在那后面。一切都顺利。"

下一趟开往北方的车准点出发。

巨大的火车头准时开进火车总站，在玻璃穹顶下停住。机车一波一波地朝透明的屋顶吐出黑色烟气；两侧滚热的机体上溅下水滴，滚落到铁轨上。一个男人端着一把油壶走近机车，拧拧各个接口的盖子，寻找小的漏口，一旦找到一个，他就举起油壶。

普罗斯卡下车。他立刻挤在涌向出口的人流中。他被冲挤到石阶梯上，突然到了满是灰尘的大厅里，不禁大吃一惊。他不再被紧紧夹在热乎乎的肩膀之间；人流把他给丢下了，把他抛掉了。

这里没有一个认识他的人，没有一个要跟他说话的人，没有一个对他感兴趣的人，没有一个注意他的人。

"事情会好起来的……我会去工作……情况会好起来的……"

信任和自信又回到他身上。他悠闲地漫步，走过大厅里的一个个商品摊位，看看罐头和纸盒上的标价签、商品名等标记文字。然后他在一面挂着一块黑板的墙前停住。

左边是一幅招贴画：谋杀，下面：悬赏金额。画的旁边：布告，警示，号召，请求，提示。寻物启事。德国大丹犬丢失。银项链遗失——哪位好心人——

一趟火车开过，震得车站大厅发出嗡嗡响声。地板震动起来，而且传到普罗斯卡的身体里继续震动。他漫不经心地读着官方的和私人的阅读材料。他的目光无意地扫过去。"申报义务——学龄儿童防疫注射时间为——灭鼠药——功效明显，许多感谢信——按

投敌者

意愿查阅——根据 LDJ/IIIC 和 VDB 区委员会的协议，所以成员必须——"

普罗斯卡突然吓了一跳，仿佛有人从空中喊了一声他的名字。他的身体如同遭受了雷电一样的电击。他向旁边稍稍侧过身，所有血液从脑袋里流走；他闭上眼睛，又猛地睁开。他含糊不清地说了一个名字，猛地转过身，他害怕这个名字让哪个陌生人听到。但是，他附近没有人。他现在几乎一个人在这空荡荡的大厅里。黑板的边上挂着一则寻人启事：

谁能提供

我丈夫罗加尔斯基的消息？

他在东普鲁士的希巴失踪。

请求人：玛丽亚

现住——

"谁能提供我丈夫罗加尔斯基的消息？"普罗斯卡轻轻念道。

是你，普罗斯卡，是你一个人的责任。你一个人知道，事情是怎么发生的。这一切都由你引起。没有一项行动没有痛苦，当时你认为必须行动，所以你行动了。你没有休耕。你的良心始终鞭打着你向前。后面在做无关紧要的事。重要的事，本质性的事，都发生在前面。——玛丽亚，你的姐姐，寻找她的丈夫。你杀死了他。所有人都是证人，证明是他撞到了你的枪口上。但是，扣动扳机的是你的手指，顶住后坐力的是你的肩膀。

玛丽亚要求知道实情。只有你一个人能给她实情，普罗斯卡。你必须给她讲明实情。你忍受痛苦吧。你无需现在就给她写信，她不会要求你这样做。但是，你总有一天必须写信，总有一天。当你知道，你可以在哪儿睡觉，当你知道，你在什么地方可以独处，度过漫长的岁月，当你知道，所有的道路都渴望被走到尽头：那时，普罗斯卡，你就写信。你会这么做的。你必须这么做。这一点，我们充分了解你。

普罗斯卡睁开眼睛，晃晃自己的身体，仿佛他要抖掉还挂在他身上的最后一滴记忆。他用了好几个月时间，才有勇气给他姐姐写信。现在，信就在那边的信筒里，在街道的那一侧，这是一份工工整整贴好邮票的供状，邮票是那个爱忘事的老药剂师借给他的。

"她读到这封信时会说什么呢？……假如她给我回信，她会怎样回答呢？"

他看见邮递员来到邮筒边，他观察着，邮递员打开邮筒底部的活动折板，不紧不慢地让信掉到防水的亚麻布邮袋里，然后上了自行车，骑走了。窗户的十字框架在屋里投下清晰的影子。燕子飞得很低。

过了些日子后的一天，邮递员登上陡峭的楼梯，来找普罗斯卡。

"您的信。"他说完就走了。

普罗斯卡赶紧跑到窗边，手拿信封对着阳光。那是他给玛丽亚的信！有人用复写笔在背面写了几个字："无法投递。收件人不知迁往何处。"

投敌者

注 释

冈特·贝格

"不错，我常常把我的人物置于某个特殊情况的压力下，使他们不得不以某种方式做出反应。"

西格弗里德·伦茨与格诺·哈特劳布的访谈录，周日报，1966 年 12 月 25 日

成书历史

　　1951年春，霍夫曼-坎佩出版社出版了西格弗里德·伦茨的第一部长篇小说《空中有苍鹰》。该小说先于1950年10月24日至11月25日在《世界报》连载发表。伦茨从1948年8月起在《世界报》当实习生，后来出任副刊编辑，负责该报连载小说的编辑工作。他的指导人和提携者威利·哈斯给他提供了这项重要的工作机会。

　　第一部长篇小说受到了关注，并得到文学评论界的好评。于是，霍夫曼-坎佩出版社负责人鲁道夫·索尔特很快于伦茨处女作出版的1951年3月底，就与这位前景看好的年轻作者签订了一份以《一定再聚首》为临时书名的新小说的合同。

　　签订合同后，西格弗里德和莉泽洛特·伦茨先是出去度假。他们于1951年4月15日在不来梅登上"里斯本"号游轮赴摩洛哥旅行；旅程经梅利利亚和坦格尔到卡萨布兰卡。他们能做此次长达几个星期的旅行，是因为《世界报》连载他的处女作付了他一笔不菲的稿酬——三千马克；此外，他还签订了一部新小说的合同，这让只有二十五岁的他觉得自己有可能作为职业作家维持生计。

伦茨旅行后回到汉堡，马上开始新小说的写作。跟通常做法一样，手稿由他的妻子莉泽洛特·伦茨打字复写多份——这一习惯一直延续到最后。小说的第一稿十二章（手稿1）于1951年夏末完成。

出版社确信找到了一个严肃的年轻作者，早在1951年秋天就把临时书名为《一定再聚首》的小说打字稿通知了几家报社编辑部。最初由于缺少完整的小说文本，可能只寄了开头几章，以部分代替整体，因为《时代》、慕尼黑《新报》和《法兰克福汇报》编辑部都只谈到开头的"游击队"故事（第二至第八章），而根本没有把"投敌者"故事作为主题加以讨论。

值得注意的是，《时代》周刊1951年11月8日在一篇广泛讨论第二次世界大战题材书籍的文章中提到了这部小说："远征俄罗斯战役的氛围，冬季的暴风雪，像被遗弃的黑点一样散布在茫茫雪原上的村舍，夏天灼人的阳光，蚊子，军用通道上的灰尘，游击队员从茂密的树冠中射来的枪弹——这一切使阅读西格弗里德·伦茨不久将在霍夫曼-坎佩出版社出版的长篇小说《一定再聚首》的读者如同亲临其境，透不过气来。"这篇长文的作者是保罗·胡纳费尔德；他已经为《时代》周刊写过积极评价《空中有苍鹰》的短文

（1951 年 5 月 10 日书评），因此，半年后他对霍夫曼 - 坎佩出版社将很快出版作者的新小说一事毫不怀疑。胡纳费尔德给自己的文章题名为《论记录的得失：介于报告与文学创作之间的作者——东方战争题材的德国书籍的困境》，总的看，他对自己看过的长篇小说中"对战争这一事物的或多或少精确的描述"感到失望。只有在伦茨的这本书里，他看到某种超出描述本身的文学突破："这本书不执着于记录，恐怕是要求文学创作。这样，作者的描写反而更贴近战争。"

　　霍夫曼 - 坎佩出版社征求了多位编审人的评审意见，最后请卡尔斯鲁厄的日耳曼学者和民俗学家奥托·戈尔纳博士审校已经交给出版社的第一稿。出版社安排了评审者与作者的面谈，面谈于《时代》周刊第一次提到该小说的同一时间在汉堡进行——编辑工作通常在评审后才开始。和《时代》周刊的保罗·胡纳费尔德一样，戈尔纳显然也十分欣赏小说那"紧扣读者心弦的力量"。他在汉堡晤谈后写了一封详细的书信，向作者表示了原则上赞同小说的意向，同时又提了几处修改、深化、强化的意见，最后写道："亲爱的伦茨先生，我肯定您会把我的上述考虑按我的本意理解，而不是当作吹毛求疵。在我看来，这里牵涉的只是技术性、技巧性问题。在此，我要再次向您表明，我对我们在出版社的谈话感到无比高兴。"（奥托·戈尔纳 1951 年 11 月 13 日致西格弗里德·伦茨的信。）
　　估计，伦茨在出版社谈话和接到戈尔纳的书信后马上着手修改第一稿，并于 1951 年与 1952 年之交完成。第一部分即"游击队"

投敌者

部分，作者做了压缩，使行文更加紧凑，文字更加精练，缩短了对话，轻而易举地一气呵成。第二部分即"投敌者"部分，作者做了彻底加工，写了新的章节，并把其他章节做了重新划分（见"文本／稿本"部分）。

彻底修订的结果是产生了共计十六章的新的第二稿小说。这一稿的书名经过一再斟酌，作者在全部稿子的文件袋外封面上手书了"投敌者"三字；伦茨大约于1952年1月把第二稿交给了出版社。

《新报》在1951年11月给奥托·戈尔纳的信里已经拒绝先期刊登这部小说。此后不久，《法兰克福汇报》同样拒绝；该报的主管编辑赫伯特·内特针对这个决定向作者表示遗憾，说明拒绝的理由是，此前不久该报开始连载罗尔夫·施罗尔的长篇小说《火槛》。内特说，《法兰克福汇报》"不久前先期刊登了另一部战争小说。施罗尔的小说故事虽然发生在意大利，但同样也是讲游击队。因此，出于题材乏善可陈的原因，我们在不久的将来不可能发表您的小说"。（赫伯特·内特1952年1月22日致西格弗里德·伦茨的信。）

《法兰克福汇报》所谓的"题材原因"看来在这几个星期里也导致出版社重新评价《投敌者》项目。至少，戈尔纳原先针对小说的叙事力表现出的即便吹毛求疵、然而善意的态度现在发生了变化，他在给作者的一封长信里表达了他深深的怀疑态度。这封信的基调让人确认，信是基于戈尔纳为出版社拟就的审校意见写成的，该审校意见充当了对小说修订稿即小说第二稿或最终稿的评定意见。

如果说在第一封信里，戈尔纳的调子还是尊重的、肯定年轻作者成绩的，那么现在，他在比他年轻一半的伦茨面前似乎想摆出一副权威的架势，同时向出版社显示他的强硬态度。他首先指责作者没有对文本进行——"如同有充足的理由建议的那样"——所期待的修改。这是他的权利。在信的中间部分，就戈尔纳的意图而言，他的表述就要清楚得多："紧张和引人入胜的叙述还不够。作者无论如何必须超越他的题材带来的藩篱。我建议作者，先给我们提供一个如何写作下一稿的清晰提纲。没有这样的提纲，进一步讨论文本毫无意义。作者必须迫使自己，好好严肃认真地思考蕴含在他的题材中的种种可能。"这一点恐怕更多的是给出版社的暗示，而不是给信件收件人的，收信人毫无疑问必定感觉到，他在修订小说文稿时——如戈尔纳所猜测的那样——"也许过于相信互相理解的气氛了"。

出版社审稿人在谈到因稿子的彻底修订而清楚显露出来的关键点时，我们可以感觉到他的惊恐："……小说确实应该标题为'投敌者'——而这原本是不可能的。这样一部小说可以在 1946 年出版。可是今天没有人愿意当它的出版人了……您会给自己造成极大的伤害，您和新闻界以及电台的良好关系也帮不了您。我们这样建议您，不是因为我们比别人更有学识，而是因为我们了解时代及其发展，因为我们非常清楚，一部开头很好的小说可能会在艺术上如何翻车。"

如果更仔细地看戈尔纳的信，可以看到，对戈尔纳来说，在阿

投敌者

登纳时代的政治气氛下，加上西方国家和东方集团之间关系的进一步恶化，这样一部描写德国国防军的变节者投奔红军的小说是不可想象的，因此，他建议伦茨，重新梳理全部材料，重新调整人物。他特别坚持，为投敌者普罗斯卡安排一个正面的对立面人物，以弱化普罗斯卡这个人物的分量，使他的行为显得是个个案。为了不至于又把事情搞砸，戈尔纳写道："请您制订一个计划，现在要怎么一步步进行，好好分配素材。请您把这份计划写成 3—4 页的提纲，寄给我们，要点式或简短句子均可。然后，跟我们达成一致后，您就把计划付诸实施，一步步按顺序写成小说。"

就这样，伦茨签约的小说实际上被拒绝了。最后，混杂着威胁和明显的暗示，出版社还写道："亲爱的伦茨先生，请您别考虑做出愤怒的姿态，而是意图写一本新的书。"

作者的答复既清楚，其态度又令人钦佩；伦茨依然为这重要的第二部长篇小说伏案工作了几个月。

伦茨致戈尔纳的信

西格弗里德·伦茨

汉堡 13 区伊瑟街 88 号

汉堡，52 年 1 月 24 日

亲爱的戈尔纳博士先生：

您的长信收悉，谢谢。现答复如下。

您认为我的手稿第二稿没有成功。对此，我只能说，我尊重您的评判。

您指责我缺乏足够的工作热情，思考方面缺少必要的勤奋。这肯定不是实际情况。就我个人而言，仅仅重新推敲和修改一页的功夫，通常都要比连贯写作 8 页文稿花费更多的精力和令人心烦的耐

投敌者

心，而我确实这样做了。我为此虚构的情节——特别是针对手稿出版后可能带来的后果方面——在您看来有些考虑不周，这一点向我证明了：我必须"背离"写作时的灵感本身；我在写作时必须时时控制自己，我没有考虑自己的局限而开始手稿的修订工作。我没有做到超越藩篱，未来也不可能做到。这个藩篱不是为我设立的。我非常认真地思考了我的题材内在的种种可能；我只找到我的可能，正如现在所表明的那样，它们不够。

您指责我，我滥用了您的信任，试图引您入套。您恐怕会理解，这个指责于我伤害甚重，但我乐于认为这是无意的伤害。倘若我有这样的意图，我能得到什么好处？此外，您只是断定，我想欺骗您，至于我用什么、通过什么达成这一点，您则没有给出说明。您在第一封善意的信里要求我，好好思考您关于情节发展提出的想法是否可行。我认真做了思考，戈尔纳先生，但是，我不能从整体上认可这些想法，因为您的想法与我的可能性相背离。我不能违心地遵循您的想法，而您把这当作指责我不讲信用的理由，这是我无法想象的。

您指责我，我的修订结果几乎微不足道。我以为，普罗斯卡这个人物到小说结尾时已经改写得太多了。我自然承认，写作者只能从很短的距离仿佛用复眼那样看他自己的人物的表演。

您在信中写道，要我不要做出愤怒的姿态。我干吗要这样做，亲爱的戈尔纳先生，何况这对我毫无助益？我对您的信思考了很久，我读了一遍又一遍，我考虑了整整一个晚上，现在我非常审慎地、不带任何情绪地告诉您，我不会写这部小说，而且我不写这部小说，是因为我写不了它。

我会把这次写作当作必不可少的练习，当作一次恰当的训练，这对年轻作家来说，终究是绝对必要的前提。我坚信，我学到了不少东西，而没有这次努力，我是学不到这些东西的。给我带来最好的、即使很难认清的益处的，是失败的习作。也许两三年以后，我可以让您看一本新书的稿子，一部更好、更成熟一些的稿子。

在此，我衷心感谢您付出的辛劳、您的关切和那许多好建议。

恭祝大安。

您的

弗·伦茨

又及：

我给索尔特先生寄发了此信的复写件，因为您给我的信是以他的名义写的。

投敌者

最后，为了不致继续影响作者和出版社的关系，双方形式上达成一致，在以后某个合适的时间，把此长篇小说删去受指责的"投敌者"部分后，以中篇小说出版。随着时间的推移，这个原本就没有多少成功希望的妥协渐渐被遗忘：霍夫曼 - 坎佩出版社负责人鲁道夫·索尔特 1953 年去世，奥托·戈尔纳编审两年后去世。这样，伦茨终于搁置了此事，向前看，转向新的创作计划。1953 年出版了他的长篇小说《与影子的决斗》，而且从那时起被当作他的第二本书。仅仅两年后，即 1955 年，出版了他的短篇小说集《苏莱肯村多么柔美——马祖里的故事》。最迟到此时，这本书的巨大成功使出版社和作者之间因《投敌者》失败的合作引起的不快完全烟消云散。西格弗里德·伦茨终其一生都忠于汉堡的这家霍夫曼 - 坎佩出版社。

文本 / 稿本

　　据估计，伦茨 1951 年 5 月底从非洲旅行回来后，就开始写作他的第二部长篇小说。他在一本大开本草稿本里手写了第一至第九章。这个草稿本写满后，他在写了第一部小说《空中有苍鹰》的同一本草稿本里继续写这部小说（第九至第十二章）。

　　小说的手稿没有多少改动、补充和删除。莉泽洛特逐渐把这份手稿打字复写至少两份。新小说的打字稿（第一稿，十二章，276 页标了页码，两份复写稿，现存内卡河畔马尔巴赫德国文学文库 DLA 西格弗里德·伦茨遗物中）估计于 1951 年早秋已交给霍夫曼 - 坎佩出版社，全稿则在同年 10 月。此稿是奥托·戈尔纳博士与西格弗里德·伦茨于 1951 年 11 月 10 日在霍夫曼 - 坎佩出版社面谈时做出评价的基础。出版社位于汉堡哈佛斯特胡特尔路 4 号，距作者夫妇当时的住宅伊瑟街 88 号仅几步之遥。

　　这次面谈以及收到戈尔纳评审员鼓励性的信函后，伦茨立刻开

　　　　　投敌者

始小说的修订工作。为此，他把打字稿的第二份复写稿分为两部分，首先极其认真地修订第一稿的第九至第十二章。修订的结果是，四章变成现在稿子中的八章（第九至第十六章），而篇幅并无大幅增加。颇能说明这样改动的意图的是新写的第九章；伦茨首先在《空中有苍鹰》草稿本里手写了这一章，他已经在这个本子里写了这部小说第一稿的结尾部分。

新第九章是小说第一部分即"游击队员"部分和第二部分即"投敌者"部分的接合部；在本章描述的这一个夜晚，普罗斯卡在和重逢的战友小面包谈话中，共同做出了变换战线的决定。在这被俘章节，普罗斯卡和小面包面临定于第二天执行的枪决命运，伦茨把他的主人公置于那种要么毁灭、要么背叛、别无其他选择的特殊境地，为了逃脱死亡的厄运，他们只有一种可能，即站到以前的敌人一方，跟"团伙"斗争。

下一章即第十章的基本内容没有改变。普罗斯卡陪同一个同样投敌的德国军官和前线宣传特派员执行该军官的最后一次任务。以此后被拘押的普罗斯卡和他相爱的汪达会面为中心内容的新第十一章，在原第九章部分内容的基础上写成。

第一稿第十一章的焦点是苏联红军向西挺进，现在伦茨把这一情节分为两章。本版第十二章，普罗斯卡作为苏联指挥员的顾问出现在跟先前战友的战斗中；在第十三章，投敌者随着红军的挺进，来到他以前的东普鲁士家乡。在紧邻吕克的东普鲁士希巴村，在普罗斯卡姐姐玛丽亚的院子里，不测事件接连发生，导致悲剧性结果，这是伦茨在第一稿里就为普罗斯卡的战友小面包和姐夫罗加尔斯基设定的情节。

结尾的战后东占区故事情节原先只有一章，在修订过的稿子里扩充为整整三章（第十四至第十六章），旧稿最后一章即第十二章的部分内容移到了现在的最后一章即第十六章。第二稿的第十四和第十五章则完全新写而成。在这两章，汪达再次出现，不过只是模糊地出现在普罗斯卡因渴望见到他的"小松鼠"而产生的幻觉中。

在这改写或者说新写的最后几章里，对战后苏占区生活的描写不仅增加了篇幅，而且明显地增加了深度。东占区专制体制令人窒息的气氛，监视、教化、监管等无孔不入、无所不在的体系在最终的稿子里得到了更清晰的描绘。

最后一章普罗斯卡逃向西方一幕完全基于伦茨的全新设计，普罗斯卡因此在最后一分钟得以逃脱可能面临的被捕厄运。

整个第一部分（第一至第八章）是在第一稿打字稿复写稿的基础上一口气手写完成修订的，首先是使行文更加紧凑，而第二部分则有很多补充、顺序变换、章节的重新划分等变化，因此必须把第九至第十六章的稿子重新打字誊清。

本版的基础是伦茨保存在一个单独的文件袋里的完整的第二稿打字稿。这份稿子由两部分组成：以第一稿打字稿复写稿为基础的、经过修订的第一至第八章，大幅度新写和修订过的第九至第十六章（第二稿打字稿）。

本版保留了作者选用的书写法；对少量偏离标点符号和正字法规则的书写错误和打字错误作了校正。

生前，西格弗里德·伦茨在去世前半年的 2014 年 10 月，把他的个人文档全部捐给内卡河畔马尔巴赫德国文学文库。这些文档中就有他迄今为止没有出版的第二部小说的手稿和打字稿，在整理他的遗物时被发现。

关于书名

　　1951 年 3 月的出版合同采用的小说暂用名为《一定再重逢》。这个书名影射出自胡戈·楚施奈德的老士兵歌曲《现在该告别了》。伦茨拿来当书名的歌词在歌中的完整句子是"在故乡，在故乡，/（我们）一定再重逢"，是这首战争歌曲的副歌。

　　在写作过程中，伦茨曾考虑用另一书名《在沼泽地》。这个书名涉及小说第一部分（第二至第八章）的内容，该部分讲述的是针对德国人的游击战。苏联抵抗战士的部队主要从白俄罗斯和乌克兰无法穿越的丛林和沼泽地的基地出发，发动袭击，进行破坏活动，德国国防军的士兵在这类战斗中明显处于劣势。

　　在对第二部分（本版第九至第十六章）进行深入的修改和补充的过程中，相比于在俄罗斯沼泽地的游击队员章节，"投敌者"故事的分量越来越重。因此，随着写作的步步推进，伦茨也发现后来的书名——早先与出版社的协商中已经提到过的书名——更合适。最后，他自己在修订过的第二稿的文件袋封面上确定《投敌者》为他第二本书的书名，并补充了副标题《死亡奏响音乐》。

作家年表

1926 西格弗里德·伦茨于 3 月 17 日作为一个海关官员的儿子，出生在吕克（马祖里 / 东普鲁士）（Lyck, Masuren/Ostpreußen）。

1932—1943 在吕克和桑姆特（Samter）上中小学。

1943—1945 通过应急高中毕业考试（Notabitur），然后应召入海军服役；经 4 个月训练后，到"舍尔上将号"（"Admiral Scheer"）舰上服役；该舰被炸后驻扎在丹麦。德国投降前不久逃离部队。伦茨为英军俘虏，被安排当了官方战俘遣返委员会的翻译。1945 年被遣返回汉堡。

1946—1950 在汉堡大学攻读哲学、英语语言文学和文艺学；伦茨最初想当教员。主要靠做黑市买卖维持学习生活。为西北德意志电台（NWDR）写了最初几篇小广播剧，在"我们回忆……"（"Wir erinnern an ..."）频道播出。

1948/1949 在大学期间曾工作过的英占区报纸《世界报》（Die Welt）当实习生。结识未来的妻子莉泽洛特（Liselotte）。

1949 结婚。

1949/1950 《世界报》新闻编辑，后任副刊编辑。

1951 第一部长篇小说《空中有苍鹰》（Es waren Habichte in der Luft）出版；此前，该小说曾在《世界报》连载。此后，伦茨成为职业作家，定居汉堡，夏天则到丹麦阿尔森岛（Alsen）上莱伯吕克（Lebøllykke）居住。

1952 参加"四七"社（Gruppe 47）。还在西北德意志电台电视试播阶段，伦茨就写了电视剧《督察佟蒂》（Inspektor Tondi）脚本。他的第一部较长的广播剧《没有学徒培训的漫游年代》（Wanderjahre ohne Lehre）在西北德意志电台播出。

1953　　长篇小说《与影子的决斗》（Duell mit dem Schatten）。

1954　　广播剧《潜水员之夜》（Die Nacht des Tauchers）。

1955　　短篇小说集《苏莱肯村多么柔美——马祖里的故事》（So zärtlich war Suleyken. Masurische Geschichten）（1971/1972 年为电视台拍摄成电影）。广播剧《神秘的港口》（Der Hafen voller Geheimnisse）。广播剧《消失的市场魅力》（Die verlorene Magie der Märkte）。广播剧《世上最美节日》（Das schönste Fest der Welt）。

1956　　广播剧《贝壳慢慢打开》（Die Muschel öffnet sich langsam）。广播剧《绝望在巴卡》（Resignation in Baccar）。广播剧《社会的新支柱》（Die neuen Stützen der Gesellschaft）。

1957　　长篇小说《激流中的人》（Der Mann im Strom）（1958 年由汉斯·阿尔贝斯拍成电影；2005 年重拍）。

1958　　短篇小说集《讽刺猎人——这个时代的故事》（Jäger des Spotts. Geschichten aus dieser Zeit）。

1959　　长篇小说《面包与运动》（Brot und Spiele）（也被拍成电影）。

1960　　短篇小说集《灯塔船》（Das Feuerschiff）（1965 年拍成电影）。汉堡自由艺术科学院院士。

1961　　广播剧《无罪者的时代—有罪者的时代》（Zeit der Schuldlosen - Zeit der Schuldigen）。剧本《无罪者的时代》（Zeit der Schuldlosen）（由广播剧改编，1964 年拍成电影），9 月 19 日在汉堡德意志话剧院由古斯塔夫·格林德根斯执导首演。

1962　　短篇小说集《海的情绪》（Stimmungen der See）。

1963　　长篇小说《城市谈话》（Stadtgespräch）。

1964　　短篇小说《雷曼的故事》（Lehmanns Erzählungen oder So schön war

mein Markt. Aus den Bekenntnissen eines Schwarzhändlers)。喜剧
《脸》(*Das Gesicht*)，9 月 18 日在汉堡德意志话剧院首演。

1965　　　短篇小说集《败兴的人》(*Der Spielverderber*)。开始积极参与社会
　　　　　民主党选民创议组织的活动（至 70 年代初)。

1966　　　广播剧《失望》(*Die Enttäuschung*)。

1967　　　广播剧《抄家》(*Haussuchung*)。广播剧《迷宫》(*Das Labyrinth*)。

1968　　　长篇小说《德语课》(*Deutschstunde*)（1970 年拍成电影），迄
　　　　　今已在全世界发行 2250 万册。短篇小说《汉堡人》(*Leute von*
　　　　　Hamburg)。

1968/1969　到澳大利亚和美国学术访问，美国休斯敦大学客座教授。

1970　　　受威利·勃兰特之邀，和格拉斯一起陪同勃兰特访问波兰，见
　　　　　证华沙条约的签订。散文集《关系——关于文学的见解和自白》
　　　　　(*Beziehungen. Ansichten und Bekenntnisse zur Literatur*)。剧本《眼
　　　　　罩》(*Die Augenbinde*)，2 月 28 日在杜塞尔多夫话剧院首演。对话
　　　　　《非所有护林员都快乐》(*Nicht alle Förster sind froh*)。

1973　　　长篇小说《楷模》(*Das Vorbild*)。达姆斯塔特语言文学院院士。

1975　　　短篇小说集《米拉贝尔精神——波勒鲁普村故事》(*Der Geist der*
　　　　　Mirabelle. Geschichten aus Bollerup)。短篇小说集《爱因斯坦在汉堡
　　　　　横渡易北河》(*Einstein überquert die Elbe bei Hamburg*)。

1978　　　长篇小说《家乡博物馆》(*Heimatmuseum*)（1988 年拍成电影)。

1979　　　伦茨和海因里希·伯尔、君特·格拉斯一起拒绝接受德意志联邦共
　　　　　和国十字勋章（ Bundesverdienstkreuz)。

1980　　　剧本《三个》(*Drei Stücke*)。《与马纳斯·施佩伯尔和莱斯切克·柯
　　　　　拉可夫斯基访谈录》(*Gespräche mit Manès Sperber und Leszek*
　　　　　Kolakowski)。

1981	长篇小说《损失》(*Der Verlust*)。
1982	《论想象——与海因里希·伯尔、君特·格拉斯、瓦尔特·肯波夫斯基及巴维尔·柯豪的谈话》(*Über Phantasie. Gespräche mit Heinrich Böll, Günter Grass, Walter Kempowski, Pavel Kohout*)。
1983	散文集《象牙塔和壁垒——写作体验》(*Elfenbeinturm und Barrikade. Erfahrungen am Schreibtisch*)。
1984	短篇小说《一次战争结局》(*Ein Kriegsende*)（为电视台写的德语故事）。
1985	长篇小说《练兵场》(*Exezierplatz*)。
1986	和莉泽洛特合作《小小海滨庄园——48幅彩笔画》(*Kleines Strandgut. 48 Farbstiftzeichnungen*)。购置石勒苏益格附近特滕胡森夏季住所。
1987	短篇小说集《塞尔维亚姑娘》(*Das serbische Mädchen*)（1990年拍成电影）。
1988	广播剧《营救》(*Die Bergung*)。
1990	长篇小说《试音》(*Die Klangprobe*)。
1992	演说和论文集《论记忆》(*Über das Gedächtnis. Reden und Aufsätze*)。
1994	长篇小说《反抗》(*Die Auflehnung*)。
1996	短篇小说集《鲁德米拉》(*Ludmilla*)。开始分册出版作品集。
1998	散文集《关于疼痛》(*Über den Schmerz*)。
1999	长篇小说《阿尔涅的遗产》(*Arnes Nachlaß*)。出齐20卷作品集。
2001	散文集《关于文学的未来的猜想》(*Mutmaßungen über die Zukunft der Literatur*)。
2003	长篇小说《失物招领处》(*Fundbüro*)。
2004	短篇小说集《篱笆边的客人》(*Zaungast*)。
2006	为祝贺伦茨80岁诞辰，出版了一卷本短篇小说全集《短篇小说集》

和文集《跳出自我——关于写作与生活》(*Selbstversetzung. Über Schreiben und Leben*)。《激流中的人》拍成电影。

2008　中篇小说《默哀时刻》(*Schweigeminute*)。《灯塔船》拍成电影。

2009　中篇小说《州立剧院》(*Landesbühne*)。剧本《受试者》(*Die Versuchsperson*)。

2010　《反抗》拍成电影。

2011　剧本集《受试者、和谐》(*Die Versuchsperson. Harmonie*)。短篇小说集《面具》(*Die Maske*)。

2012　游记《1962 年美国日记》(*Amerikanisches Tagebuch 1962*)。

2014　成立公益性的西格弗里德·伦茨基金会，设立西格弗里德·伦茨奖。西格弗里德·伦茨于 10 月 7 日在汉堡逝世。

2015　短篇小说《钓鱼比赛》(*Das Wettangeln*)。

2016　长篇小说《投敌者》(*Der Überläufer*)。

所获奖项、荣誉

1952   热内·席克勒奖（René-Schickele-Preis）

1953   汉堡莱辛奖奖学金（Stipendium des Lessing-Preises der Freien und Hansestadt Hamburg）

1961   柏林自由人民剧院格哈德·霍普特曼奖（Gerhart-Hauptmann-Preis）；东普鲁士文学奖（Ostpreußischer Literaturpreis）

1962   格奥尔格·马肯森文学奖（Georg-Mackensen-Literaturpreis）；不来梅市文学奖（Literaturpreis der Freien Hansestadt Bremen）

1966   北莱茵-威斯特法伦州文学大艺术奖（Großer Kunstpreis des Landes Nordrhein-Westfalen für Literatur）；汉堡读者奖（Hamburger Leserpreis）

1970   德国共济会文学奖（莱辛社）（Literaturpreis Deutscher Freimaurer，Lessing-Ring）

1976   汉堡大学荣誉博士

1978   戈斯拉尔市文化奖（Kulturpreis der Stadt Goslar）

1979   安德烈亚斯·格吕菲乌斯奖（Andreas-Gryphius-Preis）

1984   吕贝克市托马斯·曼奖（Thomas-Mann-Preis der Hansestadt Lübeck）

1985   奥地利政府马纳斯·施佩伯尔奖（Manès-Sperber-Preis）；德国非洲协会电视奖（DAG-Fernsehpreis）

1986   汉堡自由艺术科学院奖章（Plakette der Freien Akademie der Künste in Hamburg）

1987   不伦瑞克市威廉·拉贝奖（Wilhelm-Raabe-Preis der Stadt Braunschweig）

1988   德国出版业和平奖（Friedenspreis des Deutschen Buchhandels）

1989   海因茨·加林斯基基金会文学奖（Literaturpreis der Heinz-Galinski-Stiftung）

1993   以色列本·古里安大学荣誉博士

1995 巴伐利亚文学奖（让·保尔奖）（Bayerischer Staatspreis für Literatur）（Jean-Paul-Preis）

1996 弗赖因斯海姆市赫尔曼·辛斯海默文学与新闻奖（Hermann-Sinsheimer-Preis für Literatur und Publizistik der Stadt Freinsheim）

1997 阿道夫·维尔特欧洲文学奖（Adolf-Würth-Preis für Europäische Literatur）

1998 杜伊斯堡大学教授；波兰萨穆埃尔·波古米尔·林德奖（polnischer Samuel-Bogumil-Linde-Preis）

1999 法兰克福市歌德奖（Goethe-Preis der Stadt Frankfurt am Main）

2001 汉堡市荣誉市民；汉堡大学评议会荣誉委员；魏尔海姆文学奖（Weilheimer Literaturpreis）；埃尔兰根 - 维尔茨堡大学荣誉博士

2002 不来梅民族交流汉萨奖（Hansepreis für Völkerverständigung Bremen）；巴伐利亚州长国际图书奖荣誉奖（Ehrenpreis des Bayerischen Ministerpräsidenten beim Internationalen Buchpreis Corine）

2003 杜塞尔多夫海涅大学教授；阿尔弗莱德·托普佛基金会歌德金质奖章（Johann-Wolfgang-von-Goethe-Medaille in Gold der Alfred Toepfer Stiftung）

2004 汉内洛雷·格雷弗文学奖（Hannelore-Greve-Literaturpreis）；石勒苏益格 - 荷尔斯泰因州荣誉公民

2005 赫尔曼·埃勒斯奖（Hermann-Ehlers-Preis）

2006 金笔奖荣誉奖（鲍尔出版集团媒体奖）（Ehrenpreis der Goldenen Feder - Medienpreis der Bauer Verlagsgruppe）

2007 汉堡阿尔斯特湖船闸管理员协会荣誉管理员（Ehren-Schleusenwärter der Congregation der Alster-Schleu senwärter S. C. in Hamburg）

2009 勒夫 - 科佩雷夫和平与人权奖（Lew-Kopelew-Preis für Frieden und Menschenrechte）

2010 意大利诺尼诺国际文学奖（Premio Nonino, Udine）

2011 出生地吕克市、今波兰埃乌克市荣誉市民